Mord an Weihnachten

Weihnachtskrimi

Föhrer Morde

Buch Zwei

Hanna Paulsen

Mord an Weihnachten

Föhrer Morde

Band 2

Hanna Paulsen

1. Auflage, 2025

Hanna Paulsen
c/o
JENBACHMEDIA
Grünthal 109
83064 Raubling

Korrektorat: Sabine Albrecht
Coverdesign: @ Madeleine Hirdt
Fotos:
Depositphotos
6911415 – Smileus
264946996 – ratchanu_21@hotmail .com
432091610 – NinaLisitsyna
692956306 – Maxborovkov
300192668 – yaroslaf
30765477 – rcreitmeyer
Shutterstock
322260071 – Leonid Ikan
1295747830 – Alex Stemmer
503281360 – brickrena
Alamy.de
2B7N1W7 – Wolfgang Diederich

Druck: CUSTOM PRINTING, Polen

Dieses Buch wurde mithilfe der Software Vellum erstellt.
Ein Belegexemplar für diese Publikation ist bei der Deutschen Nationalbibliothek hinterlegt.

Bestellung und Vertrieb:
Nova MD GmbH, Vachendorf

ISBN: 978-3690280495

Kapitel 1

BRODER

Broder Jacobsen trat durch das offene Scheunentor, das mit Lichterketten dekoriert worden war. Im Inneren der Scheune duftete es nach Bienenwachskerzen, nach Zimt und Nelken und ein wenig nach Heu. Aus den Lautsprechern schallte *Alle Jahre wieder*. Die Besucher drängten sich an den Verkaufstischen vorbei – auf der Suche nach kreativen Weihnachtsgeschenken. Broder interessierte sich nicht sonderlich für den Oldsumer Adventsbasar, auf dem vor allem Kunsthandwerk für den guten Zweck verkauft wurde. Er wollte nur Lina wiedersehen.

Suchend sah er sich um, während er im Gedränge an einem Stand mit bestickten Weihnachtskarten vorbeischlenderte. Der Duft von frisch aufgebrühtem Kaffee und von Kuchen zog ihm verführerisch in die Nase.

Aber er würde später noch im Friesenstübchen bei seinen Eltern vorbeischauen und dort ein Stück Torte essen. Deshalb wollte er sich vorher nicht den Appetit verderben.

»Broder?« Der Ruf einer Frau ließ ihn innehalten. Die Stimme kam ihm vage bekannt vor. Er drehte sich um. Vor ihm stand eine langbeinige Blondine, die auf seine Schule gegangen war. Ihr Name fiel ihm allerdings nicht mehr ein.

»Moin.« Er lächelte angespannt. Auf der Party eines Freundes hatte er als Fünfzehnjähriger – nach ein paar Bierchen zu viel – ein einziges Mal mit dem älteren Mädchen herumgeknutscht. Es war unglückliches Timing, dass sie sich ausgerechnet heute über den Weg liefen. Hoffentlich konnte er sie abwimmeln, bevor Lina auftauchte!

»Erinnerst du dich noch an mich?«

»Hm.« Er zögerte. Sollte er zugeben, dass er ihren Namen vergessen hatte, oder besser nicht?

Sie runzelte die Stirn. »Ich bin Stine. Dein Bruder war mit meiner jüngeren Schwester in einer Klasse.«

»Stine. Natürlich!« Er war dankbar dafür, dass sie ihre Knutscherei nicht erwähnt hatte. Drei Wochen später hatte er Lina zum ersten Mal geküsst – und dann für lange Zeit nur noch sie.

»Schlimm, was mit Arne passiert ist!« Stine berührte ihn vertraulich am Arm. »Ich hatte damals gar keine Gelegenheit, dir zu sagen, wie leid mir das Ganze tut.«

»Danke!« Er trat einen Schritt zurück, um ihre Hand abzuschütteln, und stieß dabei mit einer Besucherin zusammen, deren Punsch aus dem Becher schwappte.

»Tschuldigung«, murmelte er, erntete aber nur einen bösen Blick.

»Ich kann verstehen, dass du danach weggezogen bist«, fuhr Stine fort. »An deiner Stelle hätte ich vermutlich das Gleiche gemacht. Hier muss dich ja alles an deinen Bruder erinnern. Stimmt es, dass er bis heute nicht gefunden wurde?«

»Er ist auf dem Meer verschollen – ja.« Broders Kehle fühlte sich eng an. Die Vorfreude darauf, Lina nach vier Monaten endlich wiederzusehen, verflüchtigte sich. Auch wenn seit Arnes Tod zwölf Jahre vergangen waren, spürte Broder – wann immer er an ihn dachte – einen Schmerz in seiner Brust. »Lass uns nicht darüber reden«, bat er.

»In Ordnung.« Einen Moment lang wirkte Stine enttäuscht. Dann musterte sie ihn neugierig. »Du arbeitest doch als Staatsanwalt, oder? Bist du hier, um ein Verbrechen aufzuklären?«

»Nein.« Broder rang sich ein Lächeln ab, während er sich unauffällig nach Lina umsah. »Ich bleibe nur ein Wochenende, um meine Eltern und alte Freunde zu besuchen. Am Montag muss ich wieder in Flensburg sein.«

»Schade. Mich hätte wirklich interessiert, wie du das machst.« Sie streckte ihm ihre rechte Hand entgegen, an der ein Ring mit einem auffallend großen Brillanten funkelte. »Ich habe übrigens geheiratet. Enno Arfsten. Sagt dir der Name was?«

»Nein.« Broder verkniff sich ein Augenrollen. Wie lange wollte Stine ihn denn noch in Beschlag nehmen?

»Enno ist Bauträger.« In ihrer Stimme schwang hörbar Stolz mit. »Gerade baut er hier in Oldsum zwei

Doppelhäuser. Natürlich mit Reetdächern und historischen Kachelöfen – alles vom Feinsten. Jede Haushälfte wird mindestens zwei Millionen Euro kosten.«

Je länger Broder Stine zuhörte, umso besser erinnerte er sich daran, warum aus ihnen kein Paar geworden war. Sie küsste zwar gut, aber mit ihrer Angeberei ging sie ihm gehörig auf die Nerven.

Broder reckte den Hals. An einem Keksstand erspähte er endlich Lina. Sie trug einen weißen Rollkragenpullover und hatte ihre braunen Haare zu einem Pferdeschwanz zurückgebunden. Gerade reichte sie dem Keksverkäufer einen Geldschein und nahm zwei Tüten mit Gebäck in Empfang. Ihr Anblick aus der Ferne genügte schon, um Broders Herzschlag zu beschleunigen.

»Ich muss dann mal weiter«, sagte er zu Stine. »Man sieht sich.«

»Warte!«, rief sie ihm hinterher. »Ich wollte dir noch erzählen, wie ...«

Doch Broder blendete ihre Worte aus – genauso wie seine Umgebung. Die Menschen um ihn herum verblassten, die Geräusche verstummten und selbst den weihnachtlichen Duft nach Harz und Bienenwachskerzen nahm er kaum noch wahr. Sein Fokus richtete sich allein auf Lina. Auf ihre blauen Augen, die von winzigen Lachfältchen umgeben waren. Auf den breiten Mund, den sie gern spöttisch verzog. Und auf die niedliche Stupsnase, die besser zu einem kleinen Mädchen gepasst hätte als zu einer Frau von Anfang dreißig.

Er drängte sich durch die Besuchermenge und erreichte den Keksstand, als Lina ihre Einkäufe in einer

Umhängetasche verstaute. Bei seinem Anblick lächelte sie. »Moin Broder! Lange nicht gesehen.«

»Hallo.« Seine Mundwinkel bogen sich ebenfalls nach oben. »Es ist viel zu lange her.«

»Fast vier Monate.« Lina umarmte ihn zur Begrüßung. Sie duftete nach einem blumigen Parfüm und nach dem Pfirsichshampoo, das sie schon seit ihrer Schulzeit benutzte. »Hattest du eine gute Anreise?«

»Ja, danke!« Kurz spielte er mit dem Gedanken, ihr einen Kuss auf die Wange zu geben. Doch dann war der passende Moment dafür verstrichen und er ließ es lieber sein. Lina und er waren kein Paar mehr – auch wenn sie hin und wieder für eine Nacht in Erinnerungen schwelgten.

»Wollen Sie Kekse kaufen?« Die tiefe Stimme eines etwa sechzigjährigen Mannes, der den Stand betreute, riss Broder aus seinen Gedanken. »Die Einnahmen gehen ans Robbenzentrum. Ist also für den guten Zweck.«

»Nein, danke!« Broder trat ein Stück zurück. Wie er seinen Vater kannte, hatte der längst jede Menge Weihnachtsplätzchen gebacken und würde ihn großzügig damit versorgen.

»Sie verpassen was.« Der Verkäufer langte in eine geöffnete Tüte und schob sich einen Zimtstern in den Mund. »Die sind köstlich. Ganz anders als das Gebäck aus dem Supermarkt.«

»Na dann noch guten Appetit!« Broder wandte sich zu Lina um, die eine der gerade gekauften Tüten aufmachte. Der appetitliche Duft von Zimt und Marzipan zog ihm in die Nase.

Lina kramte ein Vanillekipferl aus der Tüte und biss

hinein. »Auch was?« Auffordernd hielt sie Broder die Weihnachtsplätzchen unter die Nase.

Er starrte auf den hellen Puderzucker, der an Linas Oberlippe hängen geblieben war. »Gern«, sagte er mit belegter Stimme. Ohne den Blick von ihrem Gesicht zu lösen, griff er in die Tüte, ertastete einen Dominostein und steckte ihn sich in den Mund.

Der vertraute Geschmack von Marzipan, Gelee, Teig und Schokolade versetzte ihn zurück in seine Kindheit. Arne hatte die Adventszeit geliebt und es gleichzeitig kaum erwarten können, dass endlich Heiligabend kam. Seit dem Tod seines Bruders hatte die Vorweihnachtszeit für Broder ihren Zauber verloren. Doch heute – in Linas Gegenwart – spürte er wieder eine Ahnung davon.

Lina nahm einen Spekulatius in die Hand und betrachtete ihn. »Das waren Emmas Lieblingskekse. Letztes Jahr konnte ich die nicht mal ansehen, ohne in Tränen auszubrechen.«

Broder schluckte, weil ihm ein Kloß im Hals steckte. Er war nicht der Einzige, der jemanden verloren hatte. Linas jüngere Schwester Emma lebte ebenfalls nicht mehr. Im Gegensatz zu Arne hatte sie ihr Ende selbst gewählt – was das Ganze vermutlich noch schlimmer machte. »Und jetzt?«, fragte er. »Kannst du diesen Keks essen?«

»Ich glaube nicht. Aber ich wollte ihn auch nicht in der Tüte lassen. Klingt das merkwürdig?«

»Nicht für mich. Ich verstehe dich.« Wie immer – in Linas Gegenwart – schlug sein Herz ein wenig zu schnell. »Soll ich ihn für dich essen?«

Sie nickte. Anstatt ihm den Spekulatius zu geben, steckte sie das Gebäckstück vorsichtig in Broders Mund. Das buttrige Aroma des Teigs vermengte sich auf seiner Zunge mit dem Geschmack von Linas Haut. Einen Atemzug lang war Broder wieder siebzehn und sorgenlos und küsste Lina am Strand.

Doch im nächsten Augenblick holte ihn die Realität ein. »Ich besuche jetzt eine Trauergruppe«, bemerkte Lina leise. »Es hilft wirklich, sich mit anderen auszutauschen, die Ähnliches durchgemacht haben. Deine Mutter ist übrigens auch Mitglied.«

»Hm.« Broder kaute auf dem Spekulatius und war dankbar dafür, nicht antworten zu müssen. Er hatte bei seiner Arbeit als Staatsanwalt schon mehr als genug mit Todesfällen zu tun. Da wollte er sich nicht auch noch in seiner Freizeit damit belasten.

»Ich finde ja, dass …« Lina hielt inne und runzelte die Stirn. »Ich glaube, der Frau da gehts nicht gut.« Sie nickte in Richtung einer Besucherin, die mit rotem Gesicht durch die Menge torkelte und zu fallen drohte.

Broder preschte vor und fasste die Frau gerade noch rechtzeitig bei den Schultern, um sie vor einem Sturz zu bewahren. Aus der Nähe erkannte er, dass die Pupillen der etwa Dreißigjährigen deutlich erweitert waren. Und sie schwitzte, obwohl die Scheune nicht beheizt war und die meisten Besucher Winterjacken trugen. »Haben Sie irgendwas genommen?«, fragte er.

»Was meinen Sie?« Die Frau wirkte verwirrt.

»Medikamente? Drogen? Alkohol?« Zwar rechnete Broder nicht mit einer ehrlichen Antwort, aber er musste zumindest versuchen, herauszufinden, was mit der Besucherin nicht stimmte.

»Nein. Ich …« Sie fasste sich an den Kopf.

Lina eilte an die andere Seite der Frau und stützte sie. »Wie fühlen Sie sich?«

»Mir ist schwindelig. Und mein Herz rast so.« Die Frau klang heiser. »Mein Mund fühlt sich plötzlich ganz trocken an.«

»Sie sollten sich besser hinsetzen«, sagte Broder. »Nicht, dass Sie noch umkippen.« Suchend sah er sich nach einer Sitzgelegenheit um. Die einzigen Stühle waren die hinter den Verkaufstischen.

Ein spitzer Schrei ließ ihn zusammenzucken. Nur wenige Meter von ihnen entfernt sackte ein Mann in sich zusammen und blieb auf dem Boden liegen.

»Hat schon jemand den Notruf gewählt?«, rief eine Frau in die Menge. Als keine Antwort kam, zückte sie selbst ihr Handy.

Lina tauschte einen Blick mit Broder. »Denkst du das Gleiche wie ich?«

Er nickte. »Das wäre schon ein merkwürdiger Zufall.« Broder wandte sich an die Frau, deren Gesicht mittlerweile schweißüberströmt war. »Haben Sie hier auf dem Markt etwas gegessen oder getrunken?«

»Nur ein paar Kekse«, krächzte sie leise. »Sonst nichts.«

In Broders Magen machte sich ein Ziehen bemerkbar. »Bei welchem Stand haben Sie die gekauft?«

Die Frau schwankte. »Gleich hier den Gang runter.« Sie deutete in Richtung des Standes, an dem auch Lina ihr Gebäck erstanden hatte.

Broders Puls beschleunigte sich. Lina und er hatten ebenfalls von den Weihnachtsplätzchen genascht – genauso wie vermutlich noch viele andere Besucher.

Die Weihnachtsmusik, die im Hintergrund abgespielt wurde, verstummte. Stattdessen war über Mikrofon die Stimme eines Mannes zu hören. »Wir bitten um Ihre Aufmerksamkeit. Ist ein Arzt oder eine Ärztin anwesend? Wenn ja, melden Sie sich bitte vorn am Eingang. Vielen Dank!«

Broder wandte sich an Lina. »Ruf besser einen Krankenwagen und sag denen, dass es womöglich noch weitere Fälle von Lebensmittelvergiftungen gibt. Ich sorge dafür, dass hier keine Kekse mehr verkauft werden.« Ohne eine Antwort abzuwarten, drängte er sich durch die Besuchermenge.

Als er den Keksstand erreichte, bot sich ihm ein verstörender Anblick. Der ältere Mann, der Lina vorhin noch die Weihnachtsplätzchen verkauft hatte, lag mit hochrotem Kopf krampfend am Boden.

Neben ihm hockten zwei Besucherinnen. Eine von ihnen telefonierte – wahrscheinlich mit dem Rettungsdienst. Die andere redete hektisch auf ihn ein: »Versuchen Sie, ruhig zu atmen. Hilfe ist unterwegs.«

Broder tippte der Frau an die Schulter. »Bitte passen Sie auf, dass sich niemand an den Keksen bedient. Sie sind vermutlich verunreinigt.«

»Was?« Die Frau schlug sich die Hand vor den Mund. »Ich hab auch welche gegessen.«

»Wie viele?«, fragte er.

»Zwei oder drei.« Ihre Stimme klang panisch.

»Ich habe selbst zwei Kekse gegessen und merke

bisher nichts. Vielleicht haben wir ja Glück. Ich versuche, den Mann mit dem Mikrofon zu finden, um eine Warnung rauszugeben. Sagen Sie bitte auch allen, die hier vorbeikommen, dass sie die Plätzchen nicht anrühren sollen.« Broder warf einen Blick auf den Keksverkäufer, der immer noch krampfte. »Die Sanitäter sollten gleich hier sein.«

Er eilte zum Ausgang. Ein Martinshorn erklang und Broder atmete erleichtert auf. Hoffentlich würde den Erkrankten nun schnell geholfen werden! Während er Ausschau nach den Organisatoren des Adventsmarktes hielt, wählte er die Nummer der Wyker Wache.

»Moin! Hier spricht Greta Jensen von der Polizeistation Wyk.«

Broder kannte die resolute Polizeichefin schon von den Ermittlungen in einer Mordserie vor anderthalb Jahren. »Moin, Frau Jensen. Hier ist Broder Jacobsen.«

»Von Ihnen hab ich ja ewig nichts gehört. Wie kann ich Ihnen helfen?«

»Heute rufe ich nicht in meiner Funktion als Staatsanwalt an. Ich bin in Oldsum auf dem Adventsbasar. Es scheint hier eine Massenvergiftung durch Weihnachtsplätzchen zu geben. Den Stand habe ich schon ausfindig gemacht. Es könnte sich theoretisch auch um eine herkömmliche Lebensmittelvergiftung handeln. Aber dagegen spricht, dass verdorbene Zutaten nach den heißen Temperaturen beim Backen eigentlich keinen solchen Schaden mehr anrichten sollten. Deshalb glaube ich, dass jemand absichtlich die Kekse vergiftet hat.«

»Wir sehen uns das an. Danke für die Info.« Greta Jensen klang ernst. »Hoffen wir, dass Sie sich irren!«

»Das hoffe ich auch«, erwiderte Broder. Doch sein Bauchgefühl verriet ihm, dass er mit seinem Verdacht genau richtiglag.

Kapitel 2

BRODER

Zwei Stunden später saß Broder im Friesenstübchen, dem Café seiner Eltern, und aß ein Stück Marzipanstollen. Vor ihm auf dem Tisch stand eine dampfende Tasse Milchkaffee, deren Schaum er mit Zimt bestreut hatte. Während sein Vater Leif hinter der Kuchentheke die Stellung hielt, hatte sich Broders Mutter Maren mit einem Kännchen Friesentee zu ihm an den Tisch gesetzt. Sie strich sich eine braune Haarlocke aus dem Gesicht. »Bist du dir auch ganz sicher, dass es dir gut geht? Wenn doch so viele Besucher krank geworden sind.«

Broder beschmierte seinen Stollen mit Butter. »Die Kekse wurden von verschiedenen Leuten gebacken und dann für den Verkauf als Mischungen in Tüten verpackt.

Wahrscheinlich ist nur eine Sorte betroffen, die ich nicht gegessen habe.«

»Und Lina?«

»Die hat auch Glück gehabt.« Er biss in sein Stollenstück. Der Geschmack von Marzipan, Zitronat, Rosinen, Zimt und Nelken ließ ihm das Wasser im Mund zusammenlaufen. »Papa hat sich mal wieder selbst übertroffen«, sagte er mit vollen Backen.

Broder musterte die neue Bedienung, die seine Eltern im Sommer eingestellt hatten. Mit ihrem knallpink gefärbten Pixie Cut zog die junge Frau alle Blicke auf sich. »Wie macht sich Leoni eigentlich?«

Maren lächelte. »Wir sind sehr zufrieden mit ihr. Hoffentlich bleibt sie uns eine Weile erhalten. Bei Leuten vom Festland weiß man ja nie, ob sie nicht doch eines Tages der Inselkoller packt.«

Broder nippte an seinem Milchkaffee. Dessen schwaches Zimtaroma milderte die Bitterkeit der Bohnen ab. »Sagtest du nicht, dass sie hier einen Freund hat?«

»Ja, das hat sie. Du kennst ihn sogar. Es ist Kommissar Udo Harksen.«

»Wow! Das ist mal ne Überraschung! Wir haben letztes Frühjahr zusammengearbeitet, als …« Er verstummte.

Seine Mutter streckte über den Tisch hinweg die Hand nach ihm aus. »Lass uns jetzt nicht über alte Fälle reden. Leif und ich möchten – wenn das Café schließt – zum Friedhof gehen und Arne besuchen. Begleitest du uns?«

Broder schluckte. Obwohl er gerade erst getrunken

hatte, fühlte sein Mund sich trocken an. Am liebsten hätte er Marens Bitte abgelehnt, weil die Erinnerung an seinen jüngeren Bruder immer noch schmerzte. Aber Broder hatte sich geschworen, vor diesem Gefühl nicht mehr davonzulaufen. »In Ordnung«, sagte er schließlich.

»Danke!« Maren nippte an ihrem Tee, auf dem eine dicke Schicht Sahne schwamm. »Ich hab Arne ein paar Christrosen besorgt. Das waren schließlich seine Lieblingsblumen.«

»Hm.« Broder musterte die Gäste an den anderen Tischen. Da die Schulferien noch nicht begonnen hatten, handelte es sich hauptsächlich um ältere Urlauber oder junge Familien mit Kleinkindern. Ein etwa zweijähriger Junge am Nachbartisch schmierte sich seine Sahnetorte lieber ins Gesicht, anstatt sie zu essen. Sein Anblick entlockte Broder ein Schmunzeln.

»Musst du wirklich morgen Abend schon wieder abreisen?«, fragte seine Mutter. »Du bist so selten hier.«

»Montag ist ein ganz normaler Arbeitstag«, erwiderte er. Zwar hatte er momentan nicht viel zu tun und hätte durchaus zwei, drei Urlaubstage nehmen können. Aber gerade während der Adventszeit vermied er es, nach Föhr zu kommen. Dann war die Lücke, die Arne mit seinem Tod hinterlassen hatte, noch deutlicher zu spüren als während des restlichen Jahres.

»Dann besuch uns wenigstens an Weihnachten. Sonst feierst du wieder allein – ohne geschmückten Baum und ohne gutes Essen.«

»Weil ich Weihnachten gar nicht feiere.« Broder biss in seinen Stollen und kaute extra langsam, damit er nicht weiter mit seiner Mutter diskutieren musste. Weihnachten war etwas für glückliche Familien. Nicht für solche, in denen man ständig die Abwesenheit eines geliebten Menschen spürte.

»Mir fehlt Arne auch«, sagte Maren leise. »Aber er hätte bestimmt nicht gewollt, dass du seinetwegen auf alles verzichtest, was dich an ihn erinnert.«

»Das tue ich doch schon lange nicht mehr. Bloß Weihnachtsstimmung, die kommt bei mir einfach nicht auf, seitdem ...« Das Klingeln seines Handys ließ Broder verstummen. Der Anruf kam von Nicole Bittner, der leitenden Oberstaatsanwältin aus Flensburg, die Broders Vorgesetzte war.

»Moin! Bittner hier«, grüßte sie. »Sind Sie noch auf Föhr?«

»Ja. Warten Sie bitte einen Moment!« Broder stand auf und ging mit seinem Smartphone vor die Tür, um ungestört zu telefonieren. Draußen wehte ein frischer Wind und die Fußgängerzone am Sandwall war beinahe menschenleer. Broder, der keine Jacke trug, zog frierend die Schultern hoch. »Worum gehts?«

»Wir haben einen neuen Fall. Und raten Sie mal wo!«

»Es geht nicht zufällig um die Lebensmittelvergiftungen auf dem Oldsumer Adventsbasar, oder?«

»Sie haben schon davon gehört?«, fragte Nicole Bittner.

»Nicht nur das. Ich war selbst vor Ort, habe aber Glück gehabt.« Broder lief vor dem Friesenstübchen auf und ab, um sich warm zu halten. »Was wissen wir bisher?«

»Die Ermittlungen der örtlichen Polizei haben ergeben, dass alle Erkrankten am selben Keksstand eingekauft haben. Die Kekse werden jetzt untersucht. Den Symptomen der Patienten nach könnte sich jemand einen schlechten Scherz erlaubt und Hasch-Cookies unter die Weihnachtsplätzchen gemischt haben. Aber wir warten noch auf die Ergebnisse aus dem Labor. Und auf die Obduktion.«

»Es ist jemand gestorben?«

»Ja, bedauerlicherweise.« Seine Chefin seufzte leise. »Zudem gibt es mehrere Opfer, die ins Krankenhaus eingeliefert wurden und sich in schlechtem Zustand befinden.«

»Schlimm, das Ganze!« Broder verkniff sich ein Zähneklappern. »Aber der Fall sollte schnell gelöst sein. Schließlich kommen als Täter eigentlich nur die Personen infrage, die Kekse für den Verkauf gespendet haben.«

»Und hier stoßen wir auf die erste Hürde«, erwiderte Nicole Bittner. »Die einzige Person, die einen Überblick darüber hatte, von wem welche Kekse stammen, ist ausgerechnet das Todesopfer.«

»Sie sprechen von dem Mann, der den Verkaufsstand betreut hat – nicht wahr? Ich hab gesehen, wie er krampfend am Boden lag.«

»Er hat die Kekse wohl nicht nur verkauft, sondern auch gegessen. Die Beamten sind immer noch vor Ort und befragen die Besucher des Basars. Sie sind sehr bemüht, aber eben keine Kriminalisten. Morgen kommt Ihre Verstärkung auf die Insel.«

»Danke!« Schützend verschränkte Broder die Arme

vor der Brust. Wenn er noch lange hier draußen in der Kälte stand, würde er sich eine Erkältung einfangen.

»Tut mir leid, dass ich Ihnen Ihr Wochenende in der alten Heimat ruiniere«, sagte sie. »Aber ich mache es wieder gut. Hängen Sie nach den Ermittlungen ein paar freie Tage hintendran und genießen Sie die frische Seeluft.«

»Nicht nötig. Wenn ich hier fertig bin, will ich gleich zurück nach Flensburg.« Broder stieß mit der Schulter die Eingangstür zum Friesenstübchen auf und stellte sich vor die Kuchentheke, hinter der sein Vater auf Gäste wartete. »Ich mache mich dann wohl besser an die Arbeit. Ihnen noch ein erholsames Wochenende! Und morgen einen schönen vierten Advent!«

»Danke! Den wünsche ich Ihnen auch.«

UDO

Normalerweise liebte Kommissar Udo Harksen seine Arbeit als Polizist. Es gefiel ihm, seinen Mitmenschen zu helfen und für ihre Sicherheit zu sorgen. Doch wenn er eine Todesnachricht überbringen musste, bekam er jedes Mal Magenschmerzen. Mit schweißfeuchten Händen und flatterndem Puls stand er in Oldsum vor einem alten Bauernhof. An seiner Seite befand sich Pastorin Tomma Dohle. Im Gegensatz zu Udo wirkte sie gefasst.

Tomma berührte Udo an der Schulter. »Du zitterst

ja. Bist du okay? Wenn nicht, kann ich auch allein reingehen.«

»Nein, danke.« Ein bitterer Geschmack lag ihm auf der Zunge. »Ich schaff das schon.«

»Einer Mutter zu sagen, dass ihr Kind gestorben ist, gehört wohl zu den schwersten Dingen im Leben. Aber wenn wir nicht mit Frau Wögens reden, erfährt sie es von jemand anderem. Und dann haben wir keine Kontrolle darüber, wie ihr diese furchtbare Nachricht überbracht wird.«

»Ich weiß. Bringen wir es hinter uns.« Udo ging zur Haustür und drückte auf den Klingelknopf. Nach dem Läuten rührte sich eine ganze Weile nichts. Insgeheim hoffte er, dass niemand zu Hause war. Doch dann öffnete ihnen eine Frau in Cordhose und Strickpullover, deren graue Haare zu einem zerzausten Zopf geflochten waren.

Udo nahm seine Mütze ab. »Moin. Sind Sie Viebeke Wögens?«

»Ja.« Die Frau musterte ihn mit einem Stirnrunzeln. Doch beim Anblick seiner Begleiterin erhellte sich ihr Gesichtsausdruck. »Frau Pastorin, was machen Sie denn hier?«

»Wir möchten gern mit Ihnen reden«, erwiderte Tomma. »Dürfen wir reinkommen?«

»Ja, natürlich. Immer rein in die gute Stube.« Viebeke Wögens trat beiseite, um ihnen Platz zu machen. »Jasper, komm runter!«, rief sie. »Wir haben Besuch.«

Angespannt presste Udo die Lippen zusammen. Anscheinend hatte Frau Wögens nicht mitbekommen, dass ihr Sohn schon vor Stunden das Haus verlassen hatte.

Viebeke Wögens winkte Udo und Tomma durch den

Flur und führte sie beide ins Wohnzimmer. Dort lief der Fernseher. Gerade wurde eine Musikshow mit Weihnachtsschlagern übertragen.

Udo griff nach der Fernbedienung und stellte den Ton aus. Den strafenden Blick, den er dafür von der Hausherrin kassierte, ignorierte er. »Ich habe mich noch gar nicht vorgestellt. Mein Name ist Udo Harksen. Ich bin Kommissar der hiesigen Polizei. Frau Pastorin Dohle kennen Sie ja bereits.«

Viebeke Wögens musterte ihn. »Und was wollen Sie hier?«

»Vielleicht setzen wir uns erst einmal«, schlug Tomma behutsam vor. Sie nahm auf der Couch Platz und klopfte einladend auf die freie Fläche neben sich.

Udo wartete, bis Frau Wögens sich ebenfalls gesetzt hatte, und nahm einen Relaxsessel in Beschlag. Entspannter fühlte er sich dadurch allerdings nicht. Ihm steckte ein Kloß in der Kehle, der das Schlucken erschwerte. Tief holte er Luft, während er sich an seiner Mütze festhielt. »Frau Wögens, wir sind hier, um Ihnen eine traurige Nachricht zu überbringen. Ihr Sohn Jasper ist heute verstorben.«

Im Zimmer wurde es still. Nur das leise Klack-Geräusch, den das Pendel der Wanduhr erzeugte, war zu hören. Viebeke Wögens zog die Stirn kraus. »Nein. Das kann nicht sein. Sie müssen sich irren. Ich hab eben erst mit Jasper geredet.«

Tomma ergriff ihre Hand und drückte sie sachte. »Es tut mir sehr leid, aber ein Irrtum ist ausgeschlossen. Ihr Sohn wurde identifiziert und er trug auch seinen Ausweis bei sich. Er ist beim örtlichen Adventsbasar zusammengebrochen und – trotz aller Reanimationsversuche – auf dem Weg in die Klinik verstorben.«

»Nein.« Frau Wögens schüttelte den Kopf und entzog Tomma ihre Hand. »Ich hab ihn vorhin noch gesprochen. Er muss oben in seinem Zimmer sein. Jaspeeeer!« Sie erhob sich von der Couch und ging zur Tür. »Ich hole ihn her. Dann werden Sie schon sehen, dass ich recht habe.« Nach diesen Worten verschwand sie in Richtung Flur.

Ratlos drehte Udo sich zu Tomma um. »Was machen wir jetzt?«

»Wir warten.« Tomma lehnte sich auf der Couch zurück. »Sie zu bedrängen, hat keinen Sinn. Wenn Frau Wögens so weit ist, wird sie schon von allein zurückkommen.«

»Ist dir so was schon mal passiert?«, fragte er.

»Dass jemand mir nicht glauben will? Natürlich. Die arme Frau tut mir sehr leid. Ihr Sohn hat ja bis zuletzt bei ihr gewohnt.«

Udo senkte die Stimme. »Sollen wir ihr von unserem Verdacht erzählen, dass ihr Sohn vergiftet wurde? Oder besser nicht?«

»Nur wenn sie danach fragt. Es könnte auch zu viel für sie sein.« Tomma schlug die Beine übereinander. »Wir sollten sicherstellen, dass später jemand nach ihr sieht. Ich verstehe ohnehin nicht, warum sie ganz allein ist. Normalerweise …« Sie verstummte.

Die Haustür war eindeutig ins Schloss gefallen.

»Ist sie etwa gerade rausgegangen?«, fragte er entgeistert.

»Könnte sein.« Tomma erhob sich von der Couch.

»Wenn sie oben alles vergeblich nach ihrem Sohn abgesucht hat.«

Udo verkniff sich einen Fluch. »Wir sollten ihr nachgehen.«

»Mach du das«, erwiderte Tomma. »Ich bleibe hier für den Fall, dass Frau Wögens zurückkommt. Wer sie zuerst sieht, ruft den anderen an.«

»In Ordnung.« Udo setzte seine Mütze wieder auf, eilte zur Haustür und öffnete diese schwungvoll. Dabei wäre er beinahe mit einer Frau von Mitte vierzig zusammengestoßen, die eine Lesebrille in der Hand hielt. »Tschuldigung!«, murmelte er und wollte weitergehen. Doch dann änderte er seine Meinung. »Ist Ihnen vielleicht Frau Wögens begegnet?«

Die Frau seufzte tief. »Sagen Sie nicht, dass sie schon wieder weggelaufen ist!«

»Passiert so was öfter?«, fragte Udo erstaunt.

»Fast jeden Tag. Heute war sie schon einmal unterwegs und hat ihre Brille verloren. Zum Glück habe ich sie ein Stück die Straße runter auf einer Bank gefunden.« Die Frau zückte ihr Smartphone und tippte auf dem Display herum. »Sie trägt ein Trackerarmband, damit ich sie leichter orten kann.«

Udo sah ihr über die Schulter. Das Display zeigte eine Karte von Oldsum und darauf befand sich ein grüner Punkt. »Kann ich Sie begleiten? Ich bin ebenfalls auf der Suche nach Frau Wögens.«

»Natürlich, Herr …?«

»Udo Harksen von der Wyker Polizeiwache.«

»Natalia«, erwiderte sie. »Ich bin Frau Wögens' Pflegerin.« Mit schnellen Schritten marschierte sie los.

Udo folgte ihr. »Ich wusste gar nicht, dass Frau Wögens Pflege braucht.«

»Oh, doch! Sie hat Demenz. Das meiste vergisst sie gleich wieder und ständig bringt sie Dinge durcheinander. Leider vergisst sie auch oft den Weg nach Hause.«

»Dann weiß sie vermutlich gar nicht mehr, was ich eben mit ihr besprochen habe.« Er schluckte.

»Ich dachte, Sie wollten erst noch mit Frau Wögens reden.« Natalia beschleunigte ihre Schritte.

»Eigentlich war es eher so, dass Frau Wögens während unserer Unterhaltung aufgestanden und verschwunden ist.« Suchend sah er sich um. »Müssten wir sie nicht längst eingeholt haben?«

»Sie ist noch sehr flink zu Fuß.« Natalia zückte erneut ihr Smartphone und sah auf das Display. »Laut meiner App sind wir schon an ihr vorbeigelaufen.« Sie machte kehrt und betrat ein fremdes Grundstück durch die offene Gartenpforte. »Frau Wögens!«, rief sie. »Wo sind Sie?«

»Bei den Vögeln!« Die Stimme schien von einer Stelle hinter dem Haus zu kommen.

Hastig umrundeten Udo und Natalia das Gebäude. Tatsächlich! Viebeke Wögens stand auf der Terrasse und beobachtete eine Blaumeise, die sich von einem Meisenknödel, der am Vogelhäuschen befestigt war, einige Körner herauspickte. Trotz ihres Strickpullovers zitterte sie in der kalten Winterluft und schlang schützend die Arme um sich.

Erschrocken stellte Udo fest, dass sie ihre Hausschuhe trug. »Frau Wögens, Sie erkälten sich noch!« Hastig zog er die Jacke seiner Polizeiuniform aus und legte sie ihr um die Schultern.

»Kennen wir uns?« Sie musterte ihn mit einem leichten Stirnrunzeln.

»Ich bin Udo Harksen von der Wyker Polizeiwache.« Er tauschte einen Blick mit Natalia, die immer noch die Lesebrille von Viebeke Wögens hielt. »Ich würde gern mit Ihnen beiden reden. Aber gehen wir erst mal zurück ins Warme.«

Kapitel 3

UDO

Udo saß mit Natalia Wiśniewski am Küchentisch und hatte die Diktierapp seines Smartphones eingeschaltet. Seine Knie fühlten sich immer noch ganz weich von dem zweiten Gespräch mit Viebeke Wögens an, bei dem er endlich zu ihr durchgedrungen war. Tomma tröstete Frau Wögens nun im Wohnzimmer, damit Udo ungestört mit deren Pflegerin reden konnte.

Er beugte sich über den Tisch zu ihr vor. »Frau Wiśniewski, seit wann wohnen Sie schon mit Frau Wögens und ihrem Sohn zusammen?«

»Seit etwa zwei Jahren«, erwiderte Natalia. »Jakub, mein Mann, arbeitet schon fast zehn Jahre für Herrn Wögens als Landarbeiter und ist immer nur für ein paar Monate im Winter nach Hause gekommen. Wir haben früher in Danzig gelebt. Als es mit Frau Wögens gesundheitlich bergab ging, hat ihr Sohn jemanden gesucht, der bei ihnen einzieht. Jakub hat gleich mich vorgeschlagen. So können wir uns endlich wieder mehr sehen.«

»Wissen Sie, ob Herr Wögens Feinde hatte? Haben Sie vielleicht mal einen Streit mitbekommen?«

»Nein, das nicht.« Sie zögerte. »Aber mir ist schon aufgefallen, dass er keine Freunde hatte. Er ist oft für sich geblieben. Wenn Jakub und ich nicht hier wohnen würden, hätte er wohl die meiste Zeit nur mit seiner Mutter verbracht.«

Nachdenklich kratzte Udo sich am Kinn. »Dann wundere ich mich, dass er einen Stand auf dem Adventsbasar betreut hat. Das passt eigentlich nicht zu einem Eigenbrötler.«

»Wenn ich mich richtig erinnere, ist jemand krank geworden. Und dann wurde Herr Wögens gefragt, ob er kurzfristig einspringt. Darüber hatte er sich so sehr gefreut, dass er sofort zugesagt hat – ohne sich vorher mit mir abzusprechen. Mir hat das gar nicht gepasst, weil ich sonntags normalerweise freihabe und sich Herr Wögens dann selbst um seine Mutter kümmert.« Ihre Stimme klang gepresst. »Hätte ich doch nur meinen Mund aufgemacht und ihm gesagt, dass ich damit nicht einverstanden bin! Dann wäre er noch am Leben.«

»*Sie* trifft nun wirklich keine Schuld daran, was Herrn Wögens zugestoßen ist. Machen Sie sich bitte keine Vorwürfe!«

Natalias Augen schimmerten feucht. »Er wollte unbedingt einen guten Eindruck bei den anderen Freiwilligen machen. Deshalb hat er mich gebeten, Kekse für den

Basar zu backen, die er spenden kann. Aber ich habe abgelehnt. Hab ihm gesagt, dass mir die Zeit dafür fehlt. Dabei stimmte das nicht mal. Ich war nur verärgert, weil ich seinetwegen meinen freien Sonntag opfern musste. Es war das Letzte in seinem Leben, worum er mich gebeten hat. Und ich habe Nein gesagt.« Eine Träne kullerte ihre Wange hinab.

Udo riss ein Stück Küchenpapier von der Rolle ab und reichte es ihr.

»Danke!« Natalia betupfte ihre Augen und schnäuzte sich.

Wenn eine Frau weinte, fühlte Udo sich immer hilflos. Auch jetzt wusste er nicht so recht, was er Tröstendes zu Natalia Wiśniewski sagen sollte. Schließlich räusperte er sich. »Wo steckt eigentlich Ihr Mann?« Ihm wäre wohler, wenn er die aufgelöste Zeugin in dessen Obhut übergeben konnte, bevor er sich verabschiedete.

Natalia zerknüllte das Küchenpapier in ihrer Faust. »Auf dem Feld. Er erntet Wintergemüse.«

»Möchten Sie ihn anrufen, damit er herkommt?«

Zu seiner Überraschung schüttelte sie den Kopf. »Bloß nicht! Jakub hat mehr als genug zu tun, wenn er den Hof ganz allein bewirtschaften soll.«

Sie musterte Udo. »Wie soll es nun eigentlich weitergehen? Mit Frau Wögens und mit dem Hof? Herr Wögens hat bisher unser Gehalt gezahlt und alle Entscheidungen getroffen. Seine Mutter ist doch dazu gar nicht mehr in der Lage.«

»Hat Frau Wögens eine Vorsorgevollmacht unterschrieben?«, fragte Udo.

»Ja, aber die ist auf ihren Sohn ausgestellt.«

»Ich bin kein Anwalt und kann Ihnen keine verbindliche Rechtsauskunft geben«, schränkte er ein. »Soweit ich weiß, wird in einem solchen Fall vom Gericht ein gesetzlicher Betreuer eingesetzt. Dieser würde dann entscheiden, ob Frau Wögens weiter von Ihnen versorgt werden kann oder ob sie in ein Heim muss. Und auch, was aus dem Hof wird.«

»Furchtbar, das Ganze!« Frische Tränen rannen Natalia die Wangen hinab. Mit dem plötzlichen Tod von Jasper Wögens stand alles auf dem Spiel, was sie und ihr Mann sich in Deutschland aufgebaut hatten.

»Es tut mir wirklich sehr leid für Sie.« Unbehaglich rutschte Udo auf der Sitzfläche seines Küchenstuhls herum. »Eine letzte Frage noch, dann sind wir für heute fertig. Wurden hier von jemandem Kekse für den Basar abgegeben?«

»Nein.« Natalia blinzelte eine Träne weg. »Die Spenden wurden alle direkt zum Basar gebracht. Tut mir leid, dass ich Ihnen nicht helfen konnte.«

»Doch. Das haben Sie schon.« Udo stoppte die Diktierapp auf seinem Smartphone. »Falls Ihnen später noch was einfällt, melden Sie sich bitte. Jeder noch so kleine Hinweis könnte nützlich sein.«

BRODER

Broder traf sich mit Hauptkommissarin Greta Jensen in der Wyker Polizeistation, einem modernen Rotklinkerbau direkt am Hafendeich. Die Polizeichefin – eine Frau von Mitte vierzig mit blondem Kurzhaarschnitt und sportlicher Figur – führte ihn in einen Besprechungsraum. Einladend deutete sie auf einen der sechs Stühle, die um einen ovalen Tisch standen. »Nehmen Sie bitte Platz.«

»Danke!« Broder setzte sich und musterte den ausgeschalteten Projektor in der Mitte des Tisches. Heute würde er wohl noch keine Bilder zu sehen bekommen.

Greta Jensen stellte zwei Gläser und eine Flasche Mineralwasser auf den Tisch. »Tut mir leid, dass ich Ihnen keinen Tee anbieten kann. Aber das ganze Team befindet sich wegen unseres neuen Falls im Einsatz.«

»Kann ich mir vorstellen.« Broder öffnete die Flasche. »Möchten Sie auch ein Glas Wasser?«

»Ja, bitte.« Die Hauptkommissarin nahm neben ihm Platz. »Dieser Fall ist ein Albtraum. Mindestens zweihundert Besucher, die nirgendwo namentlich erfasst sind, und jeder von ihnen könnte vergiftete Kekse gekauft haben. Wir lassen schon eine Warnung im Inselradio übertragen und haben die Info auf allen Social-Media-Kanälen gepostet. Trotzdem kann es passieren, dass noch weitere Personen zu Schaden kommen.«

»Wissen wir schon Genaueres – über das Gift oder mögliche Täter?«

»Meine Leute erstellen gerade eine Liste mit allen Personen, die Kekse für den Basar gespendet haben. Aber ob sie am Ende vollständig ist, kann niemand sagen.« Greta Jensen seufzte tief. »Es macht unsere Ermittlungen nicht gerade leichter, dass ausgerechnet die Person gestorben ist, die den Keksstand betreut hat.«

»Was können Sie mir über das Opfer sagen?«, fragte Broder.

Die Hauptkommissarin legte eine verstaubte Akte auf den Tisch und schlug sie auf. Dabei wirbelte jede Menge Staub durch die Luft. »Der Tote ist Jasper Wögens. Einundsechzig Jahre alt. Unverheiratet. Keine Kinder. Ein Landwirt aus Oldsum, der Mais angebaut hat. Er hat mit seiner demenzkranken Mutter zusammengewohnt. Herr Harksen war heute bei ihr, um der armen Frau die Todesnachricht zu überbringen.«

Broder musterte die dicke Akte. »Dafür, dass wir erst seit heute ermitteln, haben Sie aber schon viel zusammengetragen.«

»Schön wär's. Das hier ist ein dreißig Jahre alter Fall, in dem Jasper Wögens als Zeuge ausgesagt hat. Ging um Brandstiftung.«

»Und inwiefern ist das Ganze relevant für unseren aktuellen Fall?« Er nippte an seinem Wasser.

»Das weiß ich noch nicht. Vielleicht gar nicht.« Greta Jensen blätterte durch die Akte. »Der Fall wurde nie aufgeklärt.«

»Gab es damals Tote?«, fragte Broder. »Denn wenn nicht, ist diese Brandstiftung seit zwanzig Jahren verjährt und damit strafrechtlich schon lange nicht mehr relevant.«

»Trotzdem werde ich mir den Vorgang mal genauer ansehen. Im Augenblick wissen wir schließlich nicht, ob Jasper Wögens ein Zufallsopfer war oder nicht.«

Broder kratzte sich an der Nase. »Wie hätte der Täter oder die Täterin Ihrer Meinung nach denn gezielt diesen

Mann töten können? Es konnte doch niemand im Voraus ahnen, wer die Kekse überhaupt isst.«

»Auf die meisten Opfer trifft das zu. Aber dass Wögens den Stand betreuen würde, war bekannt. Falls er gern genascht hat, standen die Chancen gut, dass er sich an den Weihnachtsplätzchen bedienen würde. Womöglich war er ja auch ein Zufallsopfer. Aber ich möchte nichts von vornherein ausschließen.« Die Kommissarin seufzte leise. »Ich schlage vor, wir treffen uns morgen zu einer Lagebesprechung, sobald die Verstärkung vom Festland eingetroffen ist. Wissen Sie schon, wer kommt?«

Broder lehnte sich in seinem Stuhl zurück. »Hauptkommissar Thies Hansen. Er hat mir vorhin eine SMS geschrieben, dass er morgen der Obduktion beiwohnt und sich im Anschluss auf den Weg macht.«

»Ein guter Mann!« Greta Jensen lächelte schief. »Auch wenn ich nicht immer verstehe, was er eigentlich sagen will.«

»Das kommt, wenn er Platt snackt«, erwiderte Broder und sah auf seine Armbanduhr. Es war kurz nach sechs. Seine Eltern schlossen gerade das Friesenstübchen. »Wenn im Augenblick nichts mehr ist, verabschiede ich mich für heute.«

»Haben Sie noch was Schönes vor?«, fragte die Polizeichefin.

»Nicht wirklich.« Wenn Broder ehrlich war, hätte er sich lieber noch etwas länger mit dem neuen Fall befasst, als den Wyker Friedhof zu besuchen.

BRODER

Arne Jacobsen. Geliebter Sohn und Bruder. Verschollen auf See, aber unvergessen. Broder starrte die Inschrift auf Arnes Grabstein an, bis die Buchstaben vor seinen Augen verschwammen. Die Erinnerung an jene unheilvolle Nacht, in der Arne als Fünfzehnjähriger in der Nordsee ertrunken war, weil er Linas jüngere Schwester Emma hatte retten wollen, verengte Broder die Kehle. Damals hatte Emma überlebt. Doch Arnes Opfer war trotzdem vergebens gewesen, weil Emma sich später das Leben genommen hatte. Und dieser Gedanke war es, der Broder am meisten zu schaffen machte.

Mit tränenfeuchten Augen sah er dabei zu, wie seine Mutter eine Vase mit Christrosen auf das Grab stellte, während sein Vater das auf der Grabstelle verstreute Herbstlaub aufsammelte.

Maren fasste sich ins Kreuz, das ihr Schmerzen zu bereiten schien. »In der Adventszeit fehlt Arne mir besonders. Seine Vorfreude auf Weihnachten war einfach zu goldig. Erinnert ihr euch noch an das Jahr, als er am ersten Dezember alle Türchen seines Adventskalenders geöffnet hat?«

»Und ob!« Leif schmunzelte. »Er dachte, wenn er das macht, kommt der Kenken früher. Arne war schwer enttäuscht, als er rausgefunden hat, dass er trotzdem bis zum vierundzwanzigsten Dezember auf die Bescherung warten muss.«

Nun musste auch Broder ein wenig lächeln. »Und wisst ihr noch, wie er beim Telleraufsetzen die ganze Nacht aufbleiben wollte, um den Kenken zu sehen?«

Seine Mutter nickte. »Stattdessen ist er in seinem Versteck hinter dem Sofa eingeschlafen und wir haben ihn überall gesucht.«

»Er war so verärgert, dass er den Kenken verpasst hat, dass er nicht mal die Süßigkeiten essen wollte, die der ihm gebracht hatte«, ergänzte Leif. »Aber lange hat er das nicht durchgehalten. Waren es zehn Minuten?«

»Eher fünf.« Maren strich mit den Fingerspitzen über den Grabstein. »Wir werden dich nie vergessen. Ohne dich wird Weihnachten nie mehr dasselbe sein. Aber wir geben unser Bestes und feiern für dich mit.«

Broder wischte sich mit dem Handrücken über die Augen. Die Nachtluft war so kühl, dass sein Atem kleine Dampfwölkchen bildete. Auch in seinen Füßen spürte er mittlerweile die Kälte. »Wir sollten gehen.«

»Tschüss, Arne!« Ein letztes Mal strich Maren über den Grabstein, dann wandte sie sich ab. In ihrer Hand hielt sie immer noch ein kleines Sträußchen Christrosen.

»Für wen sind die?«, fragte Broder.

»Für die Tochter einer Freundin.« Seine Mutter führte Broder und Leif zu einer frischen Grabstelle, auf der noch kein Stein stand. »Tabea liegt seit Tagen krank im Bett. Deshalb hat sie mich gebeten, einmal nach Fennas Grab zu sehen.«

Maren entfernte einen verwelkten Blumenstrauß aus einer Vase, die auf dem Grab stand, und stellte die Christrosen hinein.

Broder hob die verwelkten Blumen auf, um sie im nächsten Abfallbehälter zu entsorgen. »An eine Freundin mit dem Namen Tabea kann ich mich gar nicht erinnern.«

»Du kennst sie auch nicht«, erwiderte Maren. »Wir haben uns in der Trauergruppe angefreundet. Ursprünglich ist sie dort nach dem Tod ihres Mannes beigetreten. Und nun hat die Ärmste auch noch ihr einziges Kind verloren. Manche Menschen werden vom Schicksal hart geprüft.«

Sie berührte Broder am Arm. »Ich bin jeden Tag dankbar dafür, dass wir dich noch haben. Andernfalls hätte ich nach Arnes Tod wohl nicht die Kraft gefunden, weiterzumachen.«

»Sag doch so was nicht!«, bat Broder mit belegter Stimme.

»Es ist aber wahr!«, ergänzte Leif. »Damit wollen wir nicht sagen, dass du für unser Glück verantwortlich bist. Aber in schweren Zeiten ist die Familie nun mal das, was einem Halt gibt.«

Maren nickte und lächelte Broder an. »Danke, dass du uns heute begleitet hast! Das bedeutet uns wirklich sehr viel.«

Verlegen winkte er ab. »Da nicht für.« Doch insgeheim freute Broder sich darüber, dass er sich überwunden und seinen Eltern eine Freude gemacht hatte.

Kapitel 4

THIES

Hauptkommissar Thies Hansen stand auf dem Außendeck der Uthlande, die von Dagebüll nach Wyk übersetzte, und ließ sich eine frische Brise um die Nase wehen. Nach dem beißenden Geruch in der Kieler Rechtsmedizin war ihm die frische Seeluft mehr als willkommen. Er nippte an seinem Coffee to go. So wie er die Föhrer Kollegen kannte, würde er auf der Wyker Polizeistation wieder nur Friesentee bekommen. Bei dem Gedanken daran verzog er gequält das Gesicht.

Sein Handy klingelte und er kramte es mit der freien Hand umständlich aus der Jackentasche. Ausgerechnet jetzt, da er seinen dringend benötigten Koffeinschub genießen wollte, rief ihn Staatsanwalt Broder Jacobsen an. »Moin, Herr Jacobsen. Was gibts?«

»Moin, Herr Hansen. Ich wollte fragen, was die Obduktion ergeben hat.«

Thies lehnte sich über die Reling und sah hinunter auf die weiße Gischt, die die Fähre beim Durchqueren der Nordsee erzeugte. In der Ferne entdeckte er einige Sandbänke, auf denen sich Seehunde sonnten. »Die eigentliche Todesursache ist Tod durch Ersticken. Das Opfer hat die typischen punktförmigen Einblutungen im Gesicht. Aber spannender ist wohl die Frage, welches Gift genau die Atemlähmung verursacht hat, die letztlich tödlich war.«

»Gibt es dafür schon Anhaltspunkte?«, fragte Jacobsen.

»Allerdings.« Thies trank einen Schluck aus seinem Pappbecher. »Jasper Wögens hat auffällig erweiterte Pupillen. Wenn man die Symptome der anderen Personen hinzuzieht, die erkrankt, aber nicht gestorben sind, weist vieles auf eine Vergiftung mit Atropin hin.«

»Also hat jemand Tollkirsche, Bilsenkraut oder Stechapfel getrocknet und extrahiert.«

»Oder es wurde die synthetische Variante benutzt«, erwiderte Thies. »Atropin kommt schließlich auch in Herzmedikamenten vor.«

Der Staatsanwalt seufzte leise. »Das macht unsere Arbeit nicht gerade einfacher. Wann können wir mit dem toxikologischen Gutachten rechnen?«

»Morgen. Die Keksproben vom Stand werden ebenfalls untersucht. Wenn wir wissen, welche Sorte vergiftet worden ist, können wir hoffentlich schon mal einige potenzielle Täter ausschließen.«

»Das wäre gut«, erwiderte Jacobsen. »Denn unsere

Liste mit den Keksbäckerinnen umfasst aktuell fünfzehn Personen. Und wir wissen nicht mal, ob diese Liste vollständig ist.«

Thies gönnte sich einen weiteren Schluck heißen Kaffee, während er den wolkenverhangenen Himmel betrachtete. Wenn er sich nicht täuschte, würde es bald Regen geben. »Irgendwelche Hinweise auf einen terroristischen Hintergrund?«

»Bisher nicht. Auch wenn es sieben Opfer gegeben hat – von denen zum Glück die sechs Erkrankten alle durchkommen –, fehlt ein Bekennerschreiben.«

»Schade! Ein plätzchenbackender Terrorist wäre mal was Neues gewesen«, brummte Thies. »Haben die bisherigen Vernehmungen schon was Interessantes ergeben?«

»Das werden wir wohl später bei der Lagebesprechung erfahren. Wann können Sie auf der Polizeistation sein?«, fragte Jacobsen.

»Die Fähre legt in einer halben Stunde an. Dann muss ich noch kurz im Hotel einchecken. Schätze so in einer Stunde.« Thies betrachtete das Föhrer Ufer, das sich in der Ferne am Horizont abzeichnete. »Mir gefällt dieser Fall nicht.«

»Warum? Etwa weil wir mehr als ein Dutzend Verdächtige und kein Motiv haben? Oder weil wir nicht mal wissen, ob der Tote ein Zufallsopfer war oder nicht?«

»Nee, dat meen ik nich.«

»Was denn dann?«

Thies trank den letzten Rest Kaffee aus seinem Becher aus. »Mir geht es um den Zeitpunkt des Verbrechens. Wir haben schon den vierten Advent. Ich hab Frau und Kindern versprochen, dass wir Weihnachten dieses Jahr endlich mal wieder gemeinsam feiern. Und ich fürchte, das fällt nun flach.«

BRODER

Eine Stunde später saß Broder mit Hauptkommissar Thies Hansen, Polizeichefin Greta Jensen und Kommissar Udo Harksen um den großen Tisch im Besprechungsraum der Wyker Polizeistation. Der Beamer, der ein leises Surren von sich gab, warf ein Foto vom Oldsumer Adventsbasar auf die Leinwand.

Broder löffelte Sahne in seine Tasse Friesentee, während Thies Hansen, der den Tee verschmäht hatte, sich über den grauen Vollbart strich.

Udo Harksen, ein dreißigjähriger Mann mit dunklen Haaren und kantigem Kinn, klickte sich auf einem Notebook durch die Präsentation für den Beamer, während seine Chefin, Greta Jensen, die wichtigsten Fakten zusammenfasste.

»Mittlerweile haben die Kolleginnen und Kollegen mit den sechs überlebenden Vergiftungsopfern sprechen können«, trug sie vor. »Zwei befinden sich noch in der Klinik. Die anderen konnten entlassen werden. Drei der Vergiftungsopfer haben auf dem Adventsmarkt Punsch konsumiert. Zwei Personen haben gebrannte Mandeln gegessen. Aber das Einzige, was alle sechs verzehrt haben, waren selbst gebackene Weihnachtskekse.«

»Genau, wie wir vermutet haben.« Broder trank

einen Schluck Friesentee. Das würzige Aroma des heißen Getränks mischte sich mit der Süße des Kluntjes und der kühlen Sahneschicht. Er konnte es sich selbst nicht erklären, aber hier auf der Insel schmeckte ihm der Tee immer ein wenig besser als zu Hause in Flensburg.

»Was wissen wir über die Keksbäcker?«, fragte Hansen. »Gibt es da Auffälligkeiten?«

»Bisher nicht«, erwiderte die Polizeichefin. »Es handelt sich ausschließlich um Frauen aus Oldsum, die alle fest im Ort verwurzelt sind und sich untereinander gut kennen. Bezeichnenderweise hat kein einziger Mann für den Basar gebacken.«

Bei dieser Bemerkung rollte der Hauptkommissar mit den Augen. Broder, der seine Reaktion beobachtet hatte, verkniff sich ein Schmunzeln. »Ist das hier eine Ermittlung oder ein Kaffeekränzchen?«, brummte Thies Hansen. »Wir sollten uns auf die Fakten konzentrieren.«

Als Broder das Stirnrunzeln der Hauptkommissarin bemerkte, warf er schnell die nächstbeste Frage ein. »Was ist mit diesem alten Fall, den Sie sich noch mal ansehen wollten?« Auf Hansens fragenden Blick hin ergänzte er: »Das Opfer war vor dreißig Jahren Zeuge in einem Fall von Brandstiftung.«

Greta Jensen wuchtete die dicke Akte vom Fußboden auf den Tisch und schlug sie auf. »Das Spannende an diesem unaufgeklärten Feuer vor dreißig Jahren ist, dass es uns möglicherweise ein Tatmotiv liefert.«

»Ach ja?« Neugierig beugte Broder sich vor.

»Damals wurde in Oldsum ein Reitstall abgefackelt. Zwei Dutzend Pferde sind in den Flammen elendig verendet.«

»Wie furchtbar!«, bemerkte Udo Harksen. »Ich glaube, meine Mutter hat mir mal davon erzählt. Eine Frau ist in den brennenden Stall gerannt, um ihr Pferd zu retten, und wäre beinahe ums Leben gekommen.«

»Das stimmt«, ergänzte Greta Jensen. »Das Opfer heißt Tabea Knudsen. Sie hatte damals Verbrennungen dritten Grades.«

Nachdenklich tippte Broder sich gegen das Kinn. Den Namen Tabea hatte er kürzlich erst gehört. Ob es sich bei jener Frau um die Freundin seiner Mutter handelte? »Ich verstehe noch nicht, wie das Ganze mit unserem aktuellen Fall zusammenhängen könnte.«

»Es gab seinerzeit einen Zeugen, der angegeben hat, Jasper Wögens kurz vor dem Brand in der Nähe des Reitstalls gesehen zu haben. Die Glaubwürdigkeit des Zeugen war allerdings nicht besonders groß, da er und Jasper Wögens sich spinnefeind waren. Außerdem konnte Wögens für die Tatzeit ein Alibi nachweisen. Deshalb ist es auch nie zur Anklage gegen ihn gekommen.«

»Klingt nach einem schwachen Motiv«, bemerkte Hansen.

»Es gibt in Oldsum aber immer noch viele, die Wögens für schuldig halten«, erwiderte Greta Jensen. »Vor dreißig Jahren hätten ihn einige Reiter beinahe selbst zur Rechenschaft gezogen, wenn nicht unsere Kollegen rechtzeitig eingeschritten wären.«

Udo Harksen lehnte sich über den Tisch. »Das passt zu dem, was ich gestern von der Pflegerin gehört habe, die Herrn Wögens Mutter betreut. Anscheinend hatte Jasper Wögens im Ort keine Freunde und hat praktisch ein Einsiedlerleben geführt. Seine einzigen regelmäßigen

Kontakte waren seine demenzkranke Mutter, deren Pflegerin und der Mann der Pflegerin, der als Landarbeiter auf dem Hof tätig ist.«

Broder winkte ab. »Wir sollten uns nicht zu sehr auf diesen alten Fall konzentrieren. Bisher gibt es nicht mal einen Anhaltspunkt, dass Jasper Wögens ein spezielles Ziel dieses Giftanschlags war.«

Jensen nickte. »Ich möchte trotzdem noch mal mit dem Zeugen von damals reden. Nur, um auf Nummer sicher zu gehen.«

»Schaden kann es nicht.« Broder wandte sich an Udo Harksen. »Gibt es noch mehr Bildmaterial vom Adventsbasar?«

»Ja, natürlich.« Der Kommissar klickte sich durch die Präsentation. Auf den Fotos waren verschiedene Verkaufsstände, die Gänge dazwischen und sogar ein Dixiklo zu sehen. Anschließend folgte ein kurzes Video vom Keksstand, das ein Polizist nach den Vorfällen aufgenommen hatte. Zum Zeitpunkt der Aufnahme war Jasper Wögens bereits von den Sanitätern abtransportiert worden und deshalb nicht mehr zu sehen. Dafür wirkte sein Stand sehr mitgenommen. Am Boden lagen überall Kekstüten verstreut, die vom Verkaufstisch heruntergefallen sein mussten. Der Tisch selbst war mit Plätzchen und Krümeln bedeckt.

Thies Hansen runzelte die Stirn. »Wieso liegen da so viele lose Kekse herum? Gab es einen Probierteller?«

»Nein«, erwiderte Harksen. »Anscheinend hat Jasper Wögens sich beim Verkaufen an der Ware bedient. Mehrere Zeugen haben ihn beim Kekseessen gesehen.«

»Ich auch«, sagte Broder. »Als Lina und ich an

seinem Stand waren, hat er in eine offene Tüte gegriffen. Wenn er die ganze Zeit über am Stand genascht hat, ist es kein Wunder, dass er die stärksten Vergiftungssymptome entwickelt hat und gestorben ist.«

»Vielleicht war gar nicht beabsichtigt, dass jemand sein Leben verliert«, bemerkte Hansen. »Anscheinend waren ja eine Menge verzehrter Kekse nötig, damit die darin enthaltene Giftdosis tödlich ist.«

»Spekulationen bringen uns leider nicht weiter.« Greta Jensen klappte die Akte zu. »Wir brauchen dringend das toxikologische Gutachten zu den verschiedenen Kekssorten, damit wir wissen, welche Bäckerinnen als Täterinnen infrage kommen.« Sie wandte sich an Harksen. »Udo, sprich du noch mal mit der Organisatorin des Basars. Ich suche den Zeugen im alten Brandstiftungsfall auf. Und jemand sollte mit dem Opfer von damals reden.«

»Dat övernehm ik«, sagte Thies Hansen.

Broder trank einen weiteren Schluck Friesentee. »Dann sichte ich die bisherigen Vernehmungsprotokolle. Und sobald der toxikologische Bericht kommt …«

»… erfahren Sie es als Erster«, versprach Greta Jensen. Sie erhob sich. »Dann mal ran an die Arbeit!«

Kapitel 5

THIES

Hauptkommissar Thies Hansen klingelte in Oldsum an der Tür eines kleinen Hauses mit Satteldach. Es stammte aus der Nachkriegszeit und ihm fehlten die auf Föhr schon beinahe obligatorischen Sprossenfenster und der Friesengiebel. Der Vorgarten war einmal liebevoll angelegt worden mit Rosenbüschen und Hortensien. Doch inzwischen spross überall das Unkraut, die Fugen zwischen den Pflastersteinen auf dem kurzen Wegstück von der Gartenpforte zur Haustür waren vermoost und der Rasen sah aus, als sei er lange nicht gemäht worden.

Etwas Nasses traf Thies im Nacken und er blickte zum Himmel. Wie erwartet, hatten sich die grauen Wolken zusammengezogen. Die ersten dicken Regentropfen platschten ihm ins Gesicht. Er brachte sich unter dem Dachüberstand in Sicherheit und lauschte auf Geräusche aus dem Inneren des Hauses. Hoffentlich war überhaupt jemand da.

Endlich hörte er Schritte. Als die Haustür geöffnet wurde, stand eine blasse Frau mit strähnigen Haaren im Bademantel vor ihm. Dicke Narbenwülste zogen sich über die linke Hälfte ihres Gesichts hinab bis zum Hals.

Thies versuchte, nicht auf die zerstörte Haut zu starren, die ihn an eine Kraterlandschaft erinnerte. Er zog seinen Dienstausweis hervor. »Moin! Ich bin Thies Hansen von der Kripo Flensburg. Sind Sie Tabea Knudsen?«

»Ja, die bin ich.« Die Frau musterte ihn. »Was führt Sie her?«

»Ich möchte mit Ihnen über einen alten Fall sprechen. Es geht um das Feuer auf dem Reiterhof, bei dem Sie verletzt wurden.«

Ihre Augen wurden schmal. »Das ist dreißig Jahre her. Außerdem passt es gerade schlecht. Ich bin krank.«

»Das tut mir leid.« Vorsorglich stellte Thies einen Fuß in den offenen Türrahmen, damit Tabea Knudsen ihm nicht die Tür vor der Nase zuschlagen konnte. »Kann ich trotzdem reinkommen? Ich verspreche auch, mich kurzzufassen.«

Sie seufzte. »Also schön. Kommen Sie rein!« Tabea Knudsen machte ihm Platz und schlurfte voraus in Richtung Wohnzimmer.

Thies folgte ihr. Kaum hatte er den Raum betreten, fing er an zu niesen. Kein Wunder! Auf den Bücherregalen und dem Couchtisch lagen dicke Staubschichten.

Tote Fliegen zierten die Fensterbank. Und in den Ecken des Zimmers entdeckte er Wollmäuse.

»Setzen Sie sich!« Einladend deutete Tabea Knudsen auf einen Sessel, der zumindest auf den ersten Blick halbwegs sauber wirkte. Während Thies ihrer Aufforderung folgte, ließ sie sich auf der Couch nieder und legte sich eine Decke über die Beine.

Thies räusperte sich. »Es tut mir leid, dass mein Besuch so ungelegen kommt. Ich beeile mich, damit Sie sich wieder hinlegen können. Ist es in Ordnung für Sie, wenn ich unser Gespräch aufzeichne? Das geht schneller, als wenn ich mir Notizen mache.«

Auf ihr Nicken hin kramte er sein Smartphone hervor, rief die Diktierapp auf und startete eine Tonaufnahme. Thies legte das Handy auf den staubigen Couchtisch, fragte Tabea Knudsen nach ihren Personalien und machte dann eine kurze Sprechpause. »Frau Knudsen, haben Sie schon gehört, was gestern auf dem Adventsbasar passiert ist?«

»Ja, natürlich. Eine Freundin hat mich angerufen und mir davon erzählt. Einfach furchtbar! Wer tut so etwas nur?«

»Das ermitteln wir gerade.« Thies musterte sie aufmerksam. »Es gab auch ein Todesopfer. Jasper Wögens.«

Tabea Knudsen strich die Decke auf ihrem Schoß glatt. Ihre Miene gab dabei nichts von ihren Gefühlen preis. »Ich ahne schon, worauf Sie hinauswollen.«

»Unseren Ermittlungen nach hatte der Mann im Ort viele Feinde, weil es heißt, dass er vor dreißig Jahren das Feuer im hiesigen Reitstall gelegt haben soll. Vierundzwanzig Pferde sind damals verbrannt oder im Rauch erstickt. Und Sie wurden so schwer verletzt, dass Sie mehrere Monate im Krankenhaus verbringen mussten.«

»Das ist mir alles bekannt.« Eine schmale Falte erschien über ihrem Nasenrücken. »Warum erzählen Sie mir, was ich schon längst weiß?«

»Weil ich von Ihnen erfahren möchte, wer von den Betroffenen es möglicherweise auf Jasper Wögens abgesehen haben könnte.«

»Sie meinen – außer mir?« Ihr Tonfall klang spöttisch. »Ich habe ja von allen das stärkste Motiv.«

»So hätte ich es zwar nicht ausgedrückt«, entgegnete Thies, »aber es würde Ihnen wohl niemand verübeln, wenn Sie gegen Herrn Wögens einen Groll hegen. Vorausgesetzt, Sie halten ihn für schuldig?«

Tabea Knudsen zuckte mit den Schultern. »Wer kann das schon mit Bestimmtheit sagen? Gesehen habe ich ihn jedenfalls nicht, als ich damals in den brennenden Stall gerannt bin, um meine Stute zu retten. Aber am Ende habe ich es nicht geschafft.« Ein Schatten huschte über ihr Gesicht.

»Hätte Herr Wögens denn überhaupt einen Grund gehabt, den Reitstall anzuzünden?«

»Vielleicht. Es gab damals Gerüchte – ob sie stimmen, weiß ich nicht –, dass er ein Verhältnis mit der Frau des Reitstallbesitzers hatte und diese die Affäre beenden wollte. Mehr kann ich Ihnen dazu nicht sagen.«

»Verstehe.« Thies tippte sich gegen das Kinn. »Das wäre ein starkes Tatmotiv. Können Sie sich vorstellen, dass das Ehepaar sich nach so vielen Jahren noch an Herrn Wögens rächen wollte?«

»Nein.« Tabea Knudsen erwiderte seinen prüfenden Blick. »Die beiden sind schon vor einigen Jahren gestorben.«

»Wer dann?« Thies schlug die Beine übereinander. »Gab es unter den Pferdebesitzern jemanden, den der Verlust besonders getroffen hat?«

»Jeden von uns. Wir alle haben unsere Pferde geliebt.« Die Falte über ihrer Nase vertiefte sich. »Es gefällt mir nicht, wie Sie versuchen, mich dazu zu bringen, Ihnen Verdächtige zu liefern. Ich will niemanden denunzieren.«

»Das verstehe ich.« Er beugte sich in seinem Sessel vor. »Hatten Sie in den letzten Monaten mal Kontakt zu Herrn Wögens?«

»Warum sollte ich?«, fragte sie spitz.

»In Oldsum leben nur fünfhundertfünfzig Personen. Da ist es doch ganz natürlich, dass man sich hin und wieder über den Weg läuft.«

»Ach so. Na, das ist schon vorgekommen. Aber wir haben nie miteinander geredet. Ich kann Ihnen gar nicht sagen, wann ich Herrn Wögens das letzte Mal gesehen habe.«

Thies blieb skeptisch, ob er ihr das glauben sollte. »Wo waren Sie gestern zwischen zehn und sechzehn Uhr?«

Sie strich mit dem Zeigefinger über ihre vernarbte Wange. »Fragen Sie jetzt nach meinem Alibi?«

»Das ist reine Routine.«

»Ich war hier und habe die meiste Zeit geschlafen«, erwiderte Tabea Knudsen. »Und nein, dafür gibt es keine Zeugen. Ich lebe allein.« Ihr Blick huschte zu einem

Beistelltischchen. Es war das einzige Möbelstück im Zimmer, das nicht von einer Staubschicht bedeckt wurde.

Auf dem Tisch standen drei gerahmte Fotografien. Die erste Aufnahme zeigte eine hübsche Frau von Mitte zwanzig, die auf einem braunen Pferd ritt. Auf dem zweiten Bild lächelten eine Mutter und ihr etwa zehnjähriger Sohn in die Kamera. Das dritte Foto war das Porträt eines Mannes um die siebzig mit gebräunter Haut und Lachfältchen um den Augen.

Thies deutete auf die gerahmten Bilder. »Ihre Familie?«

»Ja.« Tabea Knudsens Stimme klang belegt. »Aber sie sind alle nicht mehr da.«

»Alle?«, fragte er betroffen.

»Ich bin als Einzige übrig geblieben. Der Arzt sagt, dass ich Antidepressiva nehmen und wieder mehr am Leben teilnehmen soll. Aber das kann ich nicht.« Sie zupfte an der Decke über ihren Knien. »Jedes Mal, wenn ich mir einen kleinen Infekt einfange, liege ich tagelang flach. Mein Immunsystem ist am Ende und ich bin es auch.«

»Das tut mir sehr leid.« Thies stand auf, griff nach seinem Smartphone und stoppte die Aufnahme. »Ich will Sie auch nicht länger stören. Gute Besserung!«

»Danke.« Tabea Knudsen faltete die Decke zusammen und erhob sich ebenfalls. »Viel Erfolg bei Ihren Ermittlungen! Ich hoffe, Sie finden den Verantwortlichen bald.«

UDO

Kommissar Udo Harksen schritt die leeren Gänge zwischen den Verkaufstischen in der Oldsumer Scheune ab. Eigentlich hatte der Adventsbasar auch noch am Sonntag stattfinden sollen. Doch nach dem gestrigen Vorfall war er abgesagt worden. Die an den Stützbalken angebrachten Lichterketten waren ausgeschaltet und es lief auch keine Weihnachtsmusik mehr. Nur der Duft von Harz und Tannengrün hing noch immer in der Luft.

Vor einem Infostand über das Robbenzentrum, dem die Erlöse aus dem Basar hatten zugutekommen sollen, blieb Udo stehen. Während er auf Swantje Breckwoldt wartete, die den Basar organisiert hatte, scrollte er auf dem Smartphone durch seinen Nachrichteneingang.

Leoni hatte ihm geschrieben. *Im Friesenstübchen herrscht heute Hochbetrieb. Aber Leif hat so viel gebacken, dass bestimmt ein Stück Kuchen für dich übrig bleibt. Du bekommst es, wenn wir uns nachher sehen. Bis später! Ich freue mich auf dich.* Die Nachricht seiner Freundin entlockte ihm ein Lächeln. Ein halbes Jahr waren sie jetzt zusammen und er verliebte sich jeden Tag ein bisschen mehr in sie.

»Kommissar Harksen?« Eine Frau mit Pferdeschwanz und Sommersprossen kam ihm entgegen. Sie trug Bluejeans und ein Holzfällerhemd. Udo schätzte sie auf etwa dreißig.

»Der bin ich.« Er reichte ihr die Hand. »Danke, dass Sie extra hergekommen sind!«

Sie winkte ab. »Das ist doch selbstverständlich. Ich

möchte Ihre Ermittlungen bestmöglich unterstützen. So richtig kann ich das alles noch gar nicht fassen.«

Udo zog sein Smartphone hervor. »Darf ich unser Gespräch aufzeichnen?«

»Nur zu.« Swantje Breckwoldt hakte die Daumen in ihre Hosentaschen und lehnte sich lässig gegen den Infostand. »Was wollen Sie wissen?«

Er startete die Diktierapp und hielt das Smartphone in Richtung seiner Gesprächspartnerin. »Sie haben diesen Basar organisiert. Ist das richtig?«

»Ja. Und zwar das zweite Jahr in Folge. Letztes Mal waren alle so begeistert, dass sie eine Wiederholung wollten.« Ein Schatten huschte über ihr Gesicht. »Frau Matthiesen vom Tourismusbüro hat mich extra angerufen und gefragt, ob das Event wieder in den Veranstaltungskalender aufgenommen werden kann.«

»Haben Sie den Adventsbasar ganz allein organisiert oder hatten Sie Hilfe?«, fragte er.

»Ich bin allein für alles verantwortlich. Aber ohne Unterstützung wäre es nicht gegangen.« Swantje Breckwoldt stieß sich vom Stand ab und verlagerte ihr Gewicht von einem Fuß auf den anderen.

»Wie ist das genau abgelaufen mit der Standbetreuung und den Spenden für den Keksverkauf?«

»Wir haben hier im Dorf einen Aufruf gestartet«, erwiderte sie. »Da die Erlöse für den guten Zweck gespendet werden, brauchten wir Sponsoren und Freiwillige. Viele, die sich im Vorjahr beteiligt hatten, wollten wieder mitmachen. Insofern hatten wir unsere Standbetreuer schnell zusammen.«

»Aber Herr Wögens war ursprünglich gar nicht als Standbetreuer vorgesehen. Wie kam es dazu?«

»Frau Ebsen, die eigentlich diese Aufgabe übernehmen sollte, hat kurzfristig abgesagt. Ihr Bruder, ein Dachdeckermeister, ist bei der Arbeit von der Leiter gefallen und hat sich das Bein gebrochen. Da wollte sie ihn nicht das ganze Wochenende sich selbst überlassen.«

»Verstehe.« Udo ließ seinen Blick über den verwaisten Adventsmarkt schweifen. Trotz der weihnachtlichen Dekoration wirkte dieser Ort, an dem ein Mensch gestorben war und so viele sich vergiftet hatten, bedrückend. »Wessen Idee war es, Herrn Wögens als Vertretung anzufragen?«

»Meine eigene.« Swantje Breckwoldt seufzte leise. »Ich habe natürlich geahnt, dass ich mit dieser Entscheidung bei den Freiwilligen nicht gerade auf Begeisterung stoßen würde. Aber das Ausmaß der Empörung hat mich dann doch überrascht.«

»Was genau ist passiert?«

»Zwei Freiwillige haben ihre Zusage wieder zurückgezogen, als sie erfahren haben, dass Herr Wögens den Keksstand betreut. Auch mehrere Keksbäckerinnen sind uns weggebrochen. Ich kann Ihnen nicht mal sagen, wie viele Anrufe und SMS ich wegen Wögens Teilnahme bekommen habe. Hier im Ort halten ihn viele für den Teufel.«

»Wegen des abgebrannten Reitstalls?«, hakte Udo nach.

»Wohl eher wegen der vierundzwanzig Pferde, die bei dem Feuer ums Leben gekommen sind. So gut wie jede Familie mit Reitern war von dem Unglück betroffen. Am schlimmsten hat es natürlich die Ebsens erwischt, die durch den Brand ihr Zuhause verloren haben.«

»Moment mal! Die Frau Ebsen, von der Sie eben gesprochen haben, gehört zur Reitstall-Familie?«

»Ja«, erwiderte sie. »Dietje Ebsen ist die Tochter des mittlerweile verstorbenen Paars, das den Reitstall betrieben hat. Die Anlage war zwar versichert, aber der Stall wurde nie wieder aufgebaut. Vermutlich auch, weil längst nicht alle Reiter sich nach diesem traumatischen Verlust wieder neue Pferde angeschafft haben.«

Nachdenklich runzelte Udo die Stirn. »Halten Sie es für denkbar, dass jemand diesen Giftanschlag auf den Adventsmarkt verübt hat, um ein Zeichen gegen Herrn Wögens Teilnahme zu setzen?«

»Diese Frage habe ich mir auch schon gestellt.« Swantje Breckwoldt zupfte an ihrem Pferdeschwanz. »Ich war ja erst ein Jahr alt, als das Ganze passiert ist, und kann mich an nichts erinnern. Aber viele der Älteren hier im Ort haben es nicht vergessen.«

»Wenn Sie schon mit Widerstand gerechnet haben, warum haben Sie sich keinen anderen Ersatz für Frau Ebsen gesucht?«

»Weil ich fand, dass es an der Zeit ist, mit der Vergangenheit abzuschließen. Ich habe darauf gehofft, dass die Leute – auch wenn sie sich erst mal über Herrn Wögens Anwesenheit aufregen – ihn letzten Endes wieder akzeptieren. Es tat mir leid, wie sehr er ausgegrenzt wurde.«

»Gab es konkrete Drohungen?«, fragte Udo.

»Nein, das nicht«, erwiderte sie. »Ich kann mir eigentlich auch nicht vorstellen, dass eine der Keksbäckerinnen riskiert hätte, das halbe Dorf zu vergiften, nur um sich an Herrn Wögens zu rächen. Mal abgesehen von den Touristen waren die Besucher auf dem Basar schließlich Freunde, Verwandte und Bekannte der Freiwilligen.«

»Das ist allerdings wahr.« Udos ausgestreckter Arm wurde allmählich lahm, deshalb wechselte er das Smartphone von der rechten in die linke Hand. »Stimmt es, dass Herr Wögens als Einziger wusste, wer die Kekse gespendet hat?«

»Jein. Durch die kurzfristigen Absagen und ein paar Wechsel in letzter Minute war ich nicht mehr ganz auf dem aktuellen Stand. Aber ich habe seit gestern viel herumtelefoniert.« Swantje Breckwoldt zog einen gefalteten Zettel aus ihrer Hosentasche und reichte ihn Udo. »Die Liste sollte jetzt vollständig sein.«

»Danke.« Er übergab ihr sein Smartphone, um die Hände frei zu haben, und faltete das Papier auseinander. In zwei Spalten waren säuberlich fünfzehn Namen samt Telefonnummern und die jeweiligen Kekssorten verzeichnet. »Das ist uns eine große Hilfe.«

»Das hoffe ich«, erwiderte sie. »Als Organisatorin fühle ich mich für dieses Unglück mitverantwortlich. Wenn es etwas gibt, was ich für Sie tun kann, melden Sie sich bitte jederzeit.« Sie reichte Udo ihre Visitenkarte und gab ihm sein Handy zurück. »Haben Sie noch Fragen?«

»Ja«, sagte er. »Eine ganze Menge.«

Kapitel 6

GRETA

Hauptkommissarin Greta Jensen saß an einem Tisch des Eiscafés in der Fußgängerzone am Sandwall. Auf ihrem Stuhl lag ein wärmendes Schafsfell. Trotzdem hatte sie sich zusätzlich noch in eine Wolldecke eingekuschelt. Vor Greta stand ein Becher Vanilleeis mit heißer Schokoladensoße, dessen Anblick ihr den Mund wässrig machte. Von ihrem Platz aus konnte sie das Watt sehen und – in der Ferne am Horizont – einen Streifen Nordsee. Beinahe fühlte sie sich wie im Urlaub. Doch leider stimmte das nicht. Greta trug ihre Uniform und hatte einen Mord aufzuklären.

Ihr gegenüber hatte Giorgio Gortaguzzi Platz genommen. Der grauhaarige Italiener war der Besitzer des Eiscafés und lebte schon knapp vierzig Jahre auf der Insel. Vorsichtig nippte er an seinem Espresso und beäugte dabei Gretas Smartphone, das zwischen Ihnen auf dem Tisch lag. »Ich weiß wirklich nicht, wie ich dir helfen kann. Ich würde ja gern. Aber das Ganze ist dreißig Jahre her. Ich erinnere mich kaum noch daran. Lies lieber das, was in der alten Akte steht.«

»Das hab ich schon.« Greta schob sich einen Löffel Eis in den Mund. Die heiße Schokoladensoße und das kalte Vanilleeis zergingen ihr nur so auf der Zunge. Sie seufzte zufrieden. »Warum schmeckt dein Eis nur so gut? Was ist dein Geheimnis?«

Er lächelte schief. »Das hast du mich schon hundertmal gefragt. Ich stelle es selbst her – nach alten Familienrezepten. Und es kommen nur die besten Zutaten rein. Aber was genau, verrate ich nicht.«

»Und wenn ich dir nun sage, dass es für die Aufklärung unseres Falls wichtig wäre, dein Rezept für Pistazieneis zu erfahren?«

»Selbst dann nicht.« Giorgio zwinkerte ihr zu. »Bist du wirklich beruflich hier oder brauchtest du nur einen Vorwand, um Eis zu essen?«

Sie ließ die Hand mit dem Löffel sinken. »Also schön. Kommen wir zum eigentlichen Thema. Hand aufs Herz! Wie sicher bist du dir, dass der Mann, den du damals kurz vor dem Feuer in der Nähe des Reitstalls gesehen hast, wirklich Jasper Wögens war?«

»Mio Dio! Zu hundert Prozent. Das habe ich damals auch so zu Protokoll gegeben. Ich verstehe bis heute nicht, warum gegen den Mann keine Anklage erhoben wurde.«

»Weil seine Mutter ihm ein Alibi gegeben hat«, erwiderte Greta. »Sie hat ausgesagt, dass ihr Sohn zu Hause war und in der fraglichen Zeit mit ihr ferngesehen hat.«

»Dann hat sie eben gelogen. Frag sie doch jetzt noch mal, da ihr Sohn tot ist. Vielleicht rückt sie endlich mit der Wahrheit heraus.«

»Das würde ich ja gern. Aber Frau Wögens ist mittlerweile dement. Von ihr werden wir die Wahrheit nicht mehr erfahren.«

»Cazzo!« Er starrte seinen Espresso finster an.

»Ich möchte gar nicht wissen, was das bedeutet.« Greta winkte die Bedienung herbei. »Für mich bitte noch einen Cappuccino.«

»Kommt sofort.« Die junge Frau lächelte sie freundlich an.

Giorgio hingegen verzog gequält das Gesicht. »Wie oft habe ich dir schon gesagt, dass man Cappuccino nur vormittags trinkt?«

»Ist mir egal.« Greta löffelte sich eine köstliche Mischung aus geschmolzenem Eis und Schokoladensoße in den Mund. »Warum genau warst du dir damals so sicher, dass du Wögens gesehen hast? Es war dunkel und der beleuchtete Stall befand sich ein ganzes Stück entfernt. Wie konntest du ihn überhaupt erkennen?«

Er strich sich über den grauen Schnurrbart. »An seinem Gestank.«

»Wie bitte?«

»Der Mann hat ein fürchterliches Aftershave benutzt und in dem Zeug vermutlich gebadet – so penetrant war der Geruch.«

Greta drehte den Eislöffel zwischen ihren Fingern.

»Das überzeugt mich nicht. Es kann doch auch jemand anderes den gleichen Duft verwenden.«

»Als *Duft* würde ich das nicht bezeichnen«, erwiderte Giorgio. »Da riecht jeder WC-Reiniger besser. Und nein, ich habe diesen Gestank an niemand anderem bemerkt. Davon abgesehen kannte ich auch das Geräusch seiner Schritte sehr gut. Es war eindeutig Jasper Wögens.«

»Wögens selbst hat seinerzeit ausgesagt, dass ihr beide verfeindet wart und du ihm etwas anhängen wolltest.« Nachdenklich tippte Greta sich gegen das Kinn. »Ich kaufe schon seit meiner Kindheit Eis bei dir. Aber ich habe noch nie erlebt, dass du mit jemandem nicht ausgekommen bist. Wieso also diese Feindschaft zwischen euch beiden?«

Giorgio rührte in seinem Espresso herum. »Es ging dabei um eine Frau – genauer gesagt um *meine* Frau. Damals war sie das natürlich noch nicht. Wögens hatte ebenfalls ein Auge auf Silke geworfen und konnte einfach nicht akzeptieren, dass sie sich für mich entschieden hat.«

»Jetzt bin ich verwirrt. Vorhin hat jemand zu Protokoll gegeben, dass Jasper Wögens eine Beziehung mit der Betreiberin des Reitstalles hatte. Und dass das Motiv für die Brandstiftung gewesen sein soll, dass die Frau das Verhältnis beenden wollte.«

»Das Gerücht gab es«, bestätigte er. »Ob was dran ist, weiß ich nicht. Aber zutrauen würde ich es Wögens. Er war ein schlechter Verlierer. Nachdem er einsehen musste, dass er bei Silke keine Chance hat, fing er an, mich zu tyrannisieren. Damals hatte ich noch nicht dieses Café, sondern eine kleine Eisdiele mit Straßenverkauf in Oldsum. Fast täglich ist Wögens dort aufgekreuzt, hat mich vor den Kunden schlecht gemacht und versucht, mein Geschäft zu ruinieren. Ich bekam Anzeigen wegen Ruhestörung und der Beschäftigung von Schwarzarbeitern. Als es mir zu viel wurde, habe ich den Ort verlassen und dieses Café hier eröffnet. Rückblickend war es eine gute Entscheidung.«

Greta runzelte die Stirn. »Wenn du recht hast, könnte Wögens wegen seiner Frauengeschichten auch noch mit anderen Männern in Konflikt geraten sein.«

»Möglich wäre es. Aber ich glaube nicht daran.«

Die Bedienung kehrte an den Tisch zurück und brachte den Cappuccino. Greta wartete, bis die junge Frau ihren Tisch wieder verlassen hatte, bevor sie nachfragte: »Warum nicht?«

»Nach dem Brand im Reitstall war Wögens bei den Leuten untendurch. Auch wenn er niemals angeklagt wurde, halten die meisten Oldsumer ihn bis heute für schuldig. Mit so jemandem hätte keine Frau sich mehr eingelassen.« Giorgio schob seine leere Tasse von sich weg. »Aber ob es vor Silke und der Ebsen schon andere Frauengeschichten gegeben hat, kann ich nicht sagen.«

Greta blies auf ihr dampfendes Getränk. »Selbst für den Fall, dass Wögens noch anderen Frauen nachgestellt hat, will mir nicht in den Kopf, warum sich jemand jetzt noch an ihm rächen sollte. Es sind immerhin dreißig Jahre vergangen.«

»Diese Frage kann ich dir leider nicht beantworten.« Giorgio beäugte das Handy, das ihr Gespräch aufzeichnete. »Wenn das alles ist, muss ich zurück an die Arbeit.«

»Einen Moment noch!« Vorsichtig trank Greta den ersten Schluck heißen Cappuccino, der sie gleich von innen durchwärmte. »Ich brauche deine Angaben, wo du am Samstag überall warst und was du gemacht hast.«

Er lächelte schief. »Du willst wissen, ob ich ein Alibi habe? Hältst du mich etwa für verdächtig?«

»So wie ich dich kenne, hast du bestimmt etwas ausgefressen.« Greta schmunzelte. »Aber keine Sorge! Solange es sich nicht um einen Giftmord handelt, will ich es gar nicht wissen.«

THIES

Thies musterte die Teekanne auf dem Tisch im Besprechungsraum mit Widerwillen. Auf welcher vernünftigen Polizeistation fehlte bitteschön der Kaffee? Wenigstens gab es einen Teller mit Spekulatius. Er nahm einen Keks, hielt inne und sah fragend zu Kommissar Udo Harksen, der neben ihm saß. »Die sind aber nicht vom Adventsbasar, oder?«

Harksen lächelte schief. »Ne. Keine Sorge! Die hab ich im Supermarkt gekauft.« Zum Beweis seiner Worte schob er sich selbst einen Keks in den Mund.

Thies folgte seinem Beispiel. Der Keks schmeckte angenehm buttrig, aber man merkte ihm an, dass er industriell produziert und nicht mit Liebe gebacken worden war.

»Selbst wenn die Kekse vom Basar stammen würden, wären die Spekulatius unbedenklich«, bemerkte Polizeichefin Greta Jensen. »Der toxikologische Bericht ist eben reingekommen. Das Atropin hat sich ausschließlich in einem Teil der Zimtsterne befunden.«

»Wie beruhigend!« Staatsanwalt Broder Jacobsen blätterte durch die Fallakte und schlug eine Seite auf, auf der die verschiedenen Keksbäckerinnen verzeichnet waren. »Für Zimtsterne stehen zwei Personen auf der Liste: Frauke Waldeck und Dietje Ebsen.«

»Ebsen?« Harksen zog die Augenbrauen hoch. »Das ist doch die Frau, die ursprünglich den Keksstand betreuen sollte, dann aber abgesagt hat.«

Thies klopfte sich mit dem Zeigefinger gegen das Kinn. »Dat is ja en Ding!«

»Keine voreiligen Schlüsse bitte!«, mahnte die Polizeichefin.

Jacobsen suchte in der Akte. »Gab es schon Gespräche mit den beiden Frauen?«

»Nein.« Harksen nippte an seinem Friesentee. Dem Kommissar schien die Plörre tatsächlich zu schmecken. »Wir haben Samstag nur die Keksbäckerinnen vernommen, die auch auf dem Basar anwesend waren.«

»Dann sollten wir das dringend nachholen«, sagte Jacobsen. Er wandte sich an Greta Jensen. »Was hat der toxikologische Bericht sonst noch ergeben?«

»Das Gift wurde aus Tollkirschen gewonnen«, erwiderte sie. »Die Früchte sind zwar nicht frei verkäuflich. Aber wer sich auskennt, kann sie in der Natur sammeln. Auf Föhr kommt diese Giftpflanze allerdings nicht vor. Man findet sie eher in Süd- und Westdeutschland.«

»Dürfte in diesem Fall schwierig werden, die Herkunft des Giftes nachzuweisen«, bemerkte Thies.

»Doch bei nur zwei Tatverdächtigen wird das wohl auch nicht nötig sein.«

»Nicht so voreilig!«, mahnte Jacobsen. »Noch sind die beiden Frauen lediglich Zeuginnen. Wenn ich beim Richter einen Durchsuchungsbeschluss erwirken soll, brauchen wir dafür schon etwas mehr als diese Keksbäckerinnen-Liste.« Er musterte Thies. »Können Sie mir dieses *Mehr* beschaffen?«

Thies nickte grimmig. »Dor kannst du op wetten!«

UDO

Kommissar Udo Harksen parkte seinen Wagen vor einem weiß gestrichenen Friesenhaus in Oldsum. Er staunte nicht schlecht, als direkt hinter ihm ein anderes Fahrzeug am Straßenrand hielt und Hauptkommissar Thies Hansen ausstieg. »So schnell sieht man sich wieder«, bemerkte Hansen.

Udo rückte die Mütze seiner Uniform zurecht. »Anscheinend hat Greta uns versehentlich zu derselben Adresse geschickt. Ich soll mit Frau Waldeck sprechen.«

»Und ich mit Frau Ebsen.« Hansen kramte einen handbeschriebenen Notizzettel hervor. »Die Adresse stimmt. Es müsste das Haus hier sein.« Er deutete auf den Rotklinkerbau nebenan.

»Dann sind die beiden tatsächlich Nachbarinnen.«

Hansen nickte. »Lust auf eine kleine Wette?«

»Worum?«, fragte Udo neugierig.

»Na, wer von uns beiden heute mit der Täterin spricht. Denken Sie, es war die Ebsen oder eher die Waldeck?«

Udo scharrte mit den Schuhspitzen über das Pflaster. »Dazu hab ich mir noch keine Meinung gebildet. Sollten wir nicht versuchen, unvoreingenommen an die Sache ranzugehen?«

»Ein bisschen Spaß muss sein«, erwiderte Hansen. »Also, was glauben Sie?«

Udo zögerte. So richtig gefiel es ihm nicht, mit dem Hauptkommissar zu wetten. Aber er wollte auch kein Spielverderber sein. »Ich tippe auf Dietje Ebsen.«

»Warum?«, fragte Hansen.

»Sie hat wenigstens ein Motiv. Wögens hat vermutlich den Reitstall ihrer Eltern angezündet. Und wenn die Gerüchte stimmen, hatte er eine Affäre mit ihrer Mutter. Wer weiß, was das für Konsequenzen für die Ehe ihrer Eltern hatte.«

»Ich denke, dass es Frauke Waldeck war.«

»Sie hatte doch überhaupt keinen Grund dafür«, entgegnete Udo.

»Keinen, den wir kennen«, schränkte Hansen ein. »Während bei Frau Ebsen der Verdacht sehr naheliegt. Deshalb glaube ich auch nicht, dass sie es gewesen ist.«

Udo kratzte sich am Kinn. »So ganz kann ich Ihnen nicht folgen.«

Hansen schritt vor ihm auf dem Gehweg auf und ab. »Wenn es die Ebsen getan hätte, wäre sie bestimmt nicht so leichtsinnig gewesen, auf Nachfrage von Frau Breckwoldt anzugeben, dass sie ausgerechnet Zimtsterne gebacken hat. Sie hätte doch einfach lügen und eine andere

Sorte nennen können. Das wäre niemandem aufgefallen.«

»Ich glaube, Sie denken zu kompliziert.«

»Wollen wir tauschen?«, fragte Hansen.

»Was meinen Sie?«

»Die Häuser. Es ist doch langweilig, wenn jeder von uns die Person vernimmt, die er für unschuldig hält. Außerdem habe ich vor, meine Wette zu gewinnen.«

Unschlüssig starrte Udo auf das weiße Friesenhaus, in dem Frauke Waldeck wohnte. »Ist das überhaupt in Ordnung, wenn wir das einfach selbst entscheiden?«

»Das wird schon niemanden stören, solange wir am Ende beide vernommen haben.« Der Hauptkommissar streckte seine Hand aus. »Also, was sagen Sie?«

Nach kurzem Zögern schlug Udo ein. »Einverstanden. Worum wetten wir eigentlich?«

»Der Verlierer gibt die Getränke aus, wenn wir auf unseren gelösten Fall anstoßen«, erwiderte Hansen. »Und wenn wir schon Trinkbrüder werden, sollten wir uns duzen. Ich bin Thies.«

»Udo.« Er lächelte. »Viel Erfolg mit deiner Zeugin!« Er wandte sich von dem weißen Friesenhaus ab und ging auf den Rotklinkerbau nebenan zu.

Kapitel 7

THIES

Frauke Waldeck entpuppte sich als reiselustige Rentnerin, deren Wohnzimmerwände hinter den gerahmten Fotos ihrer Urlaube kaum noch zu erkennen waren. Ihre Kleidung bestand aus einer roten Pluderhose und einer blauen Tunika, die Thies an die Kleidung indischer Frauen erinnerte. Arme und Gesicht waren von der Sonne gebräunt und das Haar hatte sie raspelkurz geschnitten.

Kritisch beäugte Thies von seinem Sitzplatz auf der Couch aus eine bemalte Holzfigur mit üppigen Brüsten, die auf der Fensterbank stand und ihn anzustarren schien. Auch die restliche Einrichtung war aus allen Teilen der Welt zusammengetragen worden. Zwischen den Büchern im Regal standen russische Matroschkas und ein Fächer aus Palmblättern. An der Lampe unter der Zimmerdecke hingen mehrere Muschelketten, wodurch die ganze Konstruktion wie ein Mobile wirkte.

»Ich hoffe, Sie mögen starken Kaffee.« Frauke Waldeck stellte einen dampfenden Becher vor ihm ab, der aussah, als hätte sie ihn selbst getöpfert. »Die Bohnen habe ich aus Kolumbien mitgebracht. Ich weiß, dass die meisten hier auf Friesentee schwören. Aber ich brauche einfach meinen Kaffee.«

»Ik ok.« Thies umfasste den warmen Becher und pustete. Dann trank er vorsichtig einen Schluck. Die Bitterkeit des Kaffees wurde durch das Aroma von Nuss und Schokolade gemildert. Genießerisch schloss er einen Moment lang die Augen. Selbst für den Fall, dass Frauke Waldeck tatsächlich den Giftmord begangen hatte, hätte er ihr in diesem Moment kaum böse sein können.

»Ist es in Ordnung, wenn ich unser Gespräch aufzeichne?«, fragte er.

»Nur zu.« Sie nahm im Schneidersitz auf einem Sitzkissen Platz und trank aus ihrem Kaffeebecher.

Thies beugte sich zu ihr vor. »Kurz zu den Formalien. Sie heißen Frauke Waldeck, sind zweiundsiebzig Jahre alt und pensionierte Lehrerin. Ist das richtig?«

»Ja, das stimmt. Aber mein Alter hätten Sie nicht unbedingt erwähnen müssen.« Sie zwinkerte ihm zu.

»Frau Waldeck, schildern Sie doch bitte einmal, wie genau das mit Ihrer Keksspende für den Adventsbasar abgelaufen ist.«

»Es gab hier im Dorf einen Aufruf. Alle, die etwas für den Basar beitragen wollten, sollten sich bei Swantje Breckwoldt melden. Ich war mir zu dem Zeitpunkt noch nicht sicher, ob ich an dem Wochenende hier sein würde oder nach Nürnberg zum Christkindlesmarkt fahre. Deshalb habe ich keine Standbetreuung übernommen, sondern mich als Keksbäckerin gemeldet.«

»Mussten Sie bei der Anmeldung auch die Sorte angeben, die Sie backen würden?«, fragte Thies.

»Nein. Das wurde nicht abgefragt. Erst im Nachhinein, als es zu diesem schrecklichen Unglück gekommen ist, hat Frau Breckwoldt uns angerufen und wollte wissen, wer welche Kekse für die Tüten beigesteuert hat.«

»Sie haben laut der Liste von Frau Breckwoldt Zimtsterne gebacken. Stimmt das?«

»Ja.« Frauke Waldeck trank einen weiteren Schluck Kaffee.

»Auch noch andere Sorten?«, hakte Thies nach.

»Nein. Einige Frauen hier im Dorf betrachten solche Veranstaltungen als regelrechten Wettbewerb und versuchen, sich gegenseitig zu übertrumpfen. Ich hab gehört, dass die Ebsen fünf Sorten Kekse gebacken hat. Vermutlich, um überall damit anzugeben, wie fleißig sie ist.«

Erstaunt zog er die Augenbrauen hoch. »Sie sprechen von Ihrer Nachbarin, Dietje Ebsen, nicht wahr? Das klingt so, als hätten Sie beide kein sonderlich gutes Verhältnis.«

»Das ist noch stark untertrieben. Seit zehn Jahren führen wir einen Rechtsstreit nach dem anderen.« Ihre Stimme klang gepresst. »Die Frau hat meinen Hund auf dem Gewissen.«

»Wie bitte?«

»Ich weiß genau, dass der Giftköder, den Luna gefressen hat, von ihr in unseren Garten gelegt wurde. Aber beweisen konnte ich das natürlich nicht.«

Mit dieser Wendung ihres Gesprächs hatte Thies nun wirklich nicht gerechnet. Er rutschte bis an die Sofakante vor. »Warum hätte Frau Ebsen Ihrem Hund denn etwas antun sollen? Sie ist doch selbst auf einem Reiterhof mit vielen Tieren aufgewachsen.«

»Einem Pferd würde sie auch kein Haar krümmen.« Frauke Waldeck umklammerte ihren Becher. »Aber Luna hat sie vom ersten Tag an gehasst. Ständig hat sie sich beschwert, wenn meine Foxterrier-Hündin sich im Garten aufgehalten hat, dass ihr Bellen stören würde. Frau Ebsens Katze ist dauernd auf fremden Grundstücken herumspaziert. Aber das war natürlich etwas anderes. Und als die Katze dann eines Tages nicht mehr nach Hause gekommen ist, hat diese Verrückte behauptet, Luna hätte sie totgebissen und ich würde das Ganze vertuschen. Ich wette, in Wahrheit ist das Tier unter die Räder gekommen. Aber die Ebsen musste ja unbedingt jemandem die Schuld geben.«

»Hat Frau Ebsen Ihnen gegenüber jemals zugegeben, dass sie den Giftköder ausgelegt hat?«, fragte er.

»Nicht direkt. Aber sie hat mir offen ins Gesicht gesagt, dass die Töle bekommen hat, was sie verdient.« Tränen traten Frauke Waldeck in die Augen. »Die Anzeige gegen sie wurde damals eingestellt. Aber, wenn Sie mich fragen, hat die Polizei sich keine Mühe gegeben. Ging ja schließlich nur um ein Tier.«

»Und seitdem führen Sie einen Nachbarschaftskrieg?«

»So ist es. Ich habe damals ernsthaft darüber nachgedacht, das Haus zu verkaufen und umzuziehen. Nur, damit ich diese Person nicht mehr sehen muss. Aber zu der Zeit ist mein Mann an Krebs erkrankt und wir hatten andere Sorgen.«

Sie wischte sich mit dem Handrücken über die Augen. »Wir sind noch so viel wie möglich zusammen verreist. Seit seinem Tod erkunde ich die Welt nun allein. Zuerst fand ich das sehr ungewohnt, aber inzwischen gefällt es mir.« Ein Schatten huschte über ihr Gesicht. »Je weniger Zeit ich hier verbringe, desto besser.«

Thies nippte an seinem Kaffee. Dass die beiden Nachbarinnen sich spinnefeind waren, konnte er nutzen. »Trauen Sie Frau Ebsen einen Mord zu?«

»Unbedingt!«, erwiderte Frauke Waldeck, ohne auch nur eine Sekunde zu zögern. »Wer ein unschuldiges Tier tötet, hat wohl kaum ein Problem damit, einen Menschen umzubringen. Und mit Gift hat die Ebsen ja schon Erfahrung.«

»Hätte sie denn einen Grund gehabt, Jasper Wögens etwas anzutun?« Absichtlich stellte er sich unwissend.

»Und ob! Wissen Sie denn nicht, dass er den Reitstall ihrer Eltern angezündet hat?«

»Das ist nicht erwiesen.«

»Aber jeder weiß, dass es so gewesen ist.« Ihr Tonfall klang bestimmt. »Die Familie hat sich von diesem Schicksalsschlag nie wieder erholt. Kurz darauf haben sich die Ebsens sogar scheiden lassen.«

»Verstehe.« Thies lehnte sich gegen die Rückenlehne der Couch. Auch wenn Frauke Waldeck sich alle Mühe gab, ihre Nachbarin in ein schlechtes Licht zu rücken, war er nicht vollständig von deren Schuld überzeugt. »Nehmen wir einmal an, Frau Ebsen hätte es tatsächlich auf Herrn Wögens abgesehen. Wieso hätte sie ihn dann ausgerechnet auf eine Weise vergiften sollen, bei der noch andere Menschen gefährdet werden?«

»Die Ebsen ist hier in Oldsum selbst nicht gut gelitten«, entgegnete sie. »Viele Pferdebesitzer haben ihrer Mutter damals eine Mitschuld an dem Feuer gegeben. Auch entsprach der Brandschutz auf dem Reiterhof wohl nicht ganz den Vorschriften. Die Familie wurde zwar nicht ausgestoßen wie Jasper Wögens, aber sonderlich beliebt war sie nicht mehr.«

»Also glauben Sie, dass Dietje Ebsen mit einigen Einwohnern noch eine Rechnung offen hat?«, hakte er nach.

»So könnte man es ausdrücken.« Sie nahm einen Schluck aus ihrem Becher.

»Was ist mit Ihnen? Haben Sie – mal abgesehen von Frau Ebsen – noch mit jemandem eine Rechnung offen?«

Sie schmunzelte. »Das verrate ich Ihnen nicht.«

»Was ist mit den Zimtsternen? Haben Sie wirklich alle gespendet oder sind welche übrig?«

»Ein paar habe ich noch. Tut mir leid. Ich hätte Ihnen einen Keks zum Kaffee anbieten sollen. Aber in Anbetracht der Umstände schien es mir unpassend.« Frauke Waldeck erhob sich. »Bin gleich wieder da.«

»Nur keine Eile.« Thies griff nach seinem Smartphone und stoppte die Tonaufnahme. Dabei entdeckte er, dass Staatsanwalt Broder Jacobsen ihm eine Nachricht geschrieben hatte: *Wenn Sie fertig sind, rufen Sie mich an. Es gibt ein weiteres Opfer.*

Thies verkniff sich einen Fluch. Das durfte doch wohl nicht wahr sein! Hastig trank er seinen Kaffee aus und erhob sich. An der Tür zum Flur wäre er beinahe mit Frauke Waldeck zusammengestoßen, die einen Teller mit Zimtsternen in der Hand hielt. »Tut mir leid. Aber ich muss dringend los. Danke für den Kaffee.« Im Vorbeigehen fischte er einen Keks vom Teller. Nicht, um ihn zu essen, sondern für einen Abgleich im Labor.

BRODER

Broder betrat den abgesperrten Tatort im Schutzoverall. Greta Jensen begleitete ihn. Von der Hauptkommissarin war unter der Kapuze und der Atemschutzmaske kaum noch etwas zu erkennen. Vorsichtig zwängte Broder sich an der Rettungsbahre vorbei, die die Sanitäter im Flur abgestellt hatten. Sie war nicht mehr benötigt worden.

Jensen sprach in ihr Funkgerät. »Können wir jetzt reinkommen? ... Okay ... Und wieso nicht? ... Aha.« Sie drehte sich zu ihm um. »Die Spurensicherung braucht mehr Zeit. Wir sollen uns noch ein wenig gedulden.«

»Okay.« Broder versuchte trotzdem, einen Blick durch die geöffnete Badezimmertür zu erhaschen. Doch die vielen Beamten im Inneren des Raumes versperrten ihm die Sicht.

»Warten wir besser draußen«, bemerkte die Polizeichefin. »Hier stehen wir nur im Weg rum.«

Gemeinsam verließen sie das Friesenhaus und stellten sich auf den winterlich gelben Rasen im Vorgarten. Die kalte Luft brachte Broder zum Frösteln. Sein Handy klingelte. Der Anruf kam von Hauptkommissar Thies Hansen. Broder tippte auf das Display. »Moin! Sind Sie fertig mit Ihrer Vernehmung?«

»Ja. Ich gehe gerade zur Haustür raus. Wohin soll ich als Nächstes …? Ach ne! Ich seh's schon.« Hansen beendete das Gespräch.

Wenige Augenblicke später trat er durch die offene Gartenpforte. In der Hand schwenkte er eine Beweismitteltasche, in der sich ein einzelner Zimtstern befand. »Die halbe Straße ist mit Einsatzfahrzeugen zugeparkt. Und ich hab nichts mitgekriegt.«

»Was haben Sie rausgefunden?«, fragte Broder neugierig.

»Dass Frau Waldeck und Frau Ebsen seit zehn Jahren im Clinch liegen. Angeblich hat Frau Ebsen den Hund ihrer Nachbarin vergiftet.«

»Dann hat diese sich nun wohl revanchiert. Dietje Ebsen ist tot.« Broder zupfte an seiner Kapuze. »Herr Harksen ist ums Haus rumgelaufen, weil ihm niemand aufgemacht hat. Dabei hat er durchs Fenster eine Frau im Badezimmer liegen sehen. Er hat sofort den Rettungsdienst verständigt und sich Zutritt zum Haus verschafft. Es war aber schon zu spät. Die Sanis sind gleich wieder abgezogen.«

Greta Jensen musterte die Beweismitteltasche mit einem Stirnrunzeln. »Wenn Frau Waldeck Ihnen diesen Keks freiwillig überlassen hat, wird er wohl kaum vergiftet sein.«

»Das nicht«, erwiderte Thies Hansen. »Vermutlich hat sie zwei Chargen gebacken. Aber ich könnte mir vorstellen, dass sie beide Male das identische Rezept verwendet hat. Womöglich sogar denselben Keksausstecher.«

Broder lief auf dem Rasen auf und ab. »Damit könnten Sie recht haben. Denken Sie, dass wir genug beisammenhaben, um vom Richter einen Durchsuchungsbeschluss für Frau Waldecks Haus zu erwirken?«

»Wenn Sie mich vor zehn Minuten gefragt hätten, hätte ich mit Nein geantwortet. Aber angesichts des zweiten Opfers …« Thies nickte in Richtung des Rotklinkerbaus. »Die beiden Nachbarinnen führen seit zehn Jahren Rechtsstreite vor Gericht. Frauke Waldeck hatte sowohl Motiv als auch Gelegenheit und ist ohnehin schon im Fall Jasper Wögens verdächtig. Das sollte genügen.«

»Dann setze ich mich gleich an den Antrag. Auch wenn ich befürchte, dass Frau Waldeck durch unseren Großeinsatz vorgewarnt sein dürfte. Wenn sie die Beweismittel nicht längst schon vernichtet hat, wird sie es spätestens jetzt tun.«

»Nicht, wenn ich es verhindern kann«, brummte Hansen.

»Was haben Sie vor?«, fragte Greta Jensen.

»Ich gehe noch mal zurück und beschäftige sie mit weiteren Fragen, bis der Beschluss da ist.« Der Hauptkommissar stapfte davon.

Die Polizeichefin sah ihm hinterher. »Er scheint das Ganze persönlich zu nehmen.«

»So ist er halt.« Broder zog sich die Handschuhe aus und kramte seinen Fahrzeugschlüssel hervor. »Mein Notebook liegt im Wagen. Ich mach dort eben den Antrag fertig und telefoniere mit dem Richter. Wo steckt eigentlich Herr Harksen?«

»Ich habe einen Kollegen gebeten, seine Zeugenaussage aufzunehmen, solange die Erinnerung noch frisch ist«, erwiderte Greta Jensen. »Die beiden haben sich ins Schlafzimmer zurückgezogen.«

»Gut. Dann versuchen Sie bitte, in Erfahrung zu bringen, was die Spurensicherung bislang ergeben hat. Und falls bereits jemand einen Totenschein ausgestellt hat …«

»… werde ich mit dem Arzt oder der Ärztin sprechen.« Sie zupfte an ihrem weißen Overall. »Haben Sie ein wenig mehr Vertrauen. Ich mache diesen Job schon ein paar Jahre.«

Broder streifte sich die Kapuze vom Kopf. »Schon klar. Tut mir leid. Dann bis gleich.« Ohne eine Antwort abzuwarten, verließ er den Vorgarten und ging zu seinem geparkten Fahrzeug.

Kapitel 8

GRETA

Hauptkommissarin Greta Jensen stand im Wohnzimmer der verstorbenen Dietje Ebsen und besprach sich mit ihrem sechsköpfigen Team, das das Badezimmer verlassen hatte, um dem Arzt Platz zu machen. Udo hatte seine Zeugenaussage beendet und sich zu ihnen gesellt. Er sah um die Nase immer noch ein wenig blass aus.

»Udo«, bat sie, »berichte bitte in Kürze, wie du das Opfer vorgefunden hast.«

»Frau Ebsen lag bäuchlings auf dem Badezimmerboden.« Er wanderte beim Sprechen im Zimmer auf und ab. »Ich dachte zuerst, dass sie vielleicht ohnmächtig geworden ist und gestürzt sei. Ich hab ihr durch das geschlossene Fenster zugerufen, aber es kam keine Reaktion. Daraufhin habe ich den Notruf verständigt und die Terrassentür aufgehebelt.«

»Ist dir im Badezimmer irgendwas aufgefallen?«

»Nicht wirklich«, erwiderte Udo. »Allerdings habe ich auch nicht darauf geachtet. Ich hab versucht, Frau Ebsens Puls zu ertasten. Aber da war nichts. Anschließend habe ich sie vorsichtig auf den Rücken gedreht, um eine Mund-zu-Nase-Beatmung und eine Herzdruckmassage zu machen. Dabei sind mir die Totenflecken in ihrem Gesicht aufgefallen. Ich hab mich sofort aus dem Badezimmer zurückgezogen und nichts mehr angefasst.«

»Ich habe mir die Tote vorhin angesehen«, sagte Greta. »Durch den Lagerungswechsel haben sich die Totenflecken im Gesicht zurückgebildet. Dietje Ebsen ist folglich seit weniger als zwölf Stunden tot. Genaueres sollte die Messung der Körperkerntemperatur ergeben. Auffällig sind die punktuellen Einblutungen im Gesicht, die auf einen Tod durch Ersticken hinweisen. Es könnte sich wieder um eine Vergiftung mit Atropin handeln.«

Sie warf einen Blick auf ihren Notizblock, in dem sie einige Stichpunkte vermerkt hatte. »Frau Ebsen trägt einen Jogginganzug. Entweder kam sie gerade vom Joggen zurück oder sie hatte vor, Joggen zu gehen. In beiden Fällen erscheint es unwahrscheinlich, dass sie kurz vor ihrem Tod Kekse gegessen hat. Das Gift muss sich in einem anderen Lebensmittel befinden. Wir werden Proben von allem Ess- und Trinkbarem hier im Haushalt ans Labor schicken.«

Udo unterbrach seine Wanderung durch das Zimmer. »Ich frage mich, wie Frau Waldeck es gemacht hat.«

»Was meinst du?«

»Na, Frau Ebsen das Gift unterzujubeln. Du hast doch eben erwähnt, dass die beiden seit einem Jahrzehnt verfeindet sind. Da hatte Frauke Waldeck wohl kaum Zugang zu Frau Ebsens Haus. Und Dietje Ebsen hätte auch nichts von ihr angenommen.«

Greta zog die Augenbrauen hoch. »Wie lange hast du gebraucht, um die Terrassentür aufzuheben?«

»Keine fünf Minuten. Wieso ...? Moment mal! Willst du damit etwa andeuten, Frau Waldeck könnte hier genauso eingestiegen sein?«

»Warum nicht? Möglich wäre es doch wohl.« Sie ließ ihren Blick über die Runde schweifen. »Hat jemand hier Einbruchsspuren gefunden, die nicht von Udo stammen?«

Ihre Kolleginnen und Kollegen schüttelten die Köpfe.

Greta seufzte leise. »Das wäre auch zu schön gewesen.«

Schritte erklangen und kurz darauf betrat Staatsanwalt Broder Jacobsen den Raum. Unter dem Arm trug er sein Notebook. »Ich hab den richterlichen Durchsuchungsbeschluss für nebenan«, verkündete er. »Wenn Sie hier fertig sind, können wir gleich drüben weitermachen.«

Gretas Kollegen seufzten leise auf und tauschten Blicke, die nicht gerade Begeisterung ausdrückten. Heute würde jeder von ihnen reichlich Überstunden machen müssen.

»Beeilen wir uns!« Greta bemühte sich, enthusiastisch zu klingen. »Wenn wir uns ranhalten, können wir diesen Fall noch vor Weihnachten aufklären. Wären freie Feiertage nicht toll?«

Udo murmelte leise: »Daran glaubst du doch wohl selbst nicht!« Als sie ihn strafend ansah, verstummte er.

»Also los.« Greta bestimmte einen Mitarbeiter, der zurückbleiben und den Tatort sichern sollte. Mit dem restlichen Team ging sie nach draußen. Dort dämmerte es. Sie zog ihren Overall aus und verstaute ihn im Kofferraum eines Einsatzwagens. Auch ihre Teammitglieder und Broder Jacobsen entledigten sich der Schutzkleidung.

Greta musterte Udo von der Seite. Der Kommissar war mit Leib und Seele Polizist. Aber er hatte sich schon immer besonders schwer damit getan, wenn Menschen vor seinen Augen starben. Auch der Anblick eines Toten setzte ihm jedesmal zu. »Bist du okay?«, fragte sie leise.

»Ja. Keine Sorge.« Sein Lächeln wirkte gezwungen, aber immerhin bogen sich seine Mundwinkel nach oben. »Ich habe nur eine Wette verloren.«

»Was für eine Wette?«

»Nicht so wichtig. Gehen wir.«

THIES

Die Wette hatte Thies gewonnen. Aber so richtig darüber freuen konnte er sich nicht. Vermutlich lag es daran, dass er einer potenziellen Mörderin gegenübersaß, die er hinhalten musste, und ihm keine weiteren Fragen mehr einfielen. Der zweite Becher Kaffee, den Frauke Waldeck Thies bei seiner Rückkehr angeboten hatte, war längst ausgetrunken. Und die Miene seiner Gastgeberin verriet bereits leichte Ungeduld.

»Es ist ja schön, dass Sie sich so für meine Japanreise interessieren«, bemerkte sie. »Aber ich verstehe nicht, was das mit dem Tod von Jasper Wögens zu tun hat.«

»Gar nichts.« Thies zwang sich zu einem Lächeln. »Ich war nur neugierig, weil ich selbst eine Japanreise plane.«

»Ach ja?« Frauke Waldeck zog die Augenbrauen hoch. »Und was genau möchten Sie sich ansehen?«

Er schluckte. »Tokio.« Das war die einzige Stadt, deren Name ihm überhaupt einfiel. »Ich bin ein großer Mangafan«, log er.

»Tatsächlich?« Sie musterte ihn. »Wenn nichts mehr ist, dann würde ich jetzt gern mein Abendessen kochen. Ich bekomme allmählich Hunger.«

»Einen Moment noch! Ich habe vorhin ganz vergessen, Sie zu fragen, was Sie am Samstag gemacht haben.«

»Brauche ich jetzt etwa ein Alibi?«, fragte sie.

»So würde ich es nicht bezeichnen«, entgegnete Thies. »Diese Frage ist reine Routine. Aber wir brauchen diese Information von jedem, den wir befragen – der Vollständigkeit halber.«

»Na, wenn das so ist.« Ihr Tonfall klang ein wenig spöttisch. »Ich bin morgens gegen acht Uhr aufgestanden, habe mich angezogen und gefrühstückt – allein. Und dann bin ich eine Freundin besuchen gegangen. Das war so gegen halb zehn.«

Thies zückte einen Stift und einen zerfledderten Notizblock und schob beides über den Tisch zu Frauke

Waldeck. »Ich brauche Namen und Adresse Ihrer Freundin.«

Mit regungslosem Gesichtsausdruck griff sie nach dem Stift und schrieb etwas auf eine leere Seite. »Meine Freundin heißt Tabea Knudsen. Sie wohnt auch hier in Oldsum und liegt derzeit krank im Bett. Ich habe ihr Hühnerbrühe und ein paar Weihnachtsplätzchen vorbeigebracht.«

»Tabea Knudsen? Mit ihr habe ich schon gesprochen. Sie hat Ihren Besuch aber nicht erwähnt.«

»Vermutlich, weil sie mich gar nicht gesehen hat. Als ich bei ihr ankam, hat sie geschlafen. Ich wollte sie nicht wecken. Also habe ich die Hühnerbrühe in den Kühlschrank gestellt und bin wieder gegangen.«

»Wie sind Sie in ihr Haus gelangt, wenn Frau Knudsen Ihnen gar nicht geöffnet hat?«, fragte Thies. »Haben Sie einen Schlüssel?«

Frauke Waldeck winkte ab. »Ach wo! Hier auf dem Dorf schließt so gut wie niemand die Haustür ab – abgesehen von ... ihr.« Sie verzog das Gesicht. Aber allein ihr abschätziger Tonfall hätte Thies schon verraten, dass sie Dietje Ebsen meinte.

»Was haben Sie nach dem Besuch bei Ihrer Freundin gemacht?«, hakte er nach.

»Einen Wellnesstag«, erwiderte sie. »Ich hab mir in diesem schicken Wyker Hotel am Südstrand einen Tagespass besorgt. Damit bin ich in die Sauna und zum Schwimmen gegangen. Das lässt sich bestimmt alles belegen. Ich habe sogar eine Massage gebucht.«

»Wie lange sind Sie dort geblie...?« Das Klingeln an der Tür ließ Thies verstummen. Er konnte nur hoffen, dass das seine Kollegen mit einem Durchsuchungsbeschluss waren.

»Bin gleich wieder da.« Frau Waldeck stand auf und verließ das Wohnzimmer. Thies erhob sich ebenfalls und folgte ihr zur Haustür. Er wollte ihren Gesichtsausdruck nicht verpassen, wenn sie begriff, was los war.

Frauke Waldeck öffnete die Tür. Davor standen Staatsanwalt Broder Jacobsen und Polizeichefin Greta Jensen. Jacobsen trug ein aufgeklapptes Notebook im Arm und hielt es so, dass Thies das Display sehen konnte. Der Staatsanwalt hatte ein Textdokument aufgerufen.

»Guten Tag, Frau Waldeck.« Jacobsen sprach ungewohnt förmlich. »Mein Name ist Broder Jacobsen von der Staatsanwaltschaft Flensburg und das hier«, er nickte in Jensens Richtung, »ist Hauptkommissarin Greta Jensen. Auf dem Bildschirm sehen Sie einen Durchsuchungsbeschluss mit einer rechtskräftigen digitalen Signatur von Richterin Agnes Breede vom Landgericht Flensburg. Dieser Beschluss gilt für Ihr Haus und für Ihr Grundstück.«

Frauke Waldecks Miene versteinerte und sie wurde leichenblass. »Das ist doch wohl die Höhe! Wie kommen Sie dazu?«

Jensen trat vor. »Ich möchte Sie darüber informieren, dass Ihr Status von einer Zeugin zu einer Verdächtigen gewechselt hat. Ab sofort sind Sie uns gegenüber nicht mehr auskunftsverpflichtet. Sie haben das Recht auf einen Anwalt. Wenn Sie keinen Anwalt haben, wird Ihnen ein Pflichtverteidiger zur Seite gestellt.«

Frauke Waldeck stand einen Augenblick lang der

Mund offen. Dann fasste sie sich wieder und drehte sich zu Thies um. »Sind Sie für das hier verantwortlich?«

Gelassen begegnete er ihrem vorwurfsvollen Blick. »Ich habe lediglich Informationen zusammengetragen. Was die Staatsanwaltschaft daraus macht, darüber habe ich nicht zu entscheiden.«

»Also stecken *Sie* hinter dem hier!« Finster funkelte Frauke Waldeck Broder Jacobsen an. »Herr Hansen hätte mir besser zuhören sollen. Nicht ich bin für den Mord an Herrn Wögens verantwortlich, sondern Frau Ebsen. Gehen Sie nach nebenan.«

»Da waren wir schon«, bemerkte Jacobsen trocken. »Frau Ebsen ist tot.«

Diese Antwort schien Frauke Waldeck die Sprache verschlagen zu haben. Schweigend trat sie beiseite, um Jacobsen und Jensen Platz zu machen. Hinter ihnen drängten noch vier weitere Beamte in den Hausflur, der mittlerweile so voll war, dass Thies sich an eine Wand quetschte, weil der Platz nicht reichte.

»Vielen Dank, Frau Waldeck!«, sagte Greta Jensen. »Es wäre schön, wenn Sie für eine Weile Ihr Haus verlassen, damit wir in Ruhe hier arbeiten können. Wir werden uns bemühen, so wenig Unordnung wie möglich zu machen, und Ihr Eigentum pfleglich behandeln. Sie haben mein Wort.«

»Seien Sie bloß vorsichtig mit meinen Sachen!« Frauke Waldecks Stimme klang gepresst. »Ich habe Erinnerungsstücke aus allen Teilen der Welt mitgebracht. Vieles davon ist unersetzlich.« Ohne eine Antwort abzuwarten, griff sie nach ihrer Handtasche, die am Garderobenhaken hing, und verließ das Haus.

Thies sah ihr nachdenklich hinterher. »En beten komisch is dat al.«

Jacobsen klappte das Notebook zu. »Was finden Sie komisch?«

»Dass die Waldeck mehr um ihre Souvenirs besorgt ist als darum, was wir in ihrem Haus finden könnten. Entweder ist sie tatsächlich unschuldig oder sie hat sämtliche Beweise längst vernichtet.« Er seufzte leise. »Dann wäre mein kleines Ablenkungsmanöver vorhin völlig umsonst gewesen.«

»Unsinn!«, bemerkte Jensen. »Den perfekten Mord gibt es nicht. Wir finden schon raus, was passiert ist.« Sie klopfte ihm auf die Schulter. »Gute Arbeit! Danke, dass Sie Frau Waldeck für uns abgelenkt haben!«

»Hoffentlich hat es was genützt.« Da der Flur hoffnungslos überfüllt war, ging Thies zur Küche. Dort zog er sich Einweghandschuhe an. Auch wenn er nicht wirklich glaubte, dass Fingerabdrücke bei der Aufklärung dieses Falls eine Rolle spielen würden, wollte er auf Nummer sicher gehen.

Udo gesellte sich zu ihm. »Was machst du für ein ernstes Gesicht? Solltest du nicht eigentlich gute Laune haben?«

»Gute Laune?« Fragend zog Thies die Augenbrauen hoch. »Es ist gerade ein zweiter Mord passiert.«

»Das schon«, räumte Udo ein. »Aber du hast unsere Wette gewonnen. Die Getränke gehen auf mich.«

»Abwarten! Noch ist doch gar nicht raus, ob Frauke Waldeck tatsächlich die Täterin ist.«

»Wer soll es sonst gewesen sein?« Udo lehnte sich gegen den Küchentresen. »Dietje Ebsen können wir wohl ausschließen. Und außer den beiden gab es doch niemanden, der Zimtsterne gebacken hat.«

»Niemanden, von dem wir wissen.« Thies öffnete eine Küchenschublade und sah hinein. Darin befand sich nur Besteck. »Ich war von Anfang an skeptisch, ob die wahre Täterin tatsächlich die korrekten Kekssorten bei der Abfrage durch Swantje Breckwoldt angegeben hat. Überprüfen lässt sich das ja nicht mehr. Der Einzige, der darüber Bescheid gewusst hätte, ist schließlich tot.«

Er öffnete eine zweite Schublade und stieß auf Kochtöpfe und Bratpfannen. »Willst du eigentlich helfen oder schaust du mir nur bei der Arbeit zu?«

»Tschuldigung!« Hastig streifte Udo sich ein Paar Einweghandschuhe über und inspizierte den Inhalt des Kühlschranks.

»Was mich ein wenig stutzig gemacht hat«, fuhr Thies fort, während er einen Topf nach dem anderen herausnahm und den Deckel abhob, um hineinzusehen, »ist, dass Frauke Waldeck so offen über ihre Feindschaft mit Dietje Ebsen gesprochen hat. Das hätte sie nicht zu tun brauchen. Damit hat sie uns doch erst ein Motiv für das zweite Tötungsdelikt geliefert.«

»Das könnte Absicht gewesen sein.« Udo räumte Marmeladengläser, Aufschnitt und eine Tüte Milch aus dem Kühlschrank. »Früher oder später hätte ein Zeuge bei der Befragung den Streit zwischen den beiden mit Sicherheit erwähnt. Und wenn nicht, hätten wir die entsprechenden Gerichtsakten gefunden. Dadurch, dass Frauke Waldeck es dir von sich aus gesagt hat, macht sie sich weniger verdächtig.«

»Ook wedder wohr!« Thies kramte eine Beweismitteltasche hervor und verstaute darin die Gewürze vom Gewürzregal. »Glaubst du, sie wäre so leichtsinnig, die getrocknete Tollkirsche in einem dieser Streuer zu verstecken?«

Udo zuckte mit den Schultern. »Keine Ahnung! Hängt vermutlich davon ab, ob sie viele Krimis guckt und sich mit True Crime auskennt. Wir sollten nachher im Wohnzimmer nachsehen, was für Bücher in ihrem Regal stehen und ob sie die entsprechenden Magazin-Abos hat.«

»Gute Idee!« Thies öffnete eine Schublade, in der sich Backutensilien befanden. »Die hier sollten wir wohl auch alle mitnehmen.« Er öffnete eine Beweismitteltasche und steckte eine Packung Puderzucker und zerkleinerte Mandeln hinein. »Bin dieses Jahr noch gar nicht zum Backen gekommen. Und du?«

»Bei mir backt meistens meine Mutter«, erwiderte Udo. »In unserer Küche stehen einige gut gefüllte Keksdosen. Nach Weihnachten muss ich dringend eine Diät einlegen.« Er schloss die Kühlschranktür. »Das Labor bekommt vor den Feiertagen noch jede Menge Arbeit von uns.«

»Nicht nur das Labor.« Thies befüllte eine weitere Beweismitteltasche mit bunten Zuckerstreuseln. »Die Rechtsmedizin wird auch Überstunden leisten müssen. Wenn der Leichnam von Dietje Ebsen heute noch aufs Festland verschifft wird, kann die Obduktion bereits morgen stattfinden.«

»Jemand muss noch ihre Familie benachrichtigen.« Udo verzog das Gesicht. »Hoffentlich trifft es nicht schon wieder mich!«

Kapitel 9

GRETA

Im Wohnzimmer von Ivo Ebsen duftete es nach Lebkuchen. Der verführerische Duft entlockte Hauptkommissarin Greta Jensen, die seit dem Frühstück nichts mehr gegessen hatte, ein Magenknurren. Doch angesichts der traurigen Umstände ihres Besuchs mochte sie nicht um eine kleine Stärkung bitten. Gemeinsam mit Pastorin Tomma Dohle saß sie auf der Couch im Wohnzimmer und umklammerte das Glas Wasser, das der Dachdeckermeister ihr angeboten hatte, wie einen Rettungsanker.

»Es tut uns wirklich sehr leid, Herr Ebsen«, sagte Tomma mit warmer Stimme. »Das ist eine schreckliche Nachricht – und das auch noch zu kurz vor Weihnachten.«

Ebsen, der sein gebrochenes Bein auf einen Hocker

gelegt hatte, wirkte in seinem Sessel wie erstarrt. Nur das leichte Zittern seines blonden Schnurrbarts verriet, welcher Sturm in seinem Inneren tobte. »Ich kann das noch gar nicht glauben. Sind Sie sicher, dass Dietje nicht vielleicht doch einen Herzinfarkt hatte?«

»Es wird eine Obduktion geben, um die Todesursache zu klären«, erwiderte Greta. »Bis dahin können wir nichts mit Gewissheit sagen. Aber aktuell gehen wir von einem Fremdverschulden aus, weshalb polizeiliche Ermittlungen aufgenommen wurden.«

»O mein Gott! Das ... das ist einfach unfassbar! Sie war gestern noch hier und hat mir Essen vorgekocht. Eigentlich hatte sie vor, heute Nachmittag vorbeizukommen. Ich hab mich schon gewundert, wo sie bleibt. Aber ich wollte ihr auch nicht hinterhertelefonieren. Sie hat ... hatte ... auch so schon genug um die Ohren.« Seine Stimme knickte weg.

»Haben Sie denn jemanden, der sich jetzt um Sie kümmert?«, fragte Tomma. »Soll ich nachfragen, ob der ambulante Pflegedienst einspringen kann?«

»Nicht nötig!«, erwiderte Ivo Ebsen. »Mit der Orthese und den Krücken komme ich ganz gut zurecht. Und wenn doch mal was sein sollte, ruf ich meine Jungs an.«

»Ihre Jungs?«

»Meine Mitarbeiter aus der Dachdeckerfirma. Wir sind praktisch wie eine Familie. Nun, da Dietje nicht mehr ist, sind sie im Grunde meine einzige Familie.« Ein Schatten huschte über sein Gesicht. »Was ist mit der Beerdigung?«

»Ihre Schwester wird heute aufs Festland gebracht

und zur Kieler Rechtsmedizin überführt«, erklärte Greta. »Nach der Obduktion wird der Leichnam für die Bestattung freigegeben. Erfahrungsgemäß dauert das nur wenige Tage. Dann kann Ihre Schwester zurück nach Föhr gebracht und hier beerdigt werden.«

Ivo Ebsen nickte. »Ich versuche, mich um alles zu kümmern. Aber, wie Sie sehen, bin ich ein wenig eingeschränkt.« Er nickte in Richtung seines hochgelegten Beines.

»Das brauchen Sie nicht«, erwiderte Tomma. »Ich frage gern in der Gemeinde nach, wer Sie beim Organisieren der Trauerfeier unterstützt. Wir Insulaner müssen doch zusammenhalten.«

»Danke!« Seine Stimme klang gepresst. »Ich möchte, dass Dietje einen würdevollen Abschied erhält. Sie hatte es im Leben schwer genug.«

Neugierig beugte Greta sich vor. »Was meinen Sie damit? Das Feuer, bei dem der Reitstall Ihrer Eltern abgebrannt ist?«

»Das auch. Wobei ich nicht verstehe, warum das den Leuten nach all den Jahren noch so wichtig ist. Aber ich meine auch den Dauerzoff mit ihrer gestörten Nachbarin. Würde mich nicht wundern, wenn die meine arme Schwester auf dem Gewissen hätte.«

»Seien Sie vorsichtig mit solchen Anschuldigungen!«, warnte Greta. »Ich verstehe, dass Sie sich in einer Ausnahmesituation befinden. Trotzdem sollten Sie ein wenig darauf achten, was Sie sagen.«

Er schnaubte. »Ich spreche nur aus, was ohnehin alle denken. Diese Frauke Waldeck ist nicht ganz dicht. Sie hat die Katze meiner Schwester in ihrem Garten verscharrt und behauptet, dort wäre nur ein toter Vogel beerdigt. Aber als Dietje nachsehen wollte, hat die Waldeck sie vom Grundstück gejagt und mit der Polizei gedroht.«

»Es ist auch nicht erlaubt, ein fremdes Grundstück zu betreten und dort herumzubuddeln.«

»Hat Dietje auch nicht gemacht«, brummte Ebsen. »Aber wenn sie es getan hätte, dann ...«

»Dieser Streit um die Katze Ihrer Schwester und den Hund von Frau Waldeck ist zehn Jahre her«, entgegnete Greta. »Fällt Ihnen vielleicht jemand ein, mit dem Ihre Schwester in jüngerer Vergangenheit einen Konflikt hatte?«

Er fasste sich ans Kinn. »Dietje hat mir erzählt, dass Swantje Breckwoldt wohl ziemlich verärgert reagiert hat, dass sie ihr meinetwegen die Standbetreuung auf dem Adventsbasar abgesagt hat.«

Greta bezweifelte, dass das ein Mordmotiv sein könnte. Aber sie machte sich trotzdem eine Notiz in dem kleinen Block, den sie immer mit sich herumtrug. »Ist sie die Einzige?«

Ebsen zögerte. »Von diesen Reiterinnen, deren Pferde damals umgekommen sind, gibt es eine, die immer noch einen Groll gegen unsere Familie hegt. Tabea Knudsen.«

»Sie hat ja auch mehr verloren als alle anderen«, bemerkte Tomma. »Die Narben in ihrem Gesicht trägt sie bis heute.«

»Es tut mir auch leid, dass sie seitdem entstellt ist. Aber daran haben weder Dietje noch ich Schuld. Wenn sie auf jemanden wütend sein will, sollte sie sich an Jasper Wögens halten.«

Greta rutschte auf der Couch näher an Ebsens Sessel heran. »Halten Sie ihn für schuldig?«

Eine steile Falte erschien über Ebsens Nasenwurzel. »Natürlich! Wer solls denn sonst gewesen sein?«

»Und welchen Grund hätte er dafür gehabt? Stimmen die Gerüchte über ihn und Ihre Mutter?«

Ebsens Kopf lief rot an und eine Ader an seinem Hals trat hervor. »Das ist alles Verleumdung! Meine Mutter hätte sich nie auf diesen schmierigen Typen eingelassen.«

»Wirklich nicht?«, hakte Greta nach. »Aber dann hätte Jasper Wögens doch überhaupt kein Motiv gehabt, den Stall anzuzünden.«

»Natürlich hatte er das! Ihm ging es nur um sich und seinen gekränkten Stolz. Er hat meine Mutter Monate lang bedrängt, aber sie hat sich nicht auf ihn eingelassen. Als es ihr zu viel wurde, hat sie sich an die Polizei gewandt. Aber die Beamten konnten nichts für sie tun. Damals gab es den Straftatbestand des Stalkings noch nicht.«

»Wie hat Ihre Schwester darauf reagiert, dass ihre Standbetreuung ausgerechnet von Jasper Wögens übernommen wurde?«

»Sie war außer sich. Als Dietje davon erfahren hat, hat sie sofort bei Swantje Breckwoldt angerufen und ihr ins Gewissen geredet. Aber die Frau ließ sich nicht umstimmen. Sie hat behauptet, es sei schwierig genug gewesen, so kurzfristig einen Ersatz zu finden.«

Greta strich über das weiche Polster der Couch. Nach dem langen Arbeitstag war sie dankbar dafür, ein wenig sitzen zu dürfen, anstatt mit ihrem Team das Haus von Frauke Waldeck auseinanderzunehmen. »Wie war das

Verhältnis zu Ihrer Schwester?«, fragte sie. »Standen Sie beide sich nahe?«

»Vermutlich fragen Sie das, weil Dietje sich um mich gekümmert hat – nicht wahr?« Ebsen kratzte sich am Kinn. »In der Familie muss man zusammenhalten. Das hat meine Mutter schon immer gesagt. Wenn einer den anderen braucht, dann sind ... dann waren wir füreinander da. Aber im Alltag hat jeder sein eigenes Leben gelebt. Manchmal haben wir eine ganze Woche nicht miteinander gesprochen, obwohl es von Dietjes Haus bis zu meinem keine fünf Minuten Fußweg sind.« Seine Augen schimmerten feucht. »Mir vorzustellen, dass sie nicht mehr da ist, das ist einfach ...«

Tomma reichte ihm wortlos eine Packung Taschentücher.

»Gab es im Leben Ihrer Schwester andere wichtige Personen, mit denen wir reden sollten?«, hakte Greta nach. »Eine enge Freundin vielleicht oder einen Partner?«

Ebsen schnäuzte sich. »Einen Partner hatte sie nicht. Aber eine gute Freundin. Stine Arfsten. Sie hat früher hier in der Nachbarschaft gewohnt, ist aber mit ihrem Mann vor einigen Jahren nach Wyk gezogen.«

»Danke!« Greta notierte sich den Namen. »Warum haben sich Ihre Eltern eigentlich scheiden lassen?«

Er riss die Augen auf. »Wie bitte?«

»Sie haben gesagt, dass Ihre Mutter kein Verhältnis mit Jasper Wögens hatte. Trotzdem kam es anderthalb Jahre nach dem Feuer zur Scheidung zwischen ihren Eltern. Ich frage mich, was der Grund dafür gewesen ist.«

»Keine Ahnung! Das ist dreißig Jahre her. Ich war

damals erst dreizehn.« Sein Tonfall klang gereizt. »Können Sie sich noch daran erinnern, was vor dreißig Jahren passiert ist?«

»An die wichtigen Dinge schon«, entgegnete Greta ungerührt. »Und die Trennung Ihrer Eltern – so kurz, nachdem Sie Ihr Zuhause verloren hatten – muss für Sie und Ihre Schwester doch traumatisch gewesen sein.«

Er seufzte leise. »Ich glaube, es lag tatsächlich an dem Feuer. Aber nicht so, wie Sie denken. Meine Mutter wollte so schnell wie möglich einen neuen Reiterhof aufbauen, während mein Vater genug davon hatte. Sie haben sich oft über ihre Pläne für die Zukunft gestritten.«

»Verstehe.« Sie schrieb sich einige Stichpunkte auf. »Als Ihre Schwester gestern bei Ihnen war, ist Ihnen da etwas an ihr aufgefallen? Wirkte sie bedrückt? Oder hat sie sich ungewöhnlich verhalten?«

»Nein. Alles war ganz normal.«

»Worüber haben Sie beide geredet?«

»Das ist es ja gerade«, entgegnete er. »Wir haben kaum ein Wort gewechselt. Dietje war in der Küche zugange und hat für die kommende Woche vorgekocht. Ich kann mit dem Bein nämlich nicht besonders lange stehen und Kochen ist ein Problem.«

»Und wo waren Sie während dieser Zeit?«, fragte Greta.

»Genau hier. Im Wohnzimmer in meinem Sessel. Ich habe ferngesehen. Ich hab den Ton sogar extra laut gestellt, damit mich die Kochgeräusche aus der Küche nicht stören.«

»Aber wenigstens ein bisschen haben Sie doch miteinander gesprochen – oder? Hat Ihre Schwester Ihnen erzählt, was sie später am Tag noch vorhatte?«

»Lassen Sie mich überlegen.« Er runzelte die Stirn. »Sie hat irgendwas erwähnt. Aber was war es noch? Ach ja! Sie wollte heute Morgen ins Fitnessstudio gehen.«

»Allein oder war sie mit jemandem verabredet?«

»Das weiß ich leider nicht. Aber sie hat eine Terminkalenderapp auf ihrem Handy. Da müsste es drinstehen.«

Greta seufzte. »Sie kennen nicht zufällig ihren PIN oder?«

»Das nicht«, entgegnete Ebsen. »Aber ihr Smartphone lässt sich per Fingerabdruck entsperren.«

»Danke für die Info!« Greta erhob sich. »Ich bin gleich wieder da.« Sie ließ Ivo Ebsen mit Tomma allein und zog sich in die Küche zurück. Sobald sie die Tür hinter sich geschlossen hatte, rief sie Staatsanwalt Broder Jacobsen an.

»Was gibts?«, fragte der statt einer Begrüßung.

Sie senkte die Stimme, damit man sie im Nebenzimmer nicht hören konnte. »Ist der Leichnam von Frau Ebsen schon abtransportiert worden?«

»Ja, keine Sorge! Er setzt gerade mit der Fähre über.«

Sie verkniff sich einen Fluch. »Was ist mit ihrem Smartphone? Haben wir das gefunden?«

»Sekunde! Ich schau eben auf unserer Beweismittelliste nach ... Ja. Das Handy ist unterwegs zum kriminaltechnischen Labor.«

»Bevor Frau Ebsen nach Kiel in die Rechtsmedizin gebracht wird, sollen die Kollegen vor Ort ihr Smartphone per Fingerabdruck entsperren. Wir brauchen ihren Kalender.«

»Okay. Richte ich aus«, erwiderte Jacobsen. »Wie ist das Gespräch mit ihrem Bruder verlaufen?«

»Recht unergiebig. Aber wenigstens habe ich den Namen einer Freundin erfahren, die uns hoffentlich etwas mehr erzählen kann.« Greta lehnte sich gegen die Arbeitsplatte. »Und die Hausdurchsuchung?«

»Auf Anhieb haben wir nichts Interessantes gefunden. Oder besser gesagt: nichts Fallrelevantes. Aber bei dem vielen Zeug, das Frau Waldeck dort stehen hat, ist das auch wie die Suche nach der Nadel im Heuhaufen. Jetzt können wir nur darauf hoffen, dass die Auswertung der Beweismittel im Nachgang noch etwas ergibt. Meine größte Hoffnung setze ich auf das Notebook der Frau. Vielleicht hat sie ja ihren Suchverlauf nicht gelöscht.«

Greta rollte mit den Augen. »Jetzt sagen Sie aber nicht, dass Sie darauf hoffen, dass Frau Waldeck nach *Wie vergifte ich jemanden mit Tollkirschen?* gesucht hat?«

»Es hat schon dümmere Mörder gegeben. Allerdings ist die Frau eine pensionierte Lehrerin, die um den ganzen Erdball gereist ist. Wir dürfen also davon ausgehen, dass sie über einiges an Lebenserfahrung verfügt und es uns nicht leicht machen wird.«

»Wenn sie es denn überhaupt war«, bemerkte Greta. »Bei uns gilt schließlich immer noch die Unschuldsvermutung bis zum Beweis des Gegenteils.«

»Heute ist schon der 22. Dezember«, entgegnete Broder. »Und statt eines Toten haben wir nun zwei. Den Fall werden wir auf keinen Fall mehr vor Weihnachten lösen.« Ein tiefes Seufzen erklang.

Greta schmunzelte. »Nehmen Sie es nicht so schwer. Es gibt wirklich schlimmere Schicksale, als Weihnachten auf Föhr zu verbringen.«

Kapitel 10

BRODER

Missmutig schleppte Broder seine prall gefüllten Einkaufsbeutel durch die Wyker Innenstadt. Da er nicht damit gerechnet hatte, so lange auf der Insel zu bleiben, befanden sich die Geschenke, die er ursprünglich für Lina und seine Eltern besorgt hatte, noch in seiner Flensburger Wohnung. »Es geht doch nichts über Last-minute-Shopping am Tag vor Heiligabend«, brummte er vor sich hin.

In der Fußgängerzone am Sandwall herrschte reges Treiben. Bis Silvester würden sich die Urlauber hier noch tummeln, doch mit Beginn des neuen Jahres hätten die Einheimischen die Insel wieder für sich. Hoffentlich konnte Broder dann ebenfalls abreisen.

Ein eisiger Wind pfiff ihm um die Ohren und er schlang sich seinen Schal enger um den Hals. Leider hatte er versäumt, eine Mütze aufzusetzen. Der Strand und das Watt lagen bei diesem kalten Wetter verlassen da. Dafür wirkten die geöffneten Cafés umso einladender. Kurz spielte Broder mit dem Gedanken, im Friesenstübchen auf einen Milchkaffee einzukehren. Doch dafür fehlte ihm die Zeit.

Auf der Suche nach einem Krimi für seine Mutter betrat Broder die Buchhandlung gleich neben dem Café seiner Eltern. Mit Lichterketten an den Bücherregalen und kleinen Dekoartikeln am Verkaufstresen verbreitete der Laden eine weihnachtliche Atmosphäre. Auf einem Büchertisch lagen Kinderbücher über Weihnachten und Liebesromane, deren Cover mit Glitzerschnee verziert waren.

Als Broder auf dem Weihnachtstisch auch ein Plätzchenbackbuch entdeckte, verzog er das Gesicht. Für ihn und die Föhrer Polizei würde Weihnachten in diesem Jahr ausfallen. Ihm war das nur recht. So brauchte er wenigstens nicht ständig an Arne zu denken.

Er nahm einen Krimi in die Hand, auf dessen Cover ein Tannenbaum mit blutroten Kugeln abgebildet war, der im dichten Schneetreiben am Strand stand. Der Titel lautete *Mord an Weihnachten*. Broder überflog den Klappentext. Klang nach einem Roman, der seiner Mutter gefallen könnte.

Als er sich mit dem Buch an der Kasse anstellen wollte, klingelte sein Handy. Der Anruf kam von Hauptkommissarin Greta Jensen. »Moin!«, grüßte er. »Bitte sagen Sie, dass Sie gute Neuigkeiten haben.«

»Und ob. Die Kriminaltechniker haben sich voll reingehängt und das Handy von Dietje Ebsen ausgewertet.

Ich habe hier sämtliche Kalendereinträge, Fotos und E-Mails.«

»Sehr gut! Ist was Hilfreiches dabei?«

»So weit bin ich noch nicht. Mein Team telefoniert gerade alle Nummern aus dem Telefonprotokoll der letzten zwei Wochen ab. Dietje Ebsen war tatsächlich im Fitnesscenter verabredet – und zwar mit ihrer Freundin Stine Arfsten. Herr Hansen ist gerade bei ihr zu Hause und versucht, mehr über den zeitlichen Ablauf von Frau Ebsens letztem Tag in Erfahrung zu bringen.«

»Kennen wir inzwischen den ungefähren Todeszeitpunkt?«, fragte Broder.

»Zwischen elf und zwölf Uhr vormittags«, erwiderte die Polizeichefin. »Die Obduktion ist schon abgeschlossen. Den toxikologischen Bericht bekommen wir morgen. Alles andere muss leider bis nach den Feiertagen warten. Dazu gehört auch die Auswertung der Dinge, die wir bei der Hausdurchsuchung bei Frauke Waldeck eingesammelt haben.«

Broder, dem das Gedrängel der anderen Besucher zu viel wurde, zwängte sich in eine freie Ecke neben dem Zeitschriftenständer. »Ohne etwas Handfestes kann ich beim Richter keine Untersuchungshaft für Frau Waldeck anfordern. Vielleicht sollten wir einen Beamten abstellen, der sie während der Feiertage im Auge behält. Nicht, dass die Frau noch weiter mordet.«

»Möglicherweise war sie es gar nicht«, bemerkte Greta Jensen.

»Wie bitte?« Broder glaubte, die Polizeichefin aufgrund des Lärms im Laden falsch verstanden zu haben.

»Udo hat vorhin einen Anruf von Natalia Wiśniewski erhalten. Sie ist die Pflegerin von Herrn Wögens demenzkranker Mutter.«

»Ja, ich erinnere mich.« Broder umklammerte den Krimi mit festem Griff. »Was hat sie gesagt?«

»Ihr ist aufgefallen, dass eine Tüte mit Zimtsternen fehlt. Sie glaubt, dass Jasper Wögens die Kekse mit zum Basar genommen hat. Udo fährt gerade hin, um mit ihr persönlich zu sprechen.«

»In Ordnung. Bitte halten Sie mich auf dem Laufenden.« Broder reihte sich mit seinem Taschenbuch in die Warteschlange ein. »Ich schaue später vorbei. Vorher habe ich noch einige unaufschiebbare Dinge zu erledigen.«

UDO

Udo traf sich mit Natalia Wiśniewski in der kleinen Einliegerwohnung, die sich diese mit ihrem Mann Jakub teilte. Im Wohnzimmer des Paares stand bereits der geschmückte Weihnachtsbaum, an dem – zwischen Äpfeln und Nüssen – zahlreiche Glasfiguren und Christbaumkugeln hingen. Der Raum duftete nach Harz und Bienenwachskerzen.

Natalia stellte eine Flasche Wodka und zwei kleine Schnapsgläser auf den Esstisch. »Jakub leistet Frau Wögens Gesellschaft, damit sie nicht allein ist. Wir können also in Ruhe reden.« Sie öffnete die Flasche und füllte beide Gläser bis zum Rand. Eines schob sie zu Udo hinüber. »Eine kleine Stärkung für Sie.«

»Danke. Aber ich trinke nicht im Dienst.«

»Ein Gläschen zählt nicht.« Natalia zwinkerte ihm zu und leerte ihr eigenes Glas in einem einzigen Zug. Anschließend nahm sie Udo gegenüber Platz. »Tut mir leid, dass ich die verschwundenen Zimtsterne beim letzten Mal nicht erwähnt habe. Mir ist erst später aufgefallen, dass sie fehlen.«

»So etwas kann doch jedem mal passieren. Vielen Dank, dass Sie angerufen und Bescheid gesagt haben!« Udo schlug einen Notizblock auf und zückte seinen Stift. »Hat meine Kollegin Sie vorhin richtig verstanden? Die Kekse, die Herr Wögens vermutlich mit zum Basar genommen hat, wurden nicht von ihm selbst oder von Ihnen gebacken?«

»Ja, das stimmt. Jemand hat sie vorbeigebracht und Frau Wögens geschenkt.«

»Wer war das?«, fragte Udo.

»Das weiß ich leider nicht«, entgegnete Natalia. »Ich war gerade bei der Wäsche, als es an der Tür geklingelt hat. Frau Wögens hat selbst geöffnet. Als ich dazukam, war der Besucher schon wieder gegangen.«

»Das muss ja ein sehr kurzer Besuch gewesen sein.«

»Allerdings.«

Udo drehte den Stift zwischen seinen Fingern. »Kam Ihnen das nicht merkwürdig vor?«

»Nicht unbedingt. Ich habe schon öfter bemerkt, dass sich manche Leute in Frau Wögens' Gegenwart unbehaglich fühlen. Sie wissen wohl nicht so recht, wie sie sich ihr gegenüber verhalten sollen.«

»Hat Frau Wögens die Kekse je probiert – oder sonst jemand hier im Haus?«

Natalia schüttelte den Kopf. »Ich habe sie gleich in die Speisekammer geräumt und dort vergessen. Erst heute, als Frau Wögens mich nach Weihnachtsplätzchen gefragt hat, ist es mir wieder eingefallen. Aber die Tüte war unauffindbar.«

»Könnte es sein, dass Ihr Mann sie gegessen hat?«

»Nein. Ich habe Jakub gefragt. Er hat die Zimtsterne nicht angerührt.« Sie linste zu Udos vollem Wodkaglas. »Sind Sie sicher, dass Sie den nicht mehr trinken wollen?«

»Nur zu!« Er schob ihr das Schnapsglas hin. Natalia griff danach und leerte es in Rekordgeschwindigkeit.

»Wann genau wurden die Kekse vorbeigebracht?«, fragte Udo.

Sie zögerte. »Das letzte Mal Wäsche gewaschen habe ich am ... Donnerstag – kurz nach dem Mittagessen. So gegen zwei.«

Udo machte sich eine Notiz. »Hat Ihr Mann den Besucher gesehen?«

»Nein, leider nicht. Jakub und Herr Wögens waren auf dem Feld. Die einzige Person, die Ihnen vielleicht weiterhelfen kann, ist Frau Wögens selbst.«

»Wäre das denn überhaupt möglich?«

»Das lässt sich schwer sagen«, entgegnete Natalia. »Manchmal erinnert sie sich an Dinge, dann wieder nicht. Es kommt auch vor, dass sie etwas träumt und dann glaubt, es wäre tatsächlich geschehen.«

»Dann sollte ich es wohl auf einen Versuch ankommen lassen.« Udo erhob sich. »Unter diesen besonderen Umständen wäre es mir lieb, wenn Sie bei dem Gespräch dabei wären.«

»Natürlich.« Sie musterte ihn. »Noch etwas. Frau Wögens hat den Tod ihres Sohnes wieder vergessen. Jakub und ich haben uns darauf verständigt, dass wir sie nicht mehr daran erinnern. Es macht sie nur jedes Mal von Neuem traurig.«

Udo steckte seinen Block und den Stift ein. »Sollte ich irgendwas beachten, wenn ich mit ihr spreche?«

»Passen Sie auf, dass Sie ihr keine Antworten vorgeben.« Natalia erhob sich und räumte die Wodkaflasche vom Tisch. »Frau Wögens gibt nur ungern zu, wenn sie etwas nicht versteht. Manchmal sagt sie einfach Ja, weil sie die Antwort nicht schuldig bleiben möchte.«

»Danke für den Hinweis! Ich werde aufpassen.«

Gemeinsam verließen Udo und Natalia die Einliegerwohnung und betraten den Wohnbereich von Viebeke Wögens und ihrem verstorbenen Sohn Jasper. Sie trafen Frau Wögens im Wohnzimmer an. Dort saß die Seniorin vor dem Fernseher und sah sich ein Basketballspiel an. Vermutlich hatte Jakub Wiśniewski das Programm ausgesucht. Der Mann von Natalia war vollkommen kahl, doch die Lachfältchen um seine Augen machten das wett.

»Moin!«, grüßte Udo. »Ich bin Kommissar Udo Harken. Frau Wögens, darf ich Ihnen eine Frage stellen?«

Viebeke Wögens reagierte nicht. Erst, als Natalia nach der Fernbedienung griff und den Ton stumm schaltete, sah Frau Wögens Udo an. Dem unsicheren Ausdruck in ihren Augen nach zu urteilen erkannte sie ihn nicht wieder.

»Frau Wögens, ich habe gehört, dass Ihnen jemand Kekse geschenkt hat. Erinnern Sie sich?«

»Ja.«

»Wissen Sie, was für Kekse das waren?«, fragte Udo.

»Weihnachtskekse«, erwiderte Viebeke Wögens.

»Wer hat Ihnen die Kekse geschenkt?«

»Eine nette Dame.« Frau Wögens lächelte. Doch gleich darauf fiel ihr Lächeln in sich zusammen. »Aber Jasper hat die Kekse alle aufgegessen. Er hat mir keine übrig gelassen. Dabei waren die für mich gedacht.«

Scharf sog Udo den Atem ein. »Haben Sie gesehen, wie er die Kekse gegessen hat?«

Sie nickte. »Ich wollte auch welche essen, aber er hat die restlichen Kekse einfach mitgenommen.«

»Wohin mitgenommen?«

»Weiß ich nicht«, antwortete Viebeke Wögens. »Fragen Sie ihn am besten selbst.« Sie hob die Stimme. »Jaaasper! Komm runter! Hier will dich jemand sprechen.«

Das Wissen, dass Jasper Wögens nie wieder die Treppe herunterkommen würde, wenn seine Mutter nach ihm rief, versetzte Udo einen Stich.

»Ihr Sohn ist nicht zu Hause«, sagte Natalia sanft. »Er ist einkaufen gegangen.«

»Hoffentlich bringt er neue Kekse mit.« Der Tonfall von Viebeke Wögens klang tadelnd. »Er hat sie alle aufgegessen.«

»Wie hat die Dame ausgesehen?«, hakte Udo nach.

»Welche Dame?«

»Die nette Dame, die Ihnen die Kekse gebracht hat.«

Udo beobachtete, wie Jakub Wiśniewski sich Kopfhörer aufsetzte und die Tonausgabe am Fernseher umstellte.

»Komisch«, sagte Frau Wögens.

»Was meinen Sie damit?«

Sie runzelte die Stirn. »Eben komisch.«

Vor lauter Frust hätte Udo am liebsten mit dem Fuß aufgestampft. Da gab es eine Zeugin, die die Mörderin gesehen hatte, sie aber trotzdem nicht beschreiben konnte. Und genau das musste die Täterin auch gewusst haben, als sie ihr die tödlichen Kekse überreicht hatte. Er unternahm einen letzten, verzweifelten Versuch. »Hat die Dame noch etwas zu Ihnen gesagt?«

»Weiß ich nicht mehr.« Viebeke Wögens linste zum Fernseher. »Kann ich jetzt weitergucken?«

Er zwang sich zu einem Lächeln, obwohl ihm eher nach Weinen zumute war. »Nur zu! Vielen Dank für Ihre Zeit.«

KAPITEL 11

THIES

Thies vermisste seine Frau und ihre drei mittlerweile erwachsenen Kinder. Sie kamen nicht mehr oft alle zusammen. Deshalb hatte er sich sehr auf das gemeinsame Weihnachtsfest gefreut, das nun zwei Tötungsdelikten zum Opfer fiel. Die Familie, an deren Esstisch er stattdessen saß, schien sich weniger aus Weihnachten zu machen. Es gab im Wohnzimmer weder einen Adventskranz noch einen Weihnachtsbaum. Nicht einmal einen Föhrer Bogen.

Aus dem oberen Stockwerk erklang nerviges Gedudel, das wohl von einem Videospiel stammte. Stine Arfsten, eine Mittdreißigerin mit sportlicher Figur, verzog gequält das Gesicht. »Tut mir leid. Hayo zockt mal wieder.« Sie stand auf und öffnete die Tür zum Flur. »Hayooo! Mach den Ton leiser!«

Von oben schallte es zurück: »Du hast mir gar nichts zu sagen!« Daraufhin knallte eine Tür zu.

Stine Arfsten seufzte und setzte sich wieder zu Thies an den Esstisch. »Der Junge hasst mich.« Sie senkte die Stimme. »Aber ich mag ihn auch nicht besonders.«

»Ist er nicht Ihr Sohn?«, fragte Thies erstaunt.

Sie schnaubte. »Von wegen! Den hat mein Mann mit in die Ehe gebracht. Früher hatten wir Hayo nur an jedem zweiten Wochenende. Das ging immer noch. Aber jetzt wohnt er dauerhaft bei uns.«

»Und seine Mutter?«

»Die ist tot.« Ihr Tonfall klang abfällig. »Hat sich die Pulsadern aufgeschlitzt. Einfach unverantwortlich! Sie hätte vorher mal darüber nachdenken sollen, was sie ihrem Kind damit antut.«

Mit jedem Satz, den Stine Arfsten über die Lippen brachte, wurde sie Thies unsympathischer. Am liebsten wäre er aufgestanden und gegangen. Aber er hatte einen Job zu erledigen. »Mein Beileid zum Tod Ihrer Freundin!«, bemerkte er trocken.

»Danke.« Frau Arfstens eben noch so harten Züge wurden weicher. »Es war ein Riesenschock für mich. Als Ivo mich gestern angerufen und mir davon erzählt hat, konnte ich es erst gar nicht glauben.«

»Wenn Sie nichts dagegen haben, zeichne ich unser Gespräch auf. Das erspart mir das Mitschreiben.« Thies hielt sein Smartphone in die Höhe. Auf ihr Nicken hin startete er die Diktierapp und legte das Handy auf dem Tisch ab. »Nach unserem aktuellen Kenntnisstand waren Sie die letzte Person, die Frau Ebsen lebend gesehen hat. Deshalb ist Ihre Aussage äußerst wichtig für uns.« Bei einer Frau vom Typ Stine Arfsten konnte es nicht schaden, ihrem Ego zu schmeicheln. »Bitte schildern Sie den genauen Ablauf Ihres gestrigen Treffens.«

Sie kramte ein Taschentuch hervor und betupfte sich die Augen, obwohl Thies gar keine Tränen erkennen konnte. »Dietje und ich haben uns kurz vor acht im Fitnesscenter getroffen. Um acht gab es einen Power-Pilates-Kurs, den wir mitgemacht haben.«

»Wie lange ging der?«

»Bis neun. Anschließend waren wir noch eine halbe Stunde an den Geräten und dann zum Cool-down auf dem Crosstrainer. Kurz vor zehn haben sich unsere Wege getrennt. Dietje ist nach Hause gefahren, während ich im Fitnesscenter geduscht habe.«

Thies lehnte sich auf seinem Stuhl zurück. Die Rückenlehne fühlte sich genauso unbequem an, wie sie aussah. Damit passte dieses Möbelstück hervorragend zum Rest der steril wirkenden Einrichtung. Er hatte eher das Gefühl, sich im Ausstellungsraum eines Möbelhauses zu befinden als im Heim einer Familie.

»Wirkte Frau Ebsen anders als sonst?«, fragte er. »War sie vielleicht bedrückt oder ängstlich?«

»Sie war gestresst wegen ihres Bruders. Seitdem Ivo sich das Bein gebrochen hat, kocht und putzt sie für ihn und erledigt alle Einkäufe. Gestern wollte sie möglichst schnell wieder nach Hause, um seine Wohnung noch ein bisschen für Weihnachten zu dekorieren. Ich bin ja nicht so für diesen Kitsch, aber Dietje hat Weihnachten geliebt.«

»Und abgesehen davon? Gab es noch etwas, das Ihnen aufgefallen ist?«

Obwohl Stine Arfsten angestrengt nachzudenken schien, blieb ihre Stirn spiegelglatt. Wenn das mal kein Botox war! »Jetzt, wo Sie es ansprechen ... Dietje hat erwähnt, wie erleichtert sie ist, dass Jasper Wögens nicht mehr lebt. Denken Sie deshalb bitte nicht schlecht von ihr! Aber dieses Feuer vor dreißig Jahren hat sie immer noch verfolgt wie ein Schatten. Sie wollte endlich frei davon sein.«

Thies sparte sich eine Erwiderung. Er mochte nicht schlecht von einer Toten sprechen – schon gar nicht vor ihrer besten Freundin – aber hier hatten sich anscheinend zwei Gleichgesinnte gefunden. »Hat Frau Ebsen Ihnen gegenüber eine Vermutung geäußert, wer Herrn Wögens getötet haben könnte?«

»Da Dietje es nicht war – und sie hätte allen Grund dazu gehabt – kann es nur Tabea Knudsen gewesen sein.«

»Ist das Ihre Meinung oder die von Frau Ebsen?«

»In dem Punkt waren wir uns einig. Davon abgesehen ...«, sie beugte sich vor und senkte die Stimme, »ist die Knudsen psychisch labil – aber so richtig. Neulich im Supermarkt hat sie mich so übel beschimpft, dass ich beinahe die Polizei gerufen hätte. Wäre wohl besser gewesen, ich hätte es getan. Dann wäre die Frau noch rechtzeitig weggesperrt worden.«

»Moment mal!« Thies kam nicht mehr mit. »Warum hat Frau Knudsen *Sie* beschimpft? Sie hatten mit dem Brand im Reitstall nun doch überhaupt nichts zu tun. Oder ging es dabei um Ihre Freundschaft mit Frau Ebsen?«

»Wohl eher um meine Ehe mit Enno.«

»Wie bitte?«

»Enno ist der Ex-Mann von Frau Knudsens Tochter«, erwiderte Stine Arfsten. »Diese Frau gibt mir die Schuld daran, dass Enno und Fenna sich getrennt haben. Dabei war ihre Ehe zu dem Zeitpunkt längst am Ende. Sie hatten das nur noch nicht öffentlich gemacht.«

Thies tippte sich gegen das Kinn. »Damit ich nicht durcheinanderkomme, frage ich lieber nach. Ihr Stiefsohn Hayo ist der Enkel von Frau Knudsen – stimmt das?«

»Ja.«

»Das bedeutet, dass Frau Knudsens Tochter sich suizidiert hat?«

»Richtig!« Frau Arfsten verdrehte die Augen. »Das Gestörte liegt in der Familie. Ganz unter uns – Hayo ist auch nicht besser.« Sie stand auf und ging zum Router, der an der Wand hing. »Ich schalte ihm jetzt das WLAN ab, dann haben wir endlich Ruhe von dem Gedudel.«

»Ich hör das schon gar nicht mehr«, entgegnete Thies. Ihm tat der Junge leid, der seine Mutter verloren hatte und von der neuen Frau seines Vaters nur geduldet, aber nicht geliebt wurde.

»Genug ist genug!« Stine Arfsten drückte auf den Knopf und die Lichter des Routers erloschen.

Kurz darauf war lautes Poltern auf der Treppe zu hören und die Tür wurde schwungvoll aufgestoßen. Ein dünner Zwölfjähriger mit blasser Haut und dunklen Schatten unter den Augen stürmte herein. »Deinetwegen bin ich aus meinem Spiel rausgeflogen!«

»Für heute hast du genug gezockt!«, verkündete sie mit fester Stimme. »Die Konsole bleibt aus.«

»Nein!« Er schaltete den Router wieder ein. »Und denk nicht mal dran, den Router wieder auszumachen!

Wenn du das tust, richte ich mir einen mobilen Hotspot ein.«

»Ich kann dir auch dein Handy wegnehmen.« Stine Arfsten machte einen Schritt auf Hayo zu, der blitzschnell davonrannte. Seufzend schloss sie die Tür. »Enno sagt, das ist erst die Vorpubertät. Es wird also noch schlimmer.«

»Wenn Sie und Hayo solche Probleme miteinander haben, wäre es doch nicht schlecht, seine Oma um Hilfe zu bitten«, schlug Thies vor. Womöglich würden dadurch die verhärteten Fronten wieder etwas aufweichen.

»Auf gar keinen Fall!« Frau Arfsten nahm wieder am Esstisch Platz. »Diese Frau ist wahrscheinlich eine Mörderin!«

»Bitte seien Sie mit solchen Äußerungen vorsichtig! Bislang ist das eine reine Vermutung von Ihnen. Aber wenn Sie damit hausieren gehen, machen Sie sich der üblen Nachrede schuldig.«

»Schon gut. Ich sag nichts mehr.« Sie zog einen Schmollmund.

Thies räusperte sich. »Zurück zu gestern. Hat Frau Ebsen – mal abgesehen von Ihnen – mit noch jemandem gesprochen, während Sie beide im Fitnesscenter waren?«

Stine Arfsten zuckte mit den Schultern. »Ganz ausschließen kann ich das nicht. Dietje war schon vor mir in der Umkleide. Sie könnte sich dort mit einer der anderen Frauen unterhalten haben, ohne dass ich es mitbekommen hätte. Beim Pilates haben wir mit den übrigen Teilnehmerinnen auch das eine oder andere Wort gewechselt. Aber das war alles Small Talk. Wobei ... Als wir später an den Geräten trainiert haben, ist Dietje einmal rausgegangen und hat sich was zu trinken geholt. Gut möglich, dass sie dabei noch jemandem über den Weg gelaufen ist.«

Er beugte sich vor. »Wäre es für Sie in Ordnung, wenn wir zusammen ins Fitnesscenter gehen und Sie mir dort alles zeigen? Ich würde mir gern einen genaueren Eindruck verschaffen.«

»Natürlich. Ich würde alles tun, um Ihnen zu helfen, damit Dietjes Mörderin schnellstmöglich verhaftet wird.« Sie erhob sich. »Wollen wir gleich los?« Auf sein Nicken hin öffnete Stine Arfsten die Zimmertür und brüllte nach oben: »Ich bin kurz weg! Stell keinen Unsinn an!«

Eine Viertelstunde später standen Thies und Stine Arfsten auf dem Flur des Fitnesscenters vor dem Kursraum, in dem der Power-Pilates-Kurs stattgefunden hatte. Thies lugte durch die Glasscheibe. Momentan wurde in dem Raum Step Aerobic unterrichtet. Rund ein Dutzend Frauen stiegen im Rhythmus der Musik immer wieder auf eine kleine Plattform und von ihr herunter. Das Training sah anstrengend aus – und auch ein wenig komisch. Doch er verkniff sich ein Schmunzeln. »Hat Frau Ebsen während des Kurses etwas gegessen oder getrunken?«

»Gegessen nicht. Aber sie hatte ihre Wasserflasche dabei. Ich auch«, erwiderte Stine Arfsten. »Das Training hat ziemlich geschlaucht.«

»Im Wasser kann das Gift nicht gewesen sein. Das hätte sie geschmeckt.« Sein Blick schweifte durch den Flur und blieb an einem Getränkeautomaten neben dem

Empfangstresen hängen. »Hat sie sich dort vielleicht etwas zu trinken geholt?«

»Nein. Sie hat immer ihr eigenes Zeug mitgebracht. Normalerweise ein Wasser und einen Proteinshake.«

»Von dem Proteinshake höre ich gerade zum ersten Mal«, entgegnete Thies. »Wann hat sie den getrunken?«

»Während des Krafttrainings. Sie ist kurz in die Umkleide gegangen und hat ihn dort frisch im Shaker angemischt. Das Pulver dafür hatte sie in ihrem Rucksack aufbewahrt.«

»Zeigen Sie mir die Umkleidekabine!«, bat er. »Das möchte ich mir genauer ansehen.«

Stine Arfsten führte ihn zu einer Tür am Ende des Ganges. »Warten Sie bitte. Ich will erst mal gucken, ob jemand da drinnen ist.« Sie öffnete die Tür und spähte hinein. »Keiner da. Die sind wohl alle bei Step Aerobic.«

Thies folgte ihr in den Gruppenumkleideraum der Damen. Dort gab es lange Sitzbänke, auf denen Kleiderbündel drapiert lagen. Die Jacken und Mäntel hingen an Garderobenhaken und die Schuhe standen paarweise unter den Bänken. »Gibt es hier keine abschließbaren Spinde?«, fragte er.

»Doch. Neben dem Getränkeautomaten. Aber die meisten von uns bringen entweder keine Wertsachen mit oder nehmen ihre Tasche mit in den Kursraum.«

»Aber Frau Ebsen hat ihren Rucksack hier unbeaufsichtigt stehen lassen?«

»Hier ist noch nie was weggekommen.« Stine Arfsten riss die Augen auf. »Sie denken, jemand hat sich an Ihrem Rucksack zu schaffen gemacht?«

»Ich halte es für wahrscheinlich«, antwortete Thies.

»Andernfalls hätte sie das Gift direkt nach ihrer Heimkehr zu sich nehmen müssen. Aber Sie sagten ja, dass Ihre Freundin zu Hause erst mal duschen wollte. Dazu ist es allerdings nicht mehr gekommen.«

Frau Arfsten erblasste und ließ sich auf eine Bank sinken. »Wahrscheinlich haben Sie recht. Jeder hier wusste, dass Dietje Proteinpulver in ihrem Rucksack aufbewahrt.«

»Ist dieses Pulver portionsweise verpackt?«

»Nein. Es befindet sich in einer Dose. Sobald die angebrochen ist, würde es nicht auffallen, wenn jemand sie öffnet.« Schützend schlang sie die Arme um sich. »Für den Mord an Jasper Wögens gab es wenigstens einen guten Grund. Aber warum würde jemand Dietje so etwas antun?«

Thies schob ein Kleiderbündel beiseite und setzte sich neben sie auf die Bank. »Fällt Ihnen wirklich niemand ein?«

Sie zögerte. »Die Einzige, mit der Dietje wirklich ein Problem hatte, war ihre Nachbarin.«

»Sie meinen Frauke Waldeck?«

»Ja, genau. Diese Frau hatte einen unmöglichen Hund, der Dietjes Katze totgebissen hat. Anstatt sich zu entschuldigen und die Verantwortung zu übernehmen, hat Frau Waldeck das Tier heimlich in ihrem Garten verscharrt.«

Er musterte sie prüfend. »In diesem Fall hätte doch wohl eher Ihre Freundin ein Motiv gehabt als deren Nachbarin.«

»Nun ja.« Stine Arfsten rutschte auf der Sitzbank herum. »Kurz darauf hat der Hund von Frau Waldeck einen Giftköder gefressen und ist daran gestorben. Sie hat sofort Dietje beschuldigt und meine Freundin sogar deswegen angezeigt. Aber nachweisen konnte sie ihr nichts.«

»Nachdem Frau Ebsen nicht mehr lebt, ist dieser Vorfall strafrechtlich auch nicht länger relevant«, bemerkte Thies. »Mich interessiert aber trotzdem die Wahrheit. Hat Ihre Freundin den Hund der Nachbarin vergiftet oder nicht?«

Eine ganze Weile schwieg Stine Arfsten. Schließlich sah sie zu Boden und nickte stumm.

»Ist das ein Ja?«, hakte er nach.

»Ja.« Ihre Stimme klang gepresst. »Aber an Ihrer Stelle hätten Sie das Gleiche gemacht.«

»Das bezweifle ich. Aber danke für Ihre Ehrlichkeit. Demnach hätte Frau Waldeck ein Motiv für die Tat. Aber hatte sie auch die Gelegenheit?«

»Wie meinen Sie das?«

»Beim Betreten des Fitnesscenters mussten Sie Ihren Mitgliedsausweis vor die Schranke halten. Anders wären Sie nicht reingekommen. Ist Frauke Waldeck hier Mitglied?«

Stine Arfsten zögerte. »Ich glaube nicht. Jedenfalls habe ich sie hier noch nie gesehen.«

»Ich werde das vorsichtshalber überprüfen.« Thies erhob sich von der Bank. »Aber falls Frau Waldeck es nicht gewesen sein kann, gibt es wirklich niemand anderen, der Ihnen einfällt?«

Sie seufzte leise und stand ebenfalls auf. »Leider nicht – so sehr ich mir auch den Kopf zerbreche. Höchstens ... Nein. Niemand.«

Er beäugte sie. »Wer ist Ihnen eben in den Sinn gekommen?«

»Niemand.« Ihre Miene verschloss sich. »Ich habe wirklich keine Ahnung, wer es gewesen sein könnte.«

Frustriert knirschte Thies mit den Zähnen. Stine Arfsten log. Das war eindeutig. Doch warum und wen sie damit schützen wollte – das musste er erst noch herausfinden.

Kapitel 12

GRETA

Zufrieden betrachtete Polizeichefin Greta Jensen ihr Werk. Sie hatte auf jeden Platz am Konferenztisch einen Schokoladenweihnachtsmann gestellt, zwei Kannen Friesentee gekocht und überall LED-Teelichter und Tannengrün verteilt. Sie verband ihr Smartphone über Bluetooth mit einem mobilen Lautsprecher, den sie von zu Hause mitgebracht hatte, und startete ihre Playlist mit Weihnachtsliedern. Es war nicht ganz der Heiligabend, den sie sich erhofft hatte, aber zumindest für ein wenig Weihnachtsstimmung hatte sie gesorgt.

Nach und nach trudelten ihre Kollegen ein. Als Letzter kam Staatsanwalt Broder Jacobsen mit einem großen Kuchenpaket im Arm. »Schöne Grüße von meinem Vater! Er hat für das ganze Team Christstollen gebacken.«

»Das hört man gern«, erwiderte Hauptkommissar Thies Hansen. Er hatte sich zur Feier des Tages einen Coffee-to-go-Becher mitgebracht und die für ihn aufgestellte Teetasse demonstrativ zur Seite geschoben.

Udo schenkte allen – mit Ausnahme von Hansen – dampfend heißen Tee ein. »Wollen wir jetzt das Weihnachtswichteln machen oder später?«

»Später!«, verkündete Jacobsen. »Wir haben noch einiges an Arbeit vor uns.« Trotz seiner Worte ließ er es sich nicht nehmen, den Stollen anzuschneiden und zu verteilen.

Greta biss genussvoll in ihr Stück Christstollen. Keine Frage! Konditormeister Leif Jacobsen verstand sein Handwerk. Die Kombination aus Marzipan, Zitronat, Zimt, Muskat und Rosinen sorgte für eine Geschmacksexplosion auf ihrer Zunge. »Richten Sie Ihrem Vater bitte ganz herzlichen Dank aus!«, sagte sie zu Jacobsen. »Sein Stollen ist ein Gedicht.«

»Danke! Das wird ihn freuen.«

In stiller Kameradschaft aßen sie ihren Stollen und tranken den Tee. Udo biss auch gleich seinem Schokoladenweihnachtsmann den Kopf ab, was Hansen ein Schmunzeln entlockte. »Eine brutale Enthauptung direkt auf der Polizeiwache – du hast echt Nerven!«

Udo lächelte schief. »Vor allem habe ich Hunger. Bin heute nicht zum Frühstücken gekommen.«

»Wieso das nicht?«, fragte Greta erstaunt. Eigentlich hatte sie den Beginn der Besprechung mit neun Uhr morgens zeitlich doch sehr moderat angesetzt.

»Ich musste noch Geschenke einpacken.« Ein rosiger Hauch überzog seine Wangen. »Waren dieses Jahr deutlich mehr als sonst.«

»Könnte das daran liegen, dass du es bei deiner neuen Freundin übertrieben hast?«, neckte sie ihn.

»Ach nein.« Udo wich ihrem Blick aus. »Aber es ist Leonis erstes Weihnachten auf Föhr und ich habe keine Zeit für sie. Da wollte ich sie wenigstens wissen lassen, dass ich an sie denke.«

Hauptkommissar Thies Hansen seufzte tief. »Ich wär jetzt auch lieber bei Frau und Kindern als hier bei euch. Nehmt das bitte nicht persönlich.«

Greta schaltete die Weihnachtsmusik ab. »Bevor wir hier alle trübsinnig werden, lasst uns lieber zur Tat schreiten. Es gibt ein paar interessante neue Entwicklungen. Udo, fang du bitte an.«

Udo ließ seine Hand mit dem Stollenstück sinken. »Es gab in den Kekstüten, die auf dem Adventsbasar verkauft wurden, nicht zwei Sorten Zimtsterne, wie wir zuerst angenommen hatten, sondern drei. Dies konnten wir mittlerweile durch das Labor bestätigen lassen. Zwei der Bäckerinnen kennen wir: Frauke Waldeck, deren Haus wir vorgestern durchsucht haben, und die getötete Dietje Ebsen. Wer die dritte Sorte Zimtsterne gebacken hat, haben wir bisher nicht herausgefunden. Aber es spricht einiges dafür, dass es genau diese Plätzchen sind, die das Atropin enthalten.«

»Der Hinweis zu der weiteren Charge Zimtsterne kam von Natalia Wiśniewski, der Pflegerin von Viebeke Wögens«, ergänzte Greta. »Udo hat sie gestern noch einmal besucht und mit ihr gesprochen.«

»So wie es aussieht«, sagte er, »waren die vergifteten Zimtsterne gar nicht für den Adventsbasar bestimmt. Und der getötete Jasper Wögens sollte auch nicht das Opfer sein. Die Kekse wurden seiner demenzkranken Mutter geschenkt, aber vom Sohn stibitzt. Leider hat niemand außer Frau Wögens die Person gesehen, die die Kekse vorbeigebracht hat. Und aufgrund ihrer Demenz ist die Aussage von Viebeke Wögens kaum verwertbar. Sie sprach von einer netten Frau, die komisch ausgesehen hat.«

Thies Hansen nahm einen Schluck aus seinem Kaffeebecher. »Ich habe mich mit Stine Arfsten getroffen, der besten Freundin unseres zweiten Opfers. Sie und Dietje Ebsen haben sich kurz vor Frau Ebsens Tod für einen Sportkurs im Fitnesscenter getroffen. Ich habe mir die Örtlichkeit angesehen und bin mit Frau Arfsten den zeitlichen Ablauf durchgegangen. Vieles spricht dafür, dass sich das Gift in Frau Ebsens Proteinpulver befunden hat. Dieses Pulver hat sie in ihrem Rucksack aufbewahrt und der war für jede Besucherin der Damenumkleide frei zugänglich.«

»Wir brauchen also eine Namensliste mit allen Mitgliedern des Fitnessstudios«, bemerkte Greta.

Broder Jacobsen machte sich eine Notiz. »Ich kümmere mich darum. Der toxikologische Bericht zur Obduktion von Dietje Ebsen ist eben reingekommen. Ihre letzte Mahlzeit bestand tatsächlich aus einem Proteinshake, der mit Atropin versetzt worden war. Das Atropin ist identisch zu dem aus dem Fall Jasper Wögens – wurde also ebenfalls aus Tollkirschen gewonnen.«

»Damit können wir einen Trittbrettfahrer wohl

ausschließen«, sagte Hansen. »Wenn wir davon ausgehen, dass das ursprünglich erste Opfer Viebeke Wögens sein sollte – was gibt es da für mögliche Zusammenhänge?«

Greta blätterte durch die Fallakte. »Schwierig! Beide Frauen stammen aus Oldsum. Aber die eine ist eine dreiundachtzigjährige ehemalige Landwirtin und demenzkrank, während die andere eine halb so alte Büroangestellte war.«

Udo kratzte sich am Kinn. »Die einzige Verbindung, die mir zwischen den beiden auffällt, ist der abgebrannte Reiterhof. Frau Wögens ist die Mutter des mutmaßlichen Brandstifters und Dietje Ebsen die Tochter der Hofbesitzer.«

»Außerdem grenzte eine Pferdekoppel damals direkt an die Felder des Bauernhofs von Frau Wögens und ihrem mittlerweile verstorbenen Mann«, ergänzte Greta. »Was es Jasper Wögens auch erleichtert hätte, sich in der Nacht vor dreißig Jahren auf das Gelände zu schleichen und Feuer zu legen.«

Hansen zog die Stirn kraus. »Mich überzeugt das alles nicht. Dieses Feuer ist schon so lange her. Außerdem hätte jemand, der sich deswegen rächen will, doch wohl eher den Sohn ins Visier genommen als dessen Mutter, die ihm nur ein Alibi geliefert hat.«

Greta klappte schwungvoll die Akte zu. »Spekulationen bringen uns nicht weiter. Was wir brauchen, sind Fakten. Die Auswertung der Lebensmittel und der anderen Gegenstände aus der Hausdurchsuchung bei Frau Waldeck bekommen wir erst nach den Feiertagen. Außerdem haben wir bei den Mobilfunkanbietern der beiden Opfer deren Anrufprotokolle angefordert. In der

Straße, in der das Haus von Frau Wögens steht, gibt es leider keine Kameras. Deshalb ist Klinkenputzen angesagt.«

Ihrer Ankündigung folgte ein kollektives Aufstöhnen. »Ein bisschen mehr Begeisterung bitte! Wir wissen, dass die Kekse vergangenen Donnerstag – also vor sechs Tagen – gegen zwei Uhr mittags vorbeigebracht wurden. Bitte klingelt bei allen Nachbarn und fragt herum, ob jemand eine Frau mit einer Tüte Zimtsterne gesehen hat. Alternativ könnt ihr auch nach einer merkwürdig oder ungewöhnlich aussehenden Frau fragen.«

Jacobsen beugte sich über den Tisch. »Was wollen wir zum Schutz von Frau Wögens unternehmen? Wenn sie das eigentliche Ziel des Giftmordes war, müssen wir damit rechnen, dass die Täterin noch einmal versucht, sie zu töten.«

»Ich teile Ihre Sorge.« Greta nippte an ihrem nur noch lauwarmen Friesentee. »Aber wir haben hier gerade mal zehn Polizeibeamte auf der Insel – mit Herrn Hansen ausnahmsweise elf. Und neben diesem Fall gibt es noch andere Aufgaben, die wir wahrnehmen müssen. Ich habe einfach nicht das Personal, um dauerhaft jemanden zum Schutz von Frau Wögens abzustellen.«

»Ich glaube auch nicht, dass das nötig ist«, entgegnete Udo. »Frau Wögens wohnt ja nicht allein, sondern hat das Ehepaar Wiśniewski bei sich im Haus. Nach dem Mord an Jasper Wögens werden die beiden bestimmt nicht zulassen, dass Viebeke Wögens noch einmal allein einem Besucher die Tür öffnet.«

»Trotzdem kann es nicht schaden, das Ehepaar für mögliche Gefahren zu sensibilisieren«, entgegnete Greta.

»Udo, ruf du gleich nach unserem Meeting bei Frau Wiśniewski an und sag ihr, worauf sie achten soll.«

Sie wandte sich an Hauptkommissar Hansen, der nebenbei sein zweites Stück Stollen verzehrte. »Konnten Sie mittlerweile mit dem Betreiber des Fitnesscenters sprechen?«

Hansen spülte seinen Bissen Christstollen mit einem Schluck Kaffee hinunter. »Ja. Überwachungskameras gibt es keine. Und für das Mitgliederverzeichnis brauchen wir einen richterlichen Beschluss. Aber der Betreiber will einen Zeugenaufruf über seinen E-Mail-Verteiler starten. Und die Trainerin des Power-Pilates-Kurses fragt beim nächsten Termin die Teilnehmerinnen, ob ihnen in der Umkleidekabine jemand aufgefallen ist.«

»Diese Teilnehmerliste könnte uns sehr weiterhelfen«, bemerkte Greta in Richtung des Staatsanwaltes.

Jacobsen nickte. »Ich kümmere mich darum. Was ist eigentlich mit Fingerabdrücken an der Pulverdose?«

»Da haben wir leider nur die vom Opfer. Die Täterin muss Handschuhe getragen haben.« Greta seufzte leise. »Und eine DNA-Auswertung der Damenumkleide dürfte uns auch nicht viel helfen. Da gehen so viele Frauen täglich ein und aus. Und jede von ihnen könnte den Rucksack auch aus einem harmlosen Grund angefasst haben – zum Beispiel, um ihn ein Stück beiseitezuschieben. Selbst, wenn wir dort etwas finden, wird es uns nicht viel nützen.«

Hansen kratzte sich am Kinn. »Es muss noch eine Verbindung zwischen Dietje Ebsen und Viebeke Wögens geben, die uns bisher entgangen ist.«

»Das denke ich auch.« Udo biss von seinem Schokoladenweihnachtsmann ab.

»Zu ärgerlich, dass Frau Wögens uns nichts mehr erzählen kann!«, entgegnete Hansen. »Ihr Mann und ihr Sohn, die vielleicht etwas darüber gewusst hätten, sind tot. Und ihre Pflegerin kennt sie erst seit wenigen Jahren und wird es vermutlich nicht wissen.«

»Ich könnte noch mal versuchen, mit Frau Wögens zu reden«, bot Udo an.

»Was soll das bringen?«, warf Jacobsen ein. »Ihre letzte Aussage war kaum zu verwerten.«

»Das stimmt. Aber dabei ging es um etwas, das erst vor wenigen Tagen passiert ist. Bei vielen Demenzkranken funktioniert das Langzeitgedächtnis sehr viel besser als das Kurzzeitgedächtnis. Wenn wir davon ausgehen, dass das verbindende Element zwischen den beiden Frauen in der Vergangenheit liegt, haben wir folglich gute Chancen, dass Frau Wögens sich daran noch erinnert.«

»Ein Versuch kann jedenfalls nicht schaden«, stimmte Greta zu. »Ansonsten warten eine Menge von Frau Ebsens Handy gesicherte Dateien darauf, ausgewertet zu werden. Wer hat Lust, sich darum zu kümmern?«

Hansen hob die Hand. »Ik nich. Melde mich hiermit freiwillig zum Klinkenputzen.«

Kapitel 13

UDO

An Weihnachten zu arbeiten, hatte auch seine Vorteile. Zufrieden strich Udo sich über den gut gefüllten Bauch. Er war pünktlich zur Wigilia im Hause Wögens eingetroffen. Natalia und Jakub Wiśniewski hatten darauf bestanden, dass er am weihnachtlichen Festmahl teilnahm, das – der polnischen Tradition entsprechend – aus zwölf Gängen bestand. Schon nach dem achten Gang war Udo mehr als satt, aber er konnte auch nicht Nein zu Natalias Kochkünsten sagen.

»Das hier sind panierte Champignons.« Natalia füllte Udo und Viebeke Wögens, die neben ihm am Esstisch im Wohnzimmer saß, die Teller. Anschließend tat sie ihrem Mann und sich auf.

»Danke!« Udo spießte einen Pilz auf seine Gabel. »Sie müssen ja ewig in der Küche gestanden haben.«

Natalia winkte ab. »So schlimm war es nicht. Vieles konnte ich vorbereiten. Die zwölf Gänge stehen bei uns für die zwölf Apostel. Eigentlich fängt eine Wigilia erst abends an. Aber Frau Wögens geht so früh schlafen. Deswegen haben wir unsere Feier ein wenig vorverlegt.«

»Das ist sehr rücksichtsvoll von Ihnen.« Udo tauchte den panierten Champignon in den Rote-Bete-Meerrettich-Dip, der als siebter Gang serviert worden war, und probierte. »Köstlich!«, lobte er.

Viebeke Wögens wirkte hingegen weniger begeistert. »Mir fehlt das Fleisch. Weihnachten sollte es Gänsebraten oder Kartoffelsalat mit Würstchen geben.«

»Es kommt gleich noch gebratener Karpfen«, tröstete Natalia sie. »Und zum Nachtisch gibt es rote Grütze mit Vanillesoße – extra für Sie, weil das Ihre Lieblingsspeise ist.«

»Dann lasse ich diesen Gang besser aus.« Frau Wögens schob ihren Teller von sich weg. »Sonst habe ich nachher keinen Platz mehr im Magen.«

Auch Udo hatte das Gefühl, dass er eine Essenspause einlegen sollte. Zudem wurde es höchste Zeit, dass er mit Viebeke Wögens sprach. Er wandte sich zu ihr um. »Frau Wögens, erinnern Sie sich eigentlich noch an Frau Ebsen? Sie war früher Ihre Nachbarin.«

»O ja.« Ihr Gesichtsausdruck verfinsterte sich. »Eine schamlose Person! Die soll sich bloß von meinem Jasper fernhalten!«

»Wie bitte?«, fragte er entgeistert.

»Die Frau ist verheiratet und hat zwei kleine Kinder. Aber das hält sie nicht davon ab, meinem Jasper schöne Augen zu machen. Ich hab die beiden zusammen gesehen. Draußen auf dem Feld.«

Udo tauschte einen Blick mit Natalia, die entschuldigend lächelte. Inzwischen dämmerte ihm, dass Viebeke Wögens nicht von Dietje Ebsen sprach, sondern von deren Mutter.

»Sind Sie sicher, dass die beiden ein Verhältnis haben?«

»Ja, natürlich. Ich bin doch nicht blind.« Viebeke Wögens umklammerte ihre Gabel, als wollte sie damit jemanden erstechen. »Heute ist Weihnachten. Und wo treibt mein Sohn sich herum? Er sollte wenigstens so viel Anstand haben, sich an den Feiertagen von ihr fernzuhalten. Was sollen bloß die Leute denken?«

»Und Frau Ebsens Tochter Dietje?«, hakte Udo nach. »Kennen Sie die auch?«

Frau Wögens nickte. »Sie reitet hier oft auf ihrem Pony vorbei. Kann einem leidtun, das arme Kind – bei der Mutter!«

Udo stocherte in seinen Pilzen herum. Deutlich spürte er dabei Natalias Blick auf sich, während Jakub Wiśniewski als Einziger am Tisch weiterhin mit gutem Appetit zu essen schien.

»Soll ich den nächsten Gang auftragen?«, fragte Natalia.

»Für mich bitte nicht mehr«, erwiderte Udo. »Ich bin satt.«

»Aber jetzt kommt der Karpfen. Der ist das Beste.«

Er zögerte, da er auch nicht unhöflich sein mochte. »Also gut. Aber bitte nur ein winziges Stück.«

Während Natalia in Richtung Küche entschwand, unternahm Udo einen zweiten Versuch, mehr über Dietje Ebsen in Erfahrung zu bringen. »Haben Sie sich mal mit der Tochter von Frau Ebsen unterhalten?«, fragte er. »Ich wüsste gern, was für ein Mensch sie ist.«

»Fragen Sie Jakub!«, erwiderte sie. »Er kennt Dietje besser als ich.«

»Wirklich?«,fragte Udo überrascht.

»Nein.« Jakub Wiśniewski lächelte seine Arbeitgeberin freundlich an. »Da haben Sie wohl was durcheinandergebracht.«

»Das tut mir leid.« Frau Wögens nippte an ihrem Wasserglas. »Ich frage mich, wo Jasper steckt. Er sollte längst zu Hause sein.«

»Er kommt sicher bald«, sagte Jakub.

»Wir hätten mit dem Essen auf ihn warten sollen.« Sie klang unzufrieden. »So verpasst er noch alles.«

»Natalia hat bestimmt eine Portion für ihn aufbewahrt.«

Wie aufs Stichwort kehrte Natalia Wiśniewski mit einer Fischplatte zurück ins Wohnzimmer. Der panierte Karpfen darauf hätte locker gereicht, um das gesamte Polizeiteam satt zu machen. Statt des vereinbarten kleinen Stücks füllte Natalia Udo eine große Portion auf den Teller. »Guten Appetit!«

»Danke!« Er würde nicht einmal die Hälfte davon schaffen. Aber er mochte auch nicht unhöflich sein. Nach drei Gabeln voll, die wirklich köstlich geschmeckt hatten, ließ er das Besteck sinken und sah Frau Wögens an. »Sie und die Familie Ebsen waren früher quasi Nachbarn – richtig? Zumindest hat eines Ihrer Felder direkt an eine Pferdekoppel gegrenzt.«

»Seine Nachbarn kann man sich nicht aussuchen.« Viebeke Wögens stocherte in ihrem Fisch herum, ohne etwas davon zu essen. »Aber was meinen Sie mit *waren*? Wir sind immer noch Nachbarn.«

»Ich dachte, die Familie sei umgezogen, nachdem der Reiterhof abgebrannt ist.« Prüfend musterte er sie.

Ihre Augen weiteten sich. »Der Hof ist abgebrannt? Das höre ich zum ersten Mal. Wann ist das denn passiert?«

»Schon vor einer Weile.« Sich mit Frau Wögens zu unterhalten, war einerseits sehr frustrierend, andererseits aber auch faszinierend, weil er nie einschätzen konnte, was sie als Nächstes sagen würde.

»Mich wundert das nicht«, bemerkte Viebeke Wögens. »Der alte Ebsen raucht doch ständig und überall. Kein Wunder, dass dort ein Feuer ausgebrochen ist.«

»Sie meinen Dietjes Vater?«

»Nein, den doch nicht! Ihren Großvater. Der raucht wie ein Schlot – sogar im Stall. Dabei liegt dort überall Stroh.«

Udo zwang sich, einen weiteren Bissen Karpfen zu essen, obwohl er keinen Appetit mehr hatte. »Der Brand war kein Unfall. Jemand hat absichtlich Feuer gelegt. Haben Sie eine Ahnung, wer das getan haben könnte?« Auffordernd sah er sie an.

»Woher soll ich das wissen? Ich war es jedenfalls nicht.« Ihr Tonfall klang gepresst.

Natalia streckte den Arm aus und berührte ihre Hand. »Das hat ja auch niemand behauptet. Kommissar Harksen hat nur eine harmlose Frage gestellt.«

Seine nächste Frage war allerdings weniger harmlos. »Halten Sie es für möglich, dass Ihr Sohn den Brand gelegt hat?«

Am Tisch wurde es plötzlich still. Jakub Wiśniewski hörte auf zu kauen und starrte Udo an. Natalia öffnete den Mund zu einem stummen O. Und Viebeke Wögens wirkte wie eingefroren. Ihrem tödlichen Blick nach zu urteilen, überlegte sie gerade, auf welche Weise sie Udo den Garaus machen sollte.

»Wie können Sie so etwas nur sagen?«, presste sie schließlich hervor. »Jasper würde nie jemandem schaden. Ganz im Gegenteil. Er ist es, der sich von dieser schamlosen Frau ausnutzen lässt.«

»Ich wollte Ihnen nicht zu nahe treten«, entgegnete Udo beklommen. »Ich habe nur gedacht, dass …«

»Verlassen Sie auf der Stelle mein Haus!« Sie drohte ihm mit dem Zeigefinger. »Ich will Sie nie wiedersehen!«

Natalia rang die Hände. »Aber das geht doch nicht! Herr Harksen ist Polizist. Sie können ihn nicht einfach rauswerfen.«

»Schon gut.« Udo stand auf. »Ich glaube, wir kommen hier ohnehin nicht weiter.« Er musterte Natalia. »Sie denken an die Dinge, die wir vorhin besprochen haben?«

»Ja. Machen Sie sich keine Sorgen! Und danke für Ihren Besuch!«

»Ich danke Ihnen für das leckere Essen.« Er lächelte schief. »Und frohe Weihnachten!«

THIES

Er hätte sich doch für die Auswertung der Dateien melden sollen. Frustriert trat Hauptkommissar Thies Hansen von dem Haus zurück, dessen Bewohner er gerade befragt hatte. Die Nachbarn von Frau Wögens wirkten alle hilfsbereit und freundlich. Doch es war offensichtlich, dass er mit seinem Anliegen ihr Weihnachtsfest störte.

Etwas Kaltes traf Thies an der Wange. Er legte den Kopf in den Nacken. Tatsächlich! Feiner Schnee rieselte vom Himmel – auf Föhr eine Seltenheit. Einen Augenblick lang blieb er so stehen und ließ sich die Flocken ins Gesicht fallen, wo sie auf seiner warmen Haut gleich schmolzen.

Heute hatte er bei seiner Familie sein wollen. Ein gemeinsamer Kirchgang, ein leckeres Essen, das ausnahmsweise er selbst gekocht hätte, um seine Frau zu verwöhnen. Und dann die Bescherung mit seinen drei erwachsenen Kindern, die nur noch selten gleichzeitig zu Besuch kamen.

Thies zückte sein Smartphone und klickte sich durch die Fotos, die seine Frau ihm vom geschmückten Weihnachtsbaum und dem dekorierten Wohnzimmer geschickt hatte. Sobald er Feierabend machte, würde er für einen Videocall anrufen, um wenigstens virtuell ein wenig bei der Feier anwesend zu sein. Doch noch hatte er nicht alle Häuser in der Straße abgeklappert.

Mit einem leisen Seufzen ging er durch die nächste Gartenpforte und klingelte an der Tür einer Doppelhaushälfte. Ihm wurde von einer Frau von Mitte dreißig im schwarzen Talar geöffnet. »Moin!«, grüßte die Pastorin freundlich.

»Moin! Ich bin Thies Hansen von der Flensburger Kriminalpolizei und unterstütze die Kollegen vor Ort bei einem Fall. Haben Sie Zeit, mir ein paar Fragen zu beantworten, oder müssen Sie gerade los?«

»Nein, ich habe noch etwas Zeit bis zu meinem Gottesdienst.« Sie trat beiseite. »Kommen Sie bitte rein.«

»Danke!« Thies putzte sich die Schuhe an der Fußmatte ab und betrat den Flur. Diese Frau war die erste aus der Nachbarschaft, die ihn nicht gleich an der Haustür abgefertigt hatte, was er als gutes Zeichen wertete.

Sie führte ihn ins Wohnzimmer, wo ein Föhrer Bogen auf der Fensterbank stand, der liebevoll mit Buchsbaum und aus Salzteig gebackenen Anhängern geschmückt worden war. Auf dem Esstisch lag ein Adventskranz, dessen Bienenwachskerzen einen angenehmen Duft verströmten.

Einladend deutete die Pastorin auf eine cremefarbene Couch. »Bitte setzen Sie sich. Sie sehen erschöpft aus.«

»Danke! Bin auch seit Stunden auf den Beinen.« Er ließ sich auf die Couch sinken und lehnte sich zurück.

Die Pastorin nahm neben ihm Platz. »Ich habe mich noch gar nicht vorgestellt. Mein Name ist Tomma Dohle. Ich habe kürzlich Greta und Udo von der Wyker Polizeistation beim Überbringen zweier Todesnachrichten begleitet. Ich nehme an, es geht um einen dieser beiden Fälle?«

»Ja. Dann sind Sie wohl schon bestens im Bilde«, erwiderte Thies. »Wir suchen Zeugen, die vergangenen Donnerstag gegen zwei Uhr mittags hier in dieser Straße eine Frau gesehen haben. Wir wissen nicht, wie alt diese Frau ist oder was für Kleidung sie getragen hat. Möglicherweise sah sie etwas ... ungewöhnlich aus. Das Einzige, was wir mit Sicherheit sagen können, ist, dass sie gegen vierzehn Uhr an der Tür von Frau Wögens geklingelt und ihr eine Tüte mit Zimtsternen vorbeigebracht hat.«

Tomma Dohle musterte ihn. »Und nun möchten Sie von mir wissen, ob ich diese Frau gesehen habe?«

»Ja. Oder ob Ihnen am fraglichen Tag sonst etwas aufgefallen ist.« Thies streckte seine müden Beine aus.

»Lassen Sie mich nachdenken. Letzten Donnerstag gegen zwei ... Jetzt erinnere ich mich wieder. Um diese Zeit hatte ich eine Beerdigung und war deshalb gar nicht hier. Tut mir leid.«

Er verkniff sich ein Seufzen. »Wäre ja auch zu schön gewesen.«

»Ich hätte Ihnen wirklich gern geholfen. Zwei Menschen werden zu Grabe getragen, die eigentlich noch hätten leben sollen. Und wer weiß, ob es nicht noch weitere Opfer geben wird.«

Er kratzte sich am Kinn. »Vielleicht können Sie ja doch etwas für mich tun. Als Pastorin kennen Sie die Menschen hier vermutlich recht gut.«

»Nicht alle«, schränkte Tomma Dohle ein. »Nur die Kirchgänger und die älteren Leute, bei denen ich Hausbesuche mache.«

»Auch bei Viebeke Wögens?«

»Hin und wieder ja. Frau Wögens hat zwar eine freundliche Pflegerin, die sich gut um sie kümmert, aber durch ihre Demenz kaum noch andere Kontakte. Viele ihrer alten Freundinnen sind auch schon verstorben. Deshalb versuche ich, wenigstens einmal im Monat bei ihr vorbeizuschauen.«

»Fällt Ihnen jemand ein, der einen Groll gegen Frau Wögens hegen könnte?«

Die Augen der Pastorin weiteten sich. »Wollen Sie damit andeuten, dass Frau Wögens das eigentliche Ziel des Giftanschlags war?«

»Wir gehen mittlerweile davon aus, da ihr die Kekse geschenkt wurden. Jasper Wögens hat sie dann allerdings zum Adventsbasar mitgenommen und sich auch selbst reichlich daran bedient.«

»Nun ja.« Sie zögerte. »Eine Person fällt mir tatsächlich ein. Aber sie kann es nicht gewesen sein.«

»Wer denn?«, fragte Thies.

»Ihr Sohn.« Tomma Dohle strich über den Stoff ihres Talars. »Aber da er sich selbst an den Keksen vergiftet hat, können Sie ihn als Täter wohl ausschließen.«

Diese Unterhaltung wurde immer interessanter. »Warum hätte Jasper Wögens seine Mutter umbringen sollen?«

»Sie hat ihn sein ganzes Leben an der kurzen Leine gehalten. Das meiste weiß ich selbst nur vom Hörensagen, weil ältere Gemeindemitglieder mir davon erzählt haben. Aber als Jasper Wögens ein junger Mann war, hat seine Mutter ihn eifersüchtig bewacht und jede Frau, für die er sich interessiert hat, weggeekelt.«

»Sind Sie sicher? Das passt nicht so ganz zu dem, was wir von anderer Seite gehört haben. Demnach soll Jasper Wögens mindestens zwei Frauen massiv bedrängt haben: Silke Gortaguzzi, die damals schon mit ihrem späteren Mann, einem Eisdielenbetreiber, liiert war. Und die Mutter unseres Mordopfers Dietje Ebsen – eine verheiratete Frau mit zwei kleinen Kindern.«

»Diese Geschichten habe ich auch gehört«, erwiderte sie. »Aber es gibt davon unterschiedliche Versionen, die sich widersprechen. Mir hat eine ältere Frau hier im Dorf, die früher mit Frau Wögens befreundet war und inzwischen verstorben ist, erzählt, dass diese Silke und Jasper Wögens anfangs durchaus eine einvernehmliche Beziehung hatten. Aber seine Mutter hat sich ständig eingemischt und Silke das Leben schwer gemacht. Weil Jasper sich nicht gegen seine Mutter durchsetzen konnte oder wollte, hat Silke sich schließlich von ihm getrennt und sich stattdessen ihrem späteren Ehemann zugewandt.«

»Interessant.« Thies kramte einen zerfledderten Notizblock hervor und schrieb sich das Wichtigste auf. »Was ist mit Frau Ebsen? War die ebenfalls seine Freundin oder doch eher ein Stalkingopfer?«

Tomma Dohle zuckte mit den Schultern. »Das kommt darauf an, wen man fragt. Ich habe auch schon das Gerücht gehört, dass die Ehe der Ebsens unglücklich war und Frau Ebsen sich den Sohn ihrer Nachbarn als jüngeren Geliebten genommen haben soll.«

»Wenn das stimmt, hätte das Frau Wögens gar nicht gefallen.«

»Sie hätte sich auf jeden Fall eingemischt«, stimmte die Pastorin zu. »Es gab vor den beiden Frauen schon andere Beziehungen von Jasper Wögens, die durch seine Mutter torpediert wurden. Zumindest wenn man dem Dorfklatsch Glauben schenkt. Aber nach dem Brand des Reitstalls war der Mann bei den Frauen endgültig untendurch. Viele hatten sich schon von ihm abgewandt, als er damit anfing, den Betreiber der örtlichen Eisdiele zu tyrannisieren.«

»Dann war Jasper Wögens also jahrzehntelang in seinem Heimatdorf völlig isoliert«, bemerkte Thies. »Warum hat er sich das angetan? Er hätte doch wegziehen können.«

»Dafür hätte er seine Mutter und den Hof im Stich lassen müssen«, gab die Pastorin zu bedenken. »Sein Vater ist schon relativ früh an einem Schlaganfall gestorben. Vermutlich war das der Grund, aus dem Frau Wögens so an ihrem Sohn geklammert hat.«

»Also ist er sein ganzes Leben allein geblieben«, bemerkte Thies. »Ein trauriges Schicksal! Und dann wurde er zu allem Übel auch noch vergiftet.«

»Umso wichtiger ist es, dass Sie die Person, die dafür verantwortlich ist, schnell finden und Jasper Wögens zu Gerechtigkeit verhelfen.« Die Pastorin erhob sich. »Aber heute sollten Sie auch ein wenig an sich denken. Es ist immerhin Heiligabend. Haben Sie Lust, mich zu begleiten?«

»In die Kirche?«, fragte Thies erstaunt.

»Warum denn nicht? Sie kennen hier auf der Insel doch vermutlich kaum jemanden. Dabei sollte gerade an Weihnachten niemand allein sein. Es wird bestimmt nett und ich verspreche Ihnen auch, dass ich die Predigt kurz halten werde.« Sie zwinkerte ihm zu. »Also, was meinen Sie?«

Er erwiderte ihr freundliches Lächeln. »Einverstanden.«

Kapitel 14

BRODER

Broder spazierte mit Lina über die Strandpromenade am Wasser entlang. Schneeflocken rieselten herab und bedeckten ihre Schultern und Mützen mit weißem Puder. Zu ihrer Linken lag der Strand leer und verlassen da, während zu ihrer Rechten auf dem Sandwall selbst an Heiligabend viel Betrieb herrschte. Die Fußgängerzone war mit Tannenbäumen und Lichterketten geschmückt und viele Geschäfte hatten geöffnet.

Es dämmerte bereits und die Schatten wurden länger. Lina ergriff im Gehen Broders Hand und hielt sie fest. Ihre Finger fühlten sich eiskalt an. Trotzdem wurde Broder von der Berührung ganz warm. Er schob ihre verschränkten Hände in seine Jackentasche, wo sie vor der Kälte geschützt waren.

»Ich finde es schön, dass du noch hier bist«, bemerkte Lina leise. »Es ist viel zu lange her, seit wir das letzte Mal zusammen Weihnachten gefeiert haben.«

»Damals war vieles anders«, erwiderte Broder. Arne und Emma hatten noch gelebt. Und Broder war so in Lina verliebt gewesen, dass er sich gar nicht hätte vorstellen können, sie und Föhr jemals zu verlassen. Doch am darauffolgenden Osterfest war sein Bruder ertrunken und alles hatte sich von einem Tag auf den anderen geändert.

»Es bringt nichts, die Vergangenheit zu bedauern«, sagte Lina. »Du solltest endlich Frieden mit ihr schließen.«

»Kannst du das denn?«

»Ich gebe mir Mühe. Manche Tage sind gut. An anderen komme ich kaum aus dem Bett. Aber ständig traurig zu sein, bringt Emma und Arne auch nicht zurück. Wir sind es ihnen schuldig, das Beste aus unserem Leben zu machen.«

»Ich weiß.« Broder lauschte auf den grellen Schrei einer Möwe, die er am dunklen Nachthimmel aber nicht erkennen konnte. »Ich habe mir – soweit wie möglich – inzwischen vergeben, dass ich Arne in jener Nacht nicht aus dem Meer retten konnte. Und ich komme ja auch wieder zu Besuch hierher, was ich jahrelang vermieden habe. Aber Weihnachten ist etwas anderes.«

Lina seufzte. »Das geht mir mit Emma doch genauso. Als meine Mutter und ich zu zweit den Baum geschmückt haben, sind die ganze Zeit über Tränen geflossen. Und neulich habe ich mich dabei ertappt, dass ich einen Roman für Emma als Geschenk kaufen wollte, der genau ihren schwarzen Humor getroffen hätte.«

»Es ist lieb von dir, dass du deinen Eltern beistehst und mit ihnen feierst, damit sie nicht so allein sind.« Er hätte das auch tun sollen – all die Jahre seit Arnes Tod. Stattdessen war er für sein Jurastudium aufs Festland geflüchtet und nur noch zu seltenen Blitzbesuchen in seine alte Heimat zurückgekehrt.

»Wie geht es dir damit, das erste Mal seit Arnes Tod wieder Weihnachten zu feiern?«

Broder ließ seinen Blick in die Ferne schweifen, wo der nachtblaue Himmel und das dunkle Meer am Horizont miteinander verschmolzen. »Wenn ich länger darüber nachdenke, wird mir ganz eng um die Brust. Am liebsten würde ich die nächste Fähre nach Dagebüll nehmen und erst am 27. Dezember zurückkommen. Aber das wäre falsch.«

»Wegen deiner Eltern?«

»Das auch. Aber vor allem meinetwegen. Wenn ich ständig vor dem Schmerz und der Trauer davonlaufe, werde ich sie nie richtig verarbeiten.« Er verlangsamte seine Schritte, spürte den kalten Wind in seinem Gesicht und betrachtete die winzigen Schneeflocken, die auf Linas schulterlangen Haaren landeten. »Gefühle sind wichtig – selbst die schlechten. Sie zeigen uns, dass wir am Leben sind.«

Lina schmunzelte. »Wirst du jetzt etwa zum Philosophen?«

Er blieb stehen. »Das wohl nicht. Aber vielleicht zum Weihnachtsmann.« Mit der freien linken Hand griff er in seine Jackentasche und zog eine winzige Geschenktüte hervor. »Das ist für dich. Frohe Weihnachten!«

»Danke!« Sie ließ seine Hand los und nahm die Tüte entgegen. »Ich habe auch was für dich. Ist aber wirklich nur eine Kleinigkeit.« Lina griff nun ihrerseits in die Jacke und überreichte Broder einen roten Briefumschlag.

Broder versuchte, sich seine Aufregung nicht anmerken zu lassen, als er mit zittrigen Fingern den Umschlag aufriss. Zum Vorschein kam ein Gutschein fürs Filmtheater am Sandwall. »Kinokarten?«, fragte er verblüfft. »Aber das Filmtheater hat im Winter doch geschlossen.«

»Eben! So stelle ich sicher, dass du bald wieder herkommst.« Sie knuffte ihn in die Seite. »Lass dir nicht wieder jahrelang Zeit damit!«

»Werde ich nicht. Versprochen!« Vorsichtig verstaute er die Kinokarten samt Umschlag in seiner Jackentasche. »Jetzt bist du dran.« Nervös zupfte er mit den Schneidezähnen an seiner Unterlippe. Er war sich nicht ganz sicher, wie sein Geschenk bei ihr ankommen würde.

Vorsichtig hob Lina ein Schmuckkästchen aus der Tüte und öffnete es. »Ist das etwa ... ein Armband?«

»Ja.« Er räusperte sich. »Ich weiß, dass ich dir schon mal eins geschenkt habe. Aber das ist jetzt ein Beweismittel in einem Kriminalfall, deshalb ... Dieses hier habe ich zwar nicht selbst gemacht, aber dafür ist es aus echtem Silber. Ich hoffe, es gefällt dir.« Fragend sah er sie an.

»Es ist wunderschön.« Ihre Stimme klang belegt. »Ich weiß die Geste zu schätzen. Auch wenn dieses Armband niemals die gleiche Bedeutung haben kann wie das, was ich verloren habe.«

»Wie meinst du das?«

»Na ja. Damals waren wir verliebt. Wir haben sogar Pläne für unsere gemeinsame Zukunft geschmiedet. Als du mir dieses selbst geknüpfte Lederarmband ums Handgelenk gebunden hast, fühlte es sich beinahe so an, als hättest du mir einen Verlobungsring an den Finger gesteckt.«

»Dafür wären wir zu jung gewesen«, entgegnete er.

»Natürlich. Ich sage ja auch nicht, dass ich mir einen Verlobungsring gewünscht hätte. Nur dass ich unglaublich stolz auf dieses Armband war und es überall herumgezeigt habe.«

Wehmut, die sich wie süßer Schmerz anfühlte, verengte Broder die Brust. Ein Teil von ihm wollte Lina gestehen, dass er immer noch tiefe Gefühle für sie hegte – selbst nach all den Jahren. Aber die Vernunft hielt ihn davon ab.

Er hatte sich für den Beruf des Staatsanwalts entschieden, der ihn ans Festland band. Und nicht einmal Lina zuliebe war er bereit, diesen aufzugeben.

»Das neue Armband hat auch eine schöne Bedeutung«, bemerkte er schließlich. »Es steht für die Freundschaft, die uns immer noch verbindet – hoffentlich für den Rest unseres Lebens.«

Statt einer Antwort zog Lina ihn in eine Umarmung, die sich anfühlte, wie nach Hause zu kommen. Der Duft ihres Pfirsichshampoos verdrängte den Geruch der salzigen Seeluft und ihre weichen Haare kitzelten sein Gesicht. Broders Herzschlag beschleunigte sich. Er schloss die Augen.

Die Zeit ließ sich nicht zurückdrehen. Doch für

einen kostbaren Moment fühlte er sich wieder wie mit achtzehn, als er Lina jeden Tag so im Arm gehalten und geglaubt hatte, nichts könnte sie beide je trennen. Und dieser Augenblick – so flüchtig er auch sein mochte – war sein eigentliches, sein schönstes Weihnachtsgeschenk.

UDO

Udo saß zusammengekrümmt auf seinem Stuhl im Besprechungsraum der Wyker Polizeistation und hielt sich den schmerzenden Bauch. »Könnt ihr bitte aufhören, über Essen zu reden?«, bat er. »Das macht meine Magenkrämpfe noch schlimmer.«

Greta bediente sich an dem Gewürzkuchen, den der Vater von Staatsanwalt Broder Jacobsen ihnen zum ersten Weihnachtstag gebacken hatte. »Du bist selbst schuld an deinem Unglück! Wie kann denn jemand freiwillig drei Festtagsmenüs hintereinander essen?«

»Wie kommst du darauf, dass ich das *freiwillig* gemacht habe?« In seinem Magen gluckerte es bedenklich. »Ich war aus Höflichkeit dazu gezwungen.«

»Wat 'n Tüdelkraam!« Thies schüttelte den Kopf. »Du solltest bei Frau Wögens arbeiten und nicht essen. Noch dazu ein Zwölf-Gänge-Menü.«

Udo verengte die Augen. »Das hört sich ja fast so an, als ob du neidisch wärst.«

»Als du das erste Mal davon erzählt hast – vielleicht

ein bisschen. Aber jetzt, wo ich dich so ansehe, bestimmt nicht mehr.«

»Frau Wiśniewski wäre gekränkt gewesen, wenn ich ihre Essenseinladung abgelehnt hätte.« Udo drehte den Verschluss seiner mitgebrachten Thermoskanne auf, in der sich Kamillentee befand. »Außerdem dachte ich zu dem Zeitpunkt noch, dass das mein einziges Festessen sein würde.«

Greta schnaubte. »Du kennst doch deine Mutter!« Mit diesem Einwand hatte sie nicht ganz unrecht. »Die lässt es sich nicht nehmen, an Weihnachten für dich zu kochen.«

»Ich habe ihr aber gesagt, dass sie das bleibenlassen soll. Eigentlich wollte ich nur ganz kurz bei ihr vorbeischauen, meine Geschenke überreichen und dann weiter ab zu Leoni.«

»Die ebenfalls für dich gekocht hatte.«

»Wer hätte das auch ahnen können?« Udo goss dampfend heißen Tee in seinen Becher. »Ich hab Leoni geschrieben, dass es bei mir leider sehr spät wird. Da hätte sie längst gegessen haben sollen.«

Staatsanwalt Broder Jacobsen stach mit der Gabel in sein Stück Gewürzkuchen. »Und es ist Ihnen nicht in den Sinn gekommen, Ihrer Freundin zu sagen, dass Sie bereits mehr als satt sind?«

Udo nippte vorsichtig am Kamillentee. Hoffentlich würde der seinen überforderten Magen ein wenig beruhigen! »Ich wollte sie nicht allein essen lassen. Das ist schließlich unser erstes gemeinsames Weihnachten.«

»Udo ist jemand, der schlecht Nein sagen kann«, erklärte Greta. »Wir versuchen schon seit Jahren, ihn davon zu überzeugen, dass er es mit seiner Rücksichtnahme und Hilfsbereitschaft manchmal übertreibt – selbst für einen Polizisten.« Ernst sah sie Udo an. »Lass dir das bitte eine Lehre sein!«

»Ich werde bis Neujahr fasten. Mindestens!«

Jacobsen schlug eine Fallakte auf. »Nachdem das geklärt ist, sollten wir uns gegenseitig auf den aktuellen Stand bringen. Ich fasse einmal die wichtigsten Erkenntnisse aus der Auswertung von Dietje Ebsens Smartphone zusammen. Eine direkte Verbindung zwischen ihr und Viebeke Wögens haben wir zwar nicht gefunden, aber dafür etwas anderes.«

Der Staatsanwalt schaltete den Beamer ein und verband ihn mit einem Notebook, das auf dem Besprechungstisch stand. Das Foto, das an die Leinwand geworfen wurde, zeigte ein Paar am Strand. Der Mann umarmte die Frau von hinten und beide lächelten in die Kamera.

Udo schmeckte plötzlich Galle und verspürte einen Anflug von Übelkeit, den er entschlossen zurückdrängte. Die Frau auf dem Foto war Dietje Ebsen, die er vor drei Tagen tot auf dem Badezimmerboden vorgefunden hatte. Den Mann an ihrer Seite kannte er ebenfalls. »Das ist Jakub Wiśniewski«, sagte er matt. »Der Mann von Frau Wögens' Pflegerin.«

Thies pfiff durch die Zähne. »Dat is ja en stark Stück!«

»Anhand der E-Mails, die uns vorliegen, ergibt sich folgendes Bild«, fuhr Jacobsen fort. »Vor etwa sieben Jahren haben die beiden eine heimliche Beziehung begonnen. Zu diesem Zeitpunkt lebte Natalia Wiśniewski noch in Polen und arbeitete dort als Erzieherin, während ihr Mann die längste Zeit des Jahres als Hofarbeiter hier auf Föhr war. Er führte praktisch das Leben eines Strohwitwers.«

Udo trank einen Schluck Kamillentee, um den bitteren Geschmack in seinem Mund loszuwerden. Die Wiśniewskis hatten gestern wie ein harmonisches Paar auf ihn gewirkt. Er hatte geglaubt, dass die beiden glücklich miteinander waren.

Jacobsen rief den Screenshot einer E-Mail auf. »Diese heimliche Liebschaft dauerte vier Jahre und fand vor drei Jahren ihr abruptes Ende. Damals ist Frau Wiśniewski zu ihrem Mann gezogen, um sich um Frau Wögens zu kümmern, deren Demenz sich zusehends verschlimmerte. Während Herr Wiśniewski den Kontakt zu Frau Ebsen komplett abgebrochen hatte, schrieb Dietje Ebsen ihm noch Monate später E-Mails in der Hoffnung, dass er ihre Affäre wieder aufleben lassen würde.«

Greta rührte mit dem Löffel in ihrem Friesentee. »Wir wissen nicht, ob diese Information fallrelevant ist. Aber es wäre möglich. Falls Jakub Wiśniewski seine Ex-Geliebte als Bedrohung für seine Ehe betrachtet hat, wäre das ein starkes Tatmotiv.«

»Und wie passt der missglückte Mordversuch an Viebeke Wögens da rein?«, fragte Udo.

»Frau Wögens könnte von der ganzen Sache etwas mitbekommen haben«, entgegnete Thies. »Bei jemandem wie ihr hätte Wiśniewski sich nie sicher sein können, ob sie den Vorfall tatsächlich vergessen hat oder ob sie eines Tages eine Bemerkung machen würde, die ihn auffliegen lässt.«

»Mir gegenüber hat sie tatsächlich mal etwas in diese Richtung gesagt.« Udo hielt sich den krampfenden Bauch. Die Vorstellung, dass Jakub Wiśniewski der Täter sein könnte, missfiel ihm zutiefst. Vor allem, weil er der freundlichen Natalia – die ohnehin schon betrogen worden war – durch die Ermittlungen nicht noch mehr Leid zufügen wollte.

»Es hätte schon was für sich, wenn Wiśniewski für die beiden Tötungsdelikte verantwortlich wäre«, bemerkte Broder Jacobsen. »Denn dann könnten wir davon ausgehen, dass wir mit keinen weiteren Morden mehr rechnen müssen. Aber ich bin skeptisch.«

»Ich auch«, stimmte Greta zu. »Viebeke Wögens hat schließlich von einer Frau gesprochen, die ihr die Kekse gebracht hat. Aber selbst wenn wir ihre Aussage in Zweifel ziehen, wäre da immer noch die zweite Tat.«

»Ich habe mich vor Ort umgesehen«, entgegnete Thies. »Für einen Mann wäre es zwar schwieriger gewesen, sich unbemerkt in die Damenumkleide zu schleichen und dort das Proteinshakepulver zu vergiften, aber nicht unmöglich. Schließlich gibt es keine Überwachungskameras. Der Raum liegt am Ende des Flures und die meisten Frauen waren zum Tatzeitpunkt vermutlich im Kursraum für das Power-Pilates.«

Jacobsen nippte an seinem Tee. »Wir sollten Wiśniewski auf jeden Fall vernehmen. Aber nicht bei ihm zu Hause, sondern hier. Falls er unschuldig sein sollte, möchte ich vermeiden, dass seine Frau durch unsere Ermittlungen von seiner Affäre Wind bekommt. Die Beziehung hat er schon vor Jahren beendet und seine Ex-Geliebte lebt nicht einmal mehr. Da ist es wirklich nicht nötig, dass wir wegen dieser alten Geschichte eine Ehe ruinieren.«

»Ob seine Frau das auch so sehen würde?«, brummte Thies.

Udo hingegen fühlte sich erleichtert. So erleichtert, wie man sich mit starken Magenschmerzen und Sodbrennen überhaupt fühlen konnte. Sein Smartphone vibrierte und eine neue Nachricht von seiner Mutter poppte auf: *Melde dich, wenn du Feierabend machst. Ich habe Gänsebraten im Ofen.*

»Durch die Sichtung der Mails haben wir übrigens eine alte Straftat aufgeklärt, die mit dem Tod von Frau Ebsen allerdings nicht mehr relevant ist«, verkündete Jacobsen. »Dietje Ebsen hat in einer Nachricht an ihre Freundin, die sie vor zehn Jahren verschickt hat, zugegeben, den Hund ihrer Nachbarin Frauke Waldeck vergiftet zu haben.«

»Wir sagen es ihr nach den Feiertagen«, schlug Greta vor. »Es gibt keinen Grund, Frau Waldeck deswegen Weihnachten zu verderben.«

»Nach der Hausdurchsuchung ist sie ohnehin nicht gut auf uns zu sprechen«, bemerkte Thies. »Wahrscheinlich würde sie uns nur die Tür vor der Nase zuschlagen.«

»*Sie* können wir dort kein zweites Mal hinschicken«, stimmte Jacobsen zu. »An Ihrer Stelle geht Herr Harksen.«

»Warum ich?«, fragte Udo.

»Sie haben Frau Waldeck bisher nicht vor den Kopf gestoßen. Vielleicht stimmt es sie milde, wenn wir ihr Gewissheit verschaffen, und Sie können von ihr noch etwas Nützliches erfahren. Zum Beispiel über die heimliche Beziehung ihrer Nachbarin mit Herrn Wiśniewski. Davon sollte sie doch etwas mitbekommen haben. Außerdem«, Jacobsen schmunzelte, »besteht bei Frauke Waldeck nach all dem Ärger, den wir ihr bereitet haben, wohl keine Gefahr, dass Sie Ihnen etwas zu essen anbietet.«

Kapitel 15

BRODER

Am zweiten Weihnachtstag machte Broder früher Feierabend, um den Nachmittag mit seinen Eltern zu verbringen. Seine Mutter hatte außerdem Frauke Waldeck und Tabea Knudsen aus ihrer Trauergruppe eingeladen. Tabea Knudsen, deren linke Gesichtshälfte von Brandnarben entstellt war, lächelte Broder von ihrem Platz auf der Couch aus freundlich an. Ganz im Gegensatz zu Frauke Waldeck, die ihn mit ihren Blicken regelrecht zu erdolchen schien.

Broders Vater Leif zündete die Kerzen am Weihnachtsbaum im Wohnzimmer an. Es duftete nach Harz, Bienenwachs und nach frisch gebackenen Lebkuchen.

Maren stellte eine Schale mit eben jenen Lebkuchen auf dem Couchtisch zwischen dem Adventskranz und einer Mandarinen-Baiser-Torte ab. »Möchte jemand keinen Tee? Ich kann auch Kaffee kochen.«

»Nein, danke!«, erwiderte Tabea Knudsen. »Wenn ich nachmittags noch Kaffee trinke, kann ich später nicht mehr einschlafen.«

»Wie geht es dir?«, fragte Maren. »Du siehst besser aus als beim letzten Mal. Aber um die Nase bist du noch recht blass.«

»Muss ja.«

Broders Mutter entschwand in Richtung Küche. Sein Vater verließ ebenfalls das Zimmer.

Frauke Waldeck schien auf diesen Moment nur gewartet zu haben. Kaum waren die beiden außer Sichtweite, beugte sie sich zu Broder vor, der auf einem Fußhocker Platz genommen hatte. »So sieht man sich also wieder! Ich hoffe, Sie sind heute nicht hier, weil Sie mich aushorchen wollen.«

»Keine Sorge!« Er zwang sich zu einem Lächeln. »Ich hab Feierabend.«

»Haben Sie schon eine Ahnung, wer der wahre Täter ist? Oder verdächtigen Sie immer noch mich?« Ihr Tonfall klang spitz.

Broder rutschte auf dem Polster des Hockers herum. Der stechende Blick seiner Gesprächspartnerin bereitete ihm Unbehagen. »Das ist eine laufende Ermittlung. Dazu darf ich Ihnen leider keine Auskunft geben.«

»Aber damit, mein Haus auf den Kopf zu stellen, hatten Sie kein Problem. Ich habe eine Liste mit den Gegenständen erstellt, die Ihre Beamten beschädigt haben. Dafür fordere ich Schadensersatz.«

»Lassen Sie uns gern ein andermal in Ruhe darüber reden«, bot er an. »Aber nicht hier und heute.«

Tabea Knudsen, die neben Frauke Waldeck saß, berührte ihre Freundin am Arm. »Herr Jacobsen hat recht. Wir sind bei seinen Eltern zu Gast und wollen gemeinsam ein friedliches Weihnachtsfest feiern.«

Bevor Frau Waldeck Gelegenheit bekam, etwas zu erwidern, kehrten Leif und Maren mit zwei Tabletts zurück, auf denen sich Tassen, eine Teekanne mit Stövchen, ein Zuckertopf und ein Sahnekännchen befanden.

Broder half seinen Eltern dabei, alles vom Tablett zu räumen, und entzündete das Teelicht unter dem Stövchen. Anschließend löffelte er weißen Kluntjes aus dem Zuckertopf in die Tassen und füllte diese zu zwei Dritteln mit dampfendem Friesentee. Im letzten Schritt schöpfte er mit einem Löffel Sahne aus dem Kännchen und ließ diese entgegen dem Uhrzeigersinn – um die Zeit beim genussvollen Teetrinken anzuhalten – am Rand der Tasse hinabfließen. Dadurch entstand das Wulkje, das zu jedem richtigen Friesentee dazugehörte.

Leif schnitt die Torte an und verteilte die Stücke auf fünf Teller. »Das ist zwar nicht wirklich ein weihnachtliches Rezept. Aber ich wollte auch keinen Kuchen backen, den Broder gerade erst gegessen hat. Ich hoffe, es schmeckt euch trotzdem.«

»Papa hat die ganze Polizeistation seit Heiligabend täglich mit Kuchen verwöhnt«, ergänzte Broder. »Im neuen Jahr müssen wir vermutlich alle auf Diät.«

»Vielleicht sollte ich auf meine alten Tage auch noch Polizistin werden.« Tabea Knudsen schob sich eine Gabel

Baisertorte in den Mund. »Köstlich, wie immer!« Sie wandte sich an Maren. »Du hast wirklich großes Glück mit deinem Mann. Halte ihn gut fest.«

»Keine Sorge! Das mache ich.« Maren warf Leif einen Luftkuss zu. »Hab dich lieb, Schatz!«

»Ich dich auch.« Leif lächelte sie an.

Broder freute sich für seine Eltern. Gleichzeitig stimmte ihn ihr Anblick auch ein bisschen wehmütig, weil es in seinem Leben seit der Trennung von Lina eine Leere gab, die nie wieder gefüllt worden war.

»Ich war neulich auf dem Friedhof und hab mir Fennas Grab angesehen«, bemerkte Frauke Waldeck. »Der Stein ist wirklich schön geworden.«

»Danke! Das finde ich auch.« Tabea Knudsen wandte sich an Broders Mutter. »Danke, dass du dich um die Grabstelle gekümmert hast, während ich krank war!«

Maren winkte ab. »Da nicht für! Du hättest im umgekehrten Fall doch für Arnes Grab dasselbe getan. Wenn wir als Trauergruppe nicht zusammenhalten – wer dann?«

»Ich weiß es trotzdem zu schätzen. Auch dass ihr uns heute extra zu euch eingeladen habt, damit Frauke und ich nicht allein feiern müssen.«

»Das erste Weihnachten ohne einen geliebten Menschen ist das schwerste.« Maren klang traurig. »Besonders, wenn es um das eigene Kind geht.«

Frauke Waldeck hackte mit der Kuchengabel so kraftvoll auf ihr Tortenstück ein, dass die Baisersplitter durch die Luft flogen. »Was mich so maßlos ärgert, ist, dass dein Ex-Schwiegersohn nicht zur Rechenschaft gezogen wird.

Hätte er sich nicht so grausam verhalten, wäre Fenna noch am Leben.«

Scharf sog Broder die Luft ein. Diese Bemerkung von Frauke Waldeck war deutlich übers Ziel hinausgeschossen. »Was genau ist eigentlich passiert?«, fragte er behutsam.

»Gut, dass Sie fragen!« Frau Waldecks Tonfall klang scharf. »Das ist eine Sache, der sich die Polizei annehmen sollte. Aber da passiert ja nichts. Fennas Ex-Mann hat seinen Sohn Hayo nach einem Umgang einfach einbehalten. Und weil beide das gemeinsame Sorgerecht hatten, konnte Fenna nichts dagegen unternehmen. Die Polizei hat sich geweigert, ihr zu helfen.«

»Das ist bedauerlicherweise so«, stimmte Broder zu. »In solchen Fällen holen die Beamten ein Kind nur zurück, wenn eine akute Kindeswohlgefährdung vorliegt.«

»Aber was war mit dem Wohl meiner Tochter?« Tränen schimmerten in Tabea Knudsens Augen. »Warum zählte das nicht? Sie hat Hayo zehn Jahre lang praktisch allein großgezogen und von einem Tag auf den anderen war er plötzlich weg.«

»Warum ist sie nicht zu Gericht gegangen?«

»Das ist sie.« Marens Tonfall klang ernst. »Vorher hatte Fenna Hayo wochenlang nicht sehen dürfen und nicht mal eine Gelegenheit bekommen, mit ihm am Telefon zu sprechen. Die zuständige Mitarbeiterin des Jugendamtes hat im Prozess ausgesagt, dass Hayo bei seinem Vater bleiben möchte. Und das hat der Richterin genügt, um Enno Arfsten das alleinige Aufenthaltsbestimmungsrecht zuzusprechen.«

»Meine Tochter und ihr Sohn waren bis dahin ein Herz und eine Seele.« Frau Knudsen wischte sich mit dem Handrücken über die feuchten Wangen. »Aber auf einmal wollte Hayo nicht nur bei seinem Vater leben, der sich nie sonderlich um ihn gekümmert hat, sondern seine Mutter auch überhaupt nicht mehr sehen – ohne dass es dafür einen plausiblen Grund gab. Selbst die Jugendamtsmitarbeiterin hat ausgesagt, dass Hayo sich vermutlich in einem Loyalitätskonflikt zwischen seinen zerstrittenen Eltern befindet und von seinem Vater beeinflusst wurde. Das hat die Richterin aber nicht davon abgehalten, den Kindeswillen zu berücksichtigen und Hayo deshalb beim Vater zu lassen.«

Frauke Waldeck berührte ihre Freundin tröstend an der Schulter. »Die Welt ist manchmal einfach ungerecht!«

Tabea Knudsen schniefte. »Enno geht es nicht mal um seinen Sohn – den lässt er unbegrenzt zocken, um möglichst wenig Arbeit mit ihm zu haben. Er wollte sich nur den Unterhalt für Hayo sparen, weil seine neue Frau sich eigene Kinder wünscht.«

»Verstehe.« Broder hatte – trotz der süßen Torte – einen bitteren Geschmack auf der Zunge. Er musste nicht fragen, was danach aus Hayos Mutter geworden war. Den Grabstein hatte er schließlich mit eigenen Augen gesehen.

»Wie kann es sein, dass mein Ex-Schwiegersohn damit davonkommt? Er hat mutwillig Fennas Leben zerstört und sie dazu getrieben, sich zu ...« Ihre Stimme knickte weg.

Alle schwiegen betreten. Leif, der sich immer besonders schwer damit tat, wenn jemand weinte, flüchtete unter einem Vorwand in Richtung Küche.

Broder steckte ein Kloß im Hals. Nach dem Tod von Linas Schwester Emma hatte er sich intensiv mit dem Thema Suizid auseinandergesetzt. Doch das bedeutete nicht, dass er nun eine zufriedenstellende Antwort anzubieten hatte.

»Juristische Gerechtigkeit ist leider nicht das Gleiche wie moralische Gerechtigkeit«, sagte er schließlich. Dabei sah er Tabea Knudsen fest in die Augen. »Manchmal muss ich gute Menschen anklagen und manchmal schlechte laufenlassen. Das ist vermutlich nicht das, was Sie von mir hören möchten. Aber es ist nun mal die Wahrheit.«

»Und was soll ich mit dieser Wahrheit anfangen?«, fragte sie. »Soll ich das Gesetz selbst in die Hand nehmen und diesen Mann zur Rechenschaft ziehen, weil Sie es nicht tun werden?«

Marens Augen weiteten sich. »Sag doch so was nicht! Du machst mir Angst!«

»Keine Sorge!« Tabea Knudsens Tonfall klang bitter. »Wenn ich das ernsthaft vorhätte, hätte ich es wohl kaum in Gegenwart eines Staatsanwaltes erwähnt. Aber diese Wut und Verzweiflung in mir – die machen mich wirklich krank. Und dann denke ich: Da draußen ist jemand, der tatsächlich das tut, was andere sich nur in ihren blühendsten Fantasien ausmalen.«

»Sie meinen die Giftmorde?«, fragte Broder betroffen.

Tabea Knudsen nickte. »Ich sage ja nicht, dass es richtig oder gut ist. Aber ich kann verstehen, was einen

Menschen zu einer solchen Tat treibt. Und wer noch nie in Versuchung war, der ist entweder ein Heiliger oder hat bisher kein großes Unrecht erlitten.«

Broders Vater kehrte zurück und stellte eine Flasche Manhattan auf den Couchtisch. »Es ist zwar noch ein wenig früh dafür. Aber ich glaube, heute können wir alle einen Schluck vertragen.«

BRODER

Zwei Stunden später stand Broder mitten im Schneetreiben allein auf dem Friedhof in Boldixum vor Arnes Grabstein, der allmählich unter einer weißen Puderschicht verschwand. Jemand hatte die Vase mit den Christrosen gestohlen, die seine Mutter bei ihrem letzten Besuch dort liebevoll platziert hatte.

Zorn flammte in Broder auf – womöglich auch angeheizt durch den Alkohol, der durch seine Adern floss. Beim nächsten Mal würde er den Dieb erwischen. Und dann könnte der was erleben!

Die kalte Luft biss in sein Gesicht, während der Manhattan ihn von innen wärmte. Ein Druckgefühl lastete auf Broders Brust und ungeweinte Tränen brannten ihm in den Augen.

»Arne, was soll ich tun?«, fragte er und starrte dabei den kalten Stein an. »Ich hab mich wirklich bemüht, dich dieses Weihnachten zu ersetzen. Aber Mama und Papa haben dich trotzdem so sehr vermisst, dass es mir wehgetan hat, sie auch nur anzusehen. Ich kann nicht so sein wie du. Nicht so fröhlich. Nicht so sorglos. Und schon gar nicht so mutig.«

Stille. Es wirkte so, als hätte der Schnee auf den Gräbern alle Geräusche gedämpft. Nur das leise Rauschen des Windes in den kahlen Bäumen ringsum war zu hören.

Broder vergrub die kalten Hände in den Jackentaschen. »Ich weiß schon, was du sagen willst. Ich hätte bei unseren Eltern bleiben sollen und versuchen, sie zu trösten, anstatt mich davonzuschleichen. Aber ich hab das vorhin nicht mehr ertragen. Bei mir dreht sich schon auf der Arbeit ständig alles um den Tod. Da möchte ich wenigstens an Weihnachten davon verschont werden.«

Keine Antwort. Natürlich nicht. Und trotzdem fühlte Broder sich ein wenig leichter ums Herz, während er mit Arne sprach, so als könnten Broders Worte seinen Bruder noch erreichen. Vielleicht konnten sie das ja tatsächlich.

»Ich bin so wütend auf Emma. Weil sie ihr Leben weggeworfen hat, obwohl du deines geopfert hast, um sie zu retten. Und ich bin wütend auf mich selbst. Weil ich Lina immer noch nicht aufgeben kann. Dabei wissen wir beide ganz genau, dass aus uns nichts mehr wird.« Schließlich hatte Lina mehr als einmal betont, dass sie Föhr niemals verlassen würde.

Broder scharrte mit den Spitzen seiner Winterstiefel im Schnee. »Dieses Weihnachten ist völlig verkorkst. Wenn wir wenigstens einen Durchbruch bei unseren Ermittlungen erzielen würden. Aber ich habe den Eindruck, dass wir uns im Kreis drehen.«

Fröstelnd zog er die Schultern hoch. »Für diese Art von Unterhaltung bin ich einfach noch nicht betrunken genug.«

»Dann sprich doch stattdessen mit mir.« Linas Stimme ließ ihn zusammenzucken. Er drehte sich um und entdeckte sie, wie sie durch den Schnee auf ihn zuging – eingemummelt in Schal, Mütze, Handschuhe und in eine dicke Winterjacke.

»Was machst du hier?«, fragte er. Insgeheim hoffte er, dass Lina den Teil seines Selbstgesprächs über sie und Emma nicht gehört hatte.

»Deine Mutter hat mich angerufen und mir frohe Weihnachten gewünscht. Aber eigentlich wollte sie wohl wissen, ob du bei mir bist, da du dich wortlos davongestohlen hast und nicht an dein Handy gehst. Als ich das gehört habe, dachte ich mir schon, dass ich dich hier finde.«

»Das Teetrinken mit Mamas Freundinnen aus der Trauergruppe war recht speziell«, entgegnete er. »Wie ist es dir mit deinen Eltern ergangen?«

»Es war okay.« Sie zupfte an ihrem Schal. »Niemand hatte so richtig Lust auf Reden. Deshalb haben wir uns alte Weihnachtsklassiker angesehen. Nur nicht *Nightmare Before Christmas*. Für Emmas Lieblingsfilm waren wir noch nicht bereit.«

Ein winziges Lächeln huschte über Broders Gesicht. »Sie hat uns wirklich jedes Jahr gezwungen, den mit ihr anzugucken. Am Ende kannte ich den praktisch auswendig. Was gabs stattdessen? *Drei Haselnüsse für Aschenbrödel*?«

»Den und *Der kleine Lord*, *Tatsächlich Liebe* und

Liebe braucht keine Ferien. Und – weil mein Vater sich beschwert hat, dass das alles Frauenfilme wären – haben wir ihm zuliebe noch *Kevin allein zu Haus* geguckt.«

»War bestimmt nicht leicht«, bemerkte er. »Aber wenigstens habt ihr jetzt euer zweites Weihnachten ohne Emma überstanden.«

»Mit diesem Gedanken tröste ich mich auch.« Lina klang traurig. »Aber weißt du, im Grunde ist es schon okay, dass wir sie vermissen. Denn wenn wir das nicht täten, wäre es so, als hätte sie nie gelebt.«

»Damit hast du wohl recht.« Broder streckte die Hand nach Lina aus, ließ sie dann aber wieder sinken. Er war angetrunken und aufgewühlt. Besser, er tat nichts, was sie beide später bereuten.

»Emma ist nicht das Einzige aus meiner Vergangenheit, was ich nicht vergessen möchte.« Lina hatte so leise gesprochen, dass er beinahe glaubte, sich ihre Worte nur eingebildet zu haben. Doch dann schob sie den Ärmel ihrer Jacke hoch und entblößte ihr linkes Handgelenk. Dort schimmerte ein silbernes Armband.

Kapitel 16

GRETA

Haben alle die Feiertage gut überstanden?« Polizeichefin Greta Jensen ließ ihren Blick prüfend über ihre Mitarbeiter am Besprechungstisch schweifen. Udo schien sich von seiner Fressorgie an Heiligabend erholt zu haben. Er saß entspannt auf seinem Platz und lächelte freundlich in die Runde. Weniger zufrieden wirkte hingegen Staatsanwalt Broder Jacobsen, der sich mit gerunzelter Stirn über eine Fallakte beugte.

»Was für eine Laus ist Ihnen denn über die Leber gelaufen?«, neckte Greta. »Hat der Kenken die falschen Geschenke gebracht?«

»Dann machen *Sie* mich doch glücklich!«, konterte Jacobsen. »Haben Sie das Mitgliederverzeichnis vom Fitnesscenter?«

»Ist vorhin reingekommen.« Sie breitete die ausgedruckte Liste aus, auf der sie einige Namen mit gelbem Textmarker angestrichen hatte. »Von nun an machen wir bei jedem neuen Zeugen oder auch nur einem Namen, den jemand erwähnt, einen Abgleich mit dieser Liste. Ich erspare uns allen, sämtliche Namen vorzulesen. Die meisten würden uns ohnehin nichts sagen. Beschränken wir uns also auf die Personen, mit denen wir schon Kontakt hatten.«

Hauptkommissar Thies Hansen lehnte sich in seinem Stuhl zurück. »Jetzt wird's spannend!«

Greta holte tief Luft. »Mitglieder im Fitnesscenter sind Tabea Knudsen, Swantje Breckwoldt, Giorgio Gortaguzzi, Frauke Waldeck, Ivo Ebsen, Dietje Ebsen, Natalia Wiśniewski, Jakub Wiśniewski, Enno Arfsten und Stine Arfsten.«

»Puh!« Jacobsen schüttelte den Kopf. »Demnach ist Viebeke Wögens wohl die Einzige, die wir bislang als Täterin ausschließen können.«

»Nicht ganz!«, entgegnete Hansen. »Pastorin Tomma Dohle fehlt auch auf der Liste.«

»Der Betreiber des Fitnesscenters hat in den vergangenen Monaten massiv mit Rabatten und Schnuppermitgliedschaften geworben – anscheinend recht erfolgreich«, sagte Greta. »Zudem gibt es die Möglichkeit, befristete Verträge nur für Herbst und Winter abzuschließen. Im Frühjahr und Sommer kommen als Ersatz dafür Touristen mit Tages- und Wochenpässen dazu.«

»Schön für den Betreiber – schlecht für uns«, bemerkte Udo. »Ich habe auch schon überlegt, ob ich beitreten soll.«

Hansen schmunzelte. »Schaden kanns nicht bei den Mengen, die du über die Feiertage verdrückt hast.« Der Hauptkommissar schien gute Laune zu haben, was vermutlich an dem großen Coffee-to-go-Becher lag, der vor ihm auf dem Tisch stand.

»Was ist mit den Auswertungen vom kriminaltechnischen Labor?«, fragte Jacobsen.

»Darauf warten wir noch.« Greta trank einen Schluck Friesentee. »Ich muss mich erst daran gewöhnen, dass hier kein leckerer Kuchen von Ihrem Vater mehr auf dem Tisch steht.«

»Bis zum Friesenstübchen ist es nur ein kurzer Fußweg. Ich kann gern ein Kuchenpaket holen, wenn Sie Hunger haben.«

»Ein verlockendes Angebot – aber nein, danke! So kurz vor den Neujahrsvorsätzen will ich nicht mehr sündigen.« Greta schlug eine Fallakte auf und blätterte bis zu ihrer handgeschriebenen To-do-Liste. »Udo, hast du schon mit Frau Waldeck wegen ihres vergifteten Hundes gesprochen?«

»Noch nicht. Ich wollte das nicht am Telefon machen. Nach der Besprechung fahre ich zu ihr.«

»Warte lieber, bis wir die Laborergebnisse haben. Falls die Hausdurchsuchung bei ihr was ergeben hat, kannst du Frauke Waldeck gleich damit konfrontieren. So haben wir das Überraschungsmoment auf unserer Seite.«

Udos Miene verfinsterte sich. Es war offensichtlich, dass er Gretas Vorschlag nicht guthieß. »Ich finde es unfair, die Frau mit einer Vernehmung zu überrumpeln, nachdem ich ihr gerade eine schlimme Nachricht überbracht habe.«

»Wir wollen nicht nett sein, sondern zwei Tötungsdelikte aufklären«, stellte Greta klar. »Ich weiß, dass du am liebsten deinen Mitmenschen hilfst – und das ist ja ein wichtiger Teil unseres Berufes. Aber es gibt eben auch andere Aspekte. Und heute musst du mal aus deiner Komfortzone raus. Davon abgesehen glaube ich nicht, dass deine Nachricht Frau Waldeck so hart treffen wird, wie du befürchtest. Sie hat ihre Nachbarin doch schon zehn Jahre lang verdächtigt. Vermutlich wird sie eher erleichtert sein, endlich Gewissheit zu haben.«

»Gut finde ich das nicht. Aber du bist die Chefin.«

Thies beugte sich zu ihm vor. »Du kannst auch mit mir tauschen und stattdessen Jakub Wiśniewski nach seiner Affäre mit dem Mordopfer fragen.«

»Einspruch!«, ging Greta dazwischen. Auch wenn sie nicht davon ausging, dass Udo dieses Angebot ernsthaft in Erwägung zog. »Erstens hat Udo schon mehrfach mit Wiśniewskis Ehefrau gesprochen, sodass ihr Mann sich ihm gegenüber wohl kaum öffnen wird. Und zweitens kann ich es nicht verantworten, dass Sie und Frau Waldeck noch einmal aufeinandertreffen. Sonst haben wir hier womöglich bald das nächste Gewaltverbrechen aufzuklären.«

Der Hauptkommissar zog die Augenbrauen hoch. »Wer wäre denn Ihrer Meinung nach das zukünftige Opfer? Frauke Waldeck oder ich?«

Broder Jacobsen räusperte sich vernehmlich. »So amüsant das Ganze auch ist. Auf uns wartet eine Menge Arbeit und wir sollten keine Zeit vertrödeln.«

Greta erhob sich. »Das war unser Stichwort. Sehen

wir zu, dass wir die beiden Fälle noch in diesem Jahr vom Schreibtisch kriegen!«

THIES

Wenn Thies etwas nicht ausstehen konnte, dann war es, belogen zu werden. Dabei spielte es nicht einmal eine Rolle, ob die Unwahrheit strafrechtlich relevant war oder nicht. Allein schon den Versuch, ihn hinters Licht zu führen, empfand der Hauptkommissar als persönliche Beleidigung.

Entsprechend missmutig musterte Thies Jakub Wiśniewski, der ihm im Vernehmungszimmer gegenübersaß und unschuldig tat. Dabei musste er längst eingesehen haben, dass sein doppeltes Spiel aufgeflogen war.

»Herr Wiśniewski, ich wiederhole mich äußerst ungern«, sagte Thies streng. »Aber ich glaube Ihnen einfach nicht.«

»Ich sage die Wahrheit.« Jakub Wiśniewski erwiderte seinen Blick. Kein Ausweichen oder an der Nase kratzen, womit sich weniger geübte Lügner oft verrieten. »Frau Ebsen war nur eine platonische Freundin. Sie haben das falsch verstanden.«

»Ach ja?« Thies schob das Aufnahmegerät, das zwischen ihnen auf dem Tisch lag und dessen rotes Lämpchen leuchtete, auf seinen Gesprächspartner zu. »Dass Sie Frau Ebsen kennen, leugnen Sie also nicht?«

»Natürlich nicht. Warum sollte ich? Ich habe schließlich nichts zu verbergen.« Wiśniewskis Glatze glänzte feucht. Ihm musste ordentlich die Pumpe gehen. Ganz so souverän, wie der Mann sich gab, war er also doch nicht.

Thies lehnte sich über den kleinen Tisch. »Mein Kollege, Herr Harksen, war an Heiligabend bei Ihnen zu Gast. Er sagt, dass Sie auf ihn völlig normal gewirkt hätten – sogar eher gut gelaunt.«

Wiśniewski rang die Hände. »Es war Weihnachten. Meine Frau hatte ein köstliches Festmahl gekocht. Wie hätte ich da missmutig sein sollen?«

»Ich an Ihrer Stelle wäre es gewesen. Wenn meine Freundin gerade ermordet worden wäre, würde ich nicht mal eine normale Portion runterkriegen. Aber Sie haben sich ein Zwölf-Gänge-Menü schmecken lassen. Der Umstand, dass Frau Ebsens Mörder frei herumläuft, hat Ihnen offensichtlich nicht den Appetit verdorben.«

»Jeder geht anders mit seiner Trauer um«, brummte er. »Davon abgesehen hatte Natalia sich so viel Mühe mit dem Essen gegeben. Es wäre rücksichtslos gewesen, es verkommen zu lassen.«

»*Darüber* machen Sie sich Sorgen?« Das nahm Thies ihm nicht ab. »Herr Harksen hat sich für die Ermittlungen knapp zwei Stunden bei Ihnen aufgehalten. Und Sie haben es in der ganzen Zeit nicht für nötig gehalten, zu erwähnen, dass Sie mit einem der beiden Mordopfer befreundet waren?«

»Das ging nicht. Damit hätte ich Frau Wögens verstört. Wir haben uns bemüht, eine entspannte Atmosphäre zu schaffen, damit sie sich besser erinnern kann. Wenn da von Mord und Totschlag die Rede gewesen wäre, hätte die arme Frau doch komplett dichtgemacht.«

Thies atmete tief durch, damit ihm nichts Unüberlegtes herausrutschte. Immerhin lief eine Tonaufnahme mit. »Wenn Ihre Freundschaft mit Frau Ebsen so harmlos war, wie Sie sagen, haben Sie ja bestimmt nichts dagegen, wenn ich auch mit Ihrer Frau darüber spreche.«

Über Wiśniewskis Nasenrücken bildete sich eine steile Falte. »Ich denke nicht, dass es nötig ist, sie damit zu behelligen.«

»Ich denke doch.« Thies zog ein bedrucktes Blatt aus seiner Brusttasche und faltete es umständlich auseinander. »Es gibt da in Ihren Mails an Dietje Ebsen einige Passagen, die ich nicht ganz verstehe. Dazu hätte ich gern noch Erläuterungen. Zum Beispiel diese hier: *Wärm schon mal das Bett an. Bin in einer Stunde bei dir, um deinen Acker zu furchen.*«

Der Hauptkommissar räusperte sich. »Das ist nur ein Rechtschreibfehler – nicht wahr? Sie haben ein *Beet* gemeint, oder? Gartenarbeit ist nicht gerade mein Fachgebiet und ich kenne diese Methode mit der angewärmten Erde nicht. Darüber wüsste ich gern mehr. Und dann gibt es noch eine interessante Passage über eine Riesenmöhre und …«

»Stopp! Hören Sie auf!« Wiśniewski bekam einen hochroten Kopf.

Thies bedachte sein Gegenüber mit einem spöttischen Lächeln. »Als Nächstes erzählen Sie mir vermutlich, dass Sie Hobbyschriftsteller sind und sich mit Frau Ebsen über erotische Poesie ausgetauscht haben. Wobei … so richtig poetisch klingen diese Zeilen eigentlich nicht.«

»Das hier macht Ihnen Spaß!« Sein Tonfall klang anklagend.

»Ein wenig«, gestand der Hauptkommissar lächelnd. »Gerade in schwierigen Zeiten sollte man sich seinen Humor bewahren.«

»Mein Leben ist aber kein Witz!«

»Da haben Sie recht. Ich finde Ihr Verhalten auch eher traurig als amüsant. Trotzdem möchte ich Ihnen einen Rat geben.« Thies sah Jakub Wiśniewski offen ins Gesicht. »Ärgern Sie mich nicht, indem Sie weiter das Offensichtliche leugnen. Im Augenblick vernehme ich Sie nur als Zeugen. Aber je länger Sie mauern, umso mehr frage ich mich, ob eine Affäre wirklich das Schlimmste ist, was Sie verbergen.«

Wiśniewskis Augen weiteten sich. »Sie glauben doch wohl nicht, dass ich …?«

»… dass Sie Ihre lästige Ex-Geliebte endgültig zum Schweigen bringen wollten, damit Ihre Frau nie die Wahrheit erfährt? Wie käme ich denn dazu?« Auch für diesen Teil der Vernehmung hatte Thies sich einige Zeilen ausgedruckt.

»Das hier stammt aus einer Mail von Frau Ebsen an Sie. Spannenderweise wurde die Nachricht erst vor sechs Wochen versendet, obwohl zwischen Ihnen doch eigentlich seit drei Jahren Funkstille herrschte. *Jak, ich habe lange genug darauf gewartet, dass du dich von deiner Frau trennst. Meine Geduld ist am Ende. Mir ist egal, dass ihr auf ein Erbe von der alten Wögens hofft. Du brauchst deren Geld nicht. Verlass Natalia endlich! Wenn nicht, werde ich ihr alles erzählen. Das mache ich wirklich.*« Erwartungsvoll sah er sein Gegenüber an.

Jakub Wiśniewski erblasste und krallte sich an den Armlehnen seines Stuhls fest. »Ich hab niemanden getötet. Das ist doch einfach …! Sie müssen mir glauben!«

Entspannt lehnte Thies sich zurück. Endlich hatte er den Mann genau da, wo er ihn haben wollte. »Im Augenblick glaube ich nur, dass Sie mir eine Menge Märchen aufgetischt haben«, entgegnete er trocken. »Wie wäre es zur Abwechslung mit der Wahrheit?«

Kurz zögerte Wiśniewski noch, dann knickte er ein. »Also gut. Sie haben gewonnen. Dietje und ich haben uns wirklich eine Weile getroffen. Aber getötet habe ich sie nicht.«

»In diesem Fall sind Sie doch bestimmt mit einem DNA-Abgleich einverstanden. Und Ihre Fingerabdrücke würde ich auch gern nehmen.«

»Muss ich Ihnen das erlauben?«, fragte er.

»Bisher nicht«, erwiderte Thies, »da ich Sie momentan als Zeugen vernehme. Erst wenn Sie in den Beschuldigtenstatus wechseln, müssen Sie sich erkennungsdienstlich behandeln lassen.«

»Dann habe ich wohl kaum einen Grund zuzustimmen.«

»Manche machen das freiwillig, um ihre Unschuld zu beweisen. Aber wenn Sie lieber warten wollen, bis wir Sie offiziell als Beschuldigten führen, dann …«

»Nein! Nein!«, sagte er hastig. »Ich bin einverstanden. Ich habe nichts zu verbergen.«

Thies stützte sich auf die Tischplatte. »Sie meinen, mal abgesehen von Ihrer außerehelichen Beziehung?«

»Jemand wie Sie kann das vermutlich nicht verstehen. Ich wette, Sie sehen Ihre Frau so gut wie jeden Tag.«

»Worauf wollen Sie hinaus?«

»Natalia und ich haben jahrelang eine Fernbeziehung geführt. Die meiste Zeit über waren wir getrennt – ich habe auf Föhr gewohnt und sie in Danzig. Das soll keine Entschuldigung sein. Aber ich war einsam. Natalia hatte immerhin noch ihre Geschwister und Freundinnen um sich.« Er kratzte sich am Kinn. »Aber ich hatte hier nichts außer meiner Arbeit. Und dann ist es eben passiert.«

Der Hauptkommissar verkniff sich ein Augenrollen. »Verstehe. Sie waren also ein Opfer der Umstände. Wie ernst war es denn zwischen Ihnen und Frau Ebsen? Sie haben sich ja immerhin vier Jahre lang regelmäßig getroffen.«

Wiśniewski winkte ab. »Von meiner Seite aus war immer klar, dass ich bei Natalia bleibe – auch wenn Dietje und ich durchaus schöne Zeiten hatten. Anfangs waren wir uns einig. Aber dann fing sie davon an, dass sie eines Tages heiraten und Kinder haben wollte. Ich hab gar nicht darauf reagiert und gehofft, dass sie das Thema fallenlässt. Stattdessen wurde es schlimmer. Nun wollte Dietje auch noch, dass ich Natalia für sie verlasse. Da hab ich die Reißleine gezogen.«

»Moment mal!« Thies trommelte mit den Fingern über die Tischplatte. »War es nicht vielmehr so, dass Ihre Frau nach Föhr gezogen ist, um Frau Wögens zu pflegen, und Sie deshalb Ihre Affäre beenden mussten? Andernfalls wären sie in einem Fünfhundert-Seelen-Dorf wie Oldsum früher oder später aufgeflogen.«

»Das ist so nicht richtig. Eigentlich wollte Herr Wögens seine Mutter im betreuten Wohnen unterbringen und das Haus endlich für sich allein haben. Ich musste ihn regelrecht überreden, stattdessen Natalia als Pflegerin einzustellen.«

Thies schnalzte mit der Zunge. »Ganz schöön afblufft vun di! Sie haben Ihre Frau also absichtlich nach Deutschland gelotst, um sich Ihrer Geliebten zu entledigen.«

»Dietje wurde mir zu anstrengend. Und ich hatte Sorge, dass Sie uns absichtlich auffliegen lässt, damit Natalia sich von mir trennt.«

»Aber indem Sie Ihre Frau hergeholt haben, sind Sie ein erhebliches Risiko eingegangen. Auch nach der Trennung hätte Frau Ebsen Sie jederzeit bloßstellen können. Sie hatte viele verfängliche Mails abgespeichert und auch einige Pärchenfotos von Ihnen beiden. Wie wollten Sie sie davon abhalten? Zumal Sie Ihnen ja offen gedroht hat.«

Wiśniewski ließ sich mit seiner Antwort so viel Zeit, dass es an Thies' Nerven zerrte. Schließlich murmelte er: »Ich will mich nicht selbst belasten.«

»Das ist Ihr gutes Recht. Ich kann es mir auch so denken.« Thies bemühte sich, sich seine Abneigung nicht anmerken zu lassen. Doch dieser Mann wurde ihm von Minute zu Minute unsympathischer. »Ich sage Ihnen, was ich glaube. Aber Sie brauchen mir nicht zu antworten, ob ich damit richtig liege.«

Er nahm sein Gegenüber ins Visier. »Sie brauchten ein Druckmittel, um Frau Ebsen unter Kontrolle zu halten. Wenn Ihre Beziehung bekannt geworden wäre, hätte ihr das weniger geschadet als Ihnen. Deshalb könnte ich mir – rein hypothetisch – vorstellen, dass Sie kompromittierende Bilder oder Videos von ihr gemacht haben. Ist so etwas erst einmal im Netz hochgeladen, bekommt man es kaum noch gelöscht.«

»Rein hypothetisch hätte ich es so machen können«, stimmte Wiśniewski zu.

»Selbst mit einer solchen Absicherung wäre Dietje Ebsen immer ein Risiko für Ihre Ehe geblieben. Deshalb sehe ich nach wie vor bei Ihnen ein starkes Tatmotiv.«

Jakub Wiśniewski verzog das Gesicht. »Ich hab doch schon angeboten, dass Sie meine Fingerabdrücke nehmen dürfen. Was wollen Sie denn noch von mir?«

»Wenn Sie es tatsächlich nicht waren«, fuhr Thies fort, »fällt Ihnen dann jemand ein, der für die Tat infrage kommt? Hatte Frau Ebsen mit jemandem Streit oder einen ernsthaften Interessenskonflikt?«

»Woher soll ich das wissen?« Wiśniewski klang genervt. »Ich habe vor drei Jahren mit Dietje Schluss gemacht und mich seitdem so gut wie möglich von ihr ferngehalten. Aber sie hat mich nie in Ruhe gelassen. Falls sie anderen genauso auf den Geist gegangen ist, wundert es mich nicht, dass sie ein solches Ende gefunden hat.«

Fest presste Thies die Lippen zusammen, damit die Worte, die er gern loswerden wollte, nie seinen Mund verließen. »Danke für Ihre Zeit«, sagte er stattdessen und stoppte die Aufnahme. »Sie können gehen.«

Kapitel 17

GRETA

Polizeichefin Greta Jensen saß in ihrem Büro am Schreibtisch und erstellte den Dienstplan für Januar, als das Festnetztelefon klingelte. Ein Blick auf das Display verriet ihr, dass der Anruf vom kriminaltechnischen Institut stammte. »Moin! Polizei Wyk. Jensen hier.«

»Moin, Frau Jensen. Markus Schröder aus dem Labor. Ihre Ergebnisse sind da.«

»Das höre ich gern.« Greta lächelte zufrieden. Sie riss ein Blatt von ihrem Zettelklotz ab und fischte einen Kugelschreiber aus dem Stiftebecher. »Was Besonderes dabei?«

»Die Gewürze und Lebensmittel waren sauber. Wir haben aber tatsächlich Atropin gefunden.«

»Ach nee!« Vor Begeisterung wäre Greta beinahe vom Stuhl aufgesprungen.

»Freuen Sie sich nicht zu früh!«, warnte Schröder. »Das Atropin wurde synthetisch hergestellt und stimmt nicht mit den Vergleichsproben überein. Es handelt sich um ein gängiges Medikament bei Herzrhythmusstörungen.«

Sie seufzte tief. »Was machen Sie mir auch falsche Hoffnungen!« Greta zeichnete Kringel auf ihr Blatt. »Haben Sie zum Trost auch was Gutes für mich?«

»Wir haben Frau Waldecks Reisedaten der vergangenen zwölf Monate ausgewertet. Sie war an mehreren Orten, an denen sie mit hoher Wahrscheinlichkeit Tollkirschen hätte finden können. In ihrem Rest- und Biomüll waren aber keine Rückstände davon enthalten.«

Greta umklammerte ihren Stift. »Was ist mit dem Browserverlauf auf ihrem Computer? Irgendwelche Auffälligkeiten?«

»Den hat sie regelmäßig gelöscht«, sagte Schröder. »Außerdem benutzt Frau Waldeck VPN, um ihre IP-Adresse zu verschlüsseln und anonym im Netz zu surfen. Alles, was wir haben, ist der Browserverlauf vom 22. Dezember, dem Tag der Hausdurchsuchung.«

»Und?«, fragte sie mit wenig Hoffnung. »Auf welchen Seiten war sie?«

»Auf mehreren Reiseportalen und auf einem Vergleichsportal für Flugpreise. Frau Waldeck plant wohl ihren nächsten Urlaub.«

Greta verkniff sich einen Fluch und malte stattdessen weitere Kringel aufs Papier. »Also hat uns diese ganze Aktion in eine Sackgasse geführt.«

»Man weiß nie, wozu das noch gut ist«, erwiderte er. »Etwas Positives habe ich doch zu vermelden. Und zwar haben wir festgestellt, dass die Gummihandschuhe, die Frau Waldeck zum Putzen verwendet, das gleiche Modell sind, das auch bei der Vergiftung von Frau Ebsen zum Einsatz kam.«

Greta rutschte mit dem Kugelschreiber vom Papier ab und hinterließ eine blaue Linie auf ihrem Schreibtisch. »Haben Sie die Handschuhe schon auf Spuren des Proteinpulvers und auf Atropin untersucht?«

»Ich habe vom gleichen Modell gesprochen, nicht vom identischen Handschuh. Das Paar aus Frau Waldecks Haushalt war noch in der Verpackung eingeschweißt. Wir konnten die Zusammensetzung des Materials mit dem Gummiabrieb vergleichen, der am Rucksack von Frau Ebsen haftete.«

»Mit anderen Worten: Die Handschuhe sind auch kein Beweis, dass Frau Waldeck etwas mit den beiden Giftmorden zu tun hat.«

»Das zwar nicht. Aber falls Sie anhand der Handschuhmarke herausfinden, in welchem Supermarkt auf Föhr diese Handschuhe überhaupt verkauft werden …«

»… erinnert sich vielleicht ein Mitarbeiter an jemanden, der solche Handschuhe gekauft hat.« Greta seufzte auf. »Genauso gut können wir nach der Nadel im Heuhaufen suchen.«

»Ich wollte Sie nur aufmuntern.« Markus Schröder klang ein wenig gekränkt.

Jemand klopfte gegen Gretas Bürotür. »Kann ich reinkommen?« Das hörte sich nach Staatsanwalt Broder Jacobsen an.

»Sekunde!«, rief sie und wandte sich wieder ihrem Telefonat zu. »Sind wir hier fertig?«

»Von mir aus ja. Den Rest können Sie sich ja in Ruhe ansehen.«

»Danke! Und – falls wir vorher nichts mehr voneinander hören – einen guten Rutsch ins neue Jahr!« Greta legte auf. »Kommen Sie rein!«

Der Staatsanwalt öffnete die Tür und trat ein. Er hielt eine Zeitung in die Höhe. »Haben Sie das schon gelesen?« Ohne eine Antwort abzuwarten, klatschte er das Blatt auf Gretas Schreibtisch und begrub ihre Tastatur darunter.

Sie überflog die Schlagzeilen. »Was genau soll ich mir denn ansehen? Den Jahresrückblick des Tourismusverbands oder die Erinnerung an das Feuerwerksverbot auf Föhr?«

»Blättern Sie auf Seite sechs.«

Sie tat ihm den Gefallen und stieß auf einen Artikel, der besser in eine Boulevardzeitung als in ein Regionalblatt gepasst hätte.

Es begann mit einer verschwundenen Katze

Oldsum. *Nach dem Mord an Dietje E. (✝41) steht ein ganzes Dorf unter Schock. Die Menschen fragen sich, wie es so weit kommen konnte. Und die Gerüchteküche brodelt. Für viele steht bereits fest, dass nur eine Person für die Tat verantwortlich sein kann.*

Ines D. (Name von der Redaktion geändert) wohnt in

derselben Straße wie das Opfer und hat seit Jahren einen schwelenden Nachbarschaftsstreit beobachtet, der nun möglicherweise seinen tödlichen Höhepunkt gefunden hat.

»Die Feindschaft zwischen Frau E. und Frau W. begann vor etwa zehn Jahren, nachdem Frau E.s Katze, ein Freigänger, nicht mehr nach Hause kam«, so Ines D. »Frau E. war überzeugt davon, dass der Hund von Frau W. ihre Katze getötet hatte. Auch wenn ihre Nachbarin das vehement abgestritten hat.«

Ein halbes Jahr später starb der Hund von Frau W. an einem Giftköder, den jemand in ihren Garten geworfen hatte. »Frau W. hat überall im Dorf erzählt, dass ihre Nachbarin das aus Rache getan hat«, so Ines D.

Nach diesem Vorfall begann eine Feindschaft, die die Dorfgemeinschaft spaltete. »Wer mit einer der Frauen Kontakt haben wollte, musste mit der anderen brechen. Trafen die beiden bei Veranstaltungen aufeinander, kam es zu gegenseitigen Vorwürfen und wüsten Beschimpfungen.«

Die Bilanz nach zehn Jahren Nachbarschaftsstreit: Ein Dutzend Anzeigen und unzählige Schlichtungstermine beim Schiedsmann. Genützt hat es nichts.

Als Dietje E. am 22. Dezember in ihrem Haus tot aufgefunden wird, verwundert es kaum jemanden, dass darauf das Haus von Frau W. durchsucht wird.

»Außer Frau W. hatte Frau E. keine Feinde«, so Ines D, »auch wenn sie – nach einem schweren Schicksalsschlag in ihrer Kindheit – zurückgezogen gelebt hat.«

Andere Nachbarn, die nicht zitiert werden möchten, bestätigen die Aussagen von Ines D. Die Trauer und die Bestürzung in Oldsum sind groß. Für Ines D. steht fest:

»Wäre Frau E.s Katze damals nicht verschwunden, könnte Dietje E. noch leben. Hoffentlich hat sie nun ihren Frieden gefunden.«

»Das ist doch ...!« Greta verkniff sich einen Fluch. »Auch wenn der Name im Artikel abgekürzt wurde, werden in Oldsum genügend Leute wissen, dass Frauke Waldeck gemeint ist.«

Broder Jacobsen nickte ernst. »Obwohl wir Nordfriesen das Leben zum Glück eher gelassen nehmen, könnte ein Bericht wie dieser die Leute gegen Frau Waldeck aufstacheln. Denken Sie, dass wir sie unter Polizeischutz stellen sollten?«

Nachdenklich presste Greta die Lippen zusammen. »Das halte ich für übertrieben. Frau Waldeck ist eine pensionierte Lehrerin, die viele noch aus ihrer Schulzeit kennen und respektieren. Trotzdem sollten wir sie wenigstens warnen. Udo wollte ohnehin mit ihr sprechen. Dann kann er das gleich miterledigen.«

Jacobsen verabschiedete sich und verließ das Büro, während Greta Udos Durchwahl wählte.

»Was kann ich für dich tun?«, fragte Udo. »Sind die Laborergebnisse und die Auswertungen vom kriminaltechnischen Institut da?«

»Ja. Aber es gab keinen Treffer.« Greta versuchte, den Kugelschreiber mit einem Taschentuch von der Tischplatte abzuwischen – ohne Erfolg. »Dafür hat die Lokalzeitung einen Artikel über den Nachbarschaftsstreit zwischen Frau Ebsen und Frau Waldeck veröffentlicht.«

»Du meine Güte!«

»Der Journalist war vorsichtig und hat alles als persönliche Meinung einer Einwohnerin dargestellt, um sich nicht mit falschen Fakten angreifbar zu machen. Trotzdem wird der Eindruck erweckt, dass Frauke Waldeck Dietje Ebsen höchstwahrscheinlich getötet hat.«

Udo seufzte tief. »Das ist übel! Und nun?«

»Nun fährst du zu Frau Waldeck und überbringst ihr die Nachricht, dass Frau Ebsen tatsächlich für den Tod ihres Hundes verantwortlich ist. Und bei dieser Gelegenheit zeigst du ihr auch gleich den Zeitungsartikel. Den findest du bestimmt auch im Internet.« Greta zerknüllte den Zettel mit ihren Kritzeleien und warf ihn in den Papierkorb.

»Soll ich Frau Waldeck trotzdem auf den Zahn fühlen?«, fragte er. »Nach allem – was du mir gerade erzählt hast – hat sie es schon schwer genug und …«

»Also gut. Du darfst sie heute verschonen. Ausnahmsweise.«

»Danke!« Deutlich hörte sie das Lächeln aus seiner Stimme heraus. Anschließend legte Udo grußlos auf. Es wirkte so, als wollte er Greta keine Gelegenheit geben, ihre Worte doch noch zurückzunehmen.

UDO

Mit einem flauen Gefühl im Magen betrachtete Udo das weiße Friesenhaus, in dem die pensionierte Lehrerin Frauke Waldeck wohnte. Nach der Hausdurchsuchung war er hier vermutlich nicht mehr willkommen. Aber er hatte trotzdem einen Auftrag zu erledigen. Er trat durch die Pforte in den verschneiten Vorgarten, ging zur Haustür, atmete einmal tief durch und klingelte.

Nichts rührte sich. Nervös verlagerte er sein Gewicht von einem Bein auf das andere, während er auf Geräusche aus dem Inneren des Hauses lauschte. Ob Frauke Waldeck ihn aus einem der Fenster erspäht und entschieden hatte, nicht zu öffnen?

Er zog das Smartphone aus seiner Jackentasche und überflog noch einmal den Artikel, den er vorhin im Auto gelesen hatte. Inhaltlich hatte dieser – abgesehen von den O-Tönen einer klatschsüchtigen Nachbarin – nichts Neues zu bieten. Trotzdem bestand die Gefahr, dass die Leser Frauke Waldeck deswegen vorschnell verurteilen würden.

Sein Blick wurde von einem Vogelhaus angezogen, das auf einem Pfosten neben der zugeschneiten Terrasse stand. Von dem Haus baumelten zwei Meisenknödel herab. Eine Blaumeise hatte sich mit den Füßen im Netz des Knödels festgekrallt und pickte daran herum. Im Schnee unter dem Haus gab es frische Fußspuren von weiteren Vögeln.

Wenn Frauke Waldeck eine Vogelfreundin war, mussten die Besuche von Dietje Ebsens Katze in ihrem Garten sie sehr gestört haben. Aber wäre es Grund genug gewesen, ihren Hund auf die Katze zu hetzen? Wenn der Tod der Katze hingegen ein unbeabsichtigter Beißunfall gewesen war, hätte Frau Waldeck dies doch zugeben und sich entschuldigen können. Das hätte ihr zehn Jahre Krieg am Gartenzaun erspart.

Vorsichtig näherte Udo sich dem Vogelhaus, während er die Kamerafunktion auf seinem Smartphone startete und einen Bildausschnitt wählte. Für den Föhrer Bilderkalender, den er jedes Jahr herausbrachte, durfte er zwar kein Foto verwenden, das er ohne Erlaubnis von einem privaten Grundstück aus aufgenommen hatte. Aber es reizte ihn trotzdem, eine Aufnahme von der Meise im Schnee zu machen. Er zoomte den Vogel näher heran und …

»Wollen Sie zu mir?«

Beim Klang von Frauke Waldecks Stimme zuckte er zusammen. Die Meise flatterte davon und entschwand auf einen Baumwipfel. Enttäuscht schob Udo das Smartphone zurück in seine Jackentasche und drehte sich um. »Moin! Ja, ich bin Ihretwegen hier. Erinnern Sie sich noch an mich? Udo Harksen von der Polizeistation Wyk.«

Frauke Waldeck trug einen Poncho mit buntem ethnischen Muster, Leggins und hohe Lederstiefel. Ihre Wangen und die Nasenspitze waren von der Kälte leicht gerötet. »So schnell habe ich Sie und Ihre Kollegen bestimmt nicht vergessen.«

»Ich verstehe, dass Sie wegen der Hausdurchsuchung verärgert sind«, entgegnete Udo. »Aber wir machen nur unseren Job. Heute bin ich aber aus einem anderen Grund hier. Darf ich kurz reinkommen?«

Abwehrend verschränkte sie die Arme vor der Brust. »Mir ist es lieber, wenn wir hier draußen reden.«

Nach diesem holprigen Gesprächsbeginn wollte Udo Frauke Waldeck nicht noch weiter gegen sich aufbringen. »In Ordnung.«

»Worum geht es?«

»Zunächst einmal möchte ich Sie darüber informieren, dass in unserer hiesigen Zeitung heute ein Artikel über Ihren Nachbarschaftsstreit mit Frau Ebsen erschienen ist. Die Namen wurden zwar anonymisiert, aber vermutlich werden trotzdem viele Leser aus Oldsum wissen, wer gemeint ist.«

»Sie sprechen von dem Artikel, in dem mir praktisch unterstellt wird, dass ich Dietje Ebsen getötet habe – nicht wahr?« Frauke Waldeck klang erstaunlich gelassen. »Den habe ich schon gelesen. Ich bin selbst Abonnentin der Zeitung.«

»Na, dann!« Udo scharrte mit der Spitze seiner Stiefel im Schnee. »Aktuell gehen wir von keiner Gefahrenlage für Sie aus. Aber es wäre gut, wenn Sie sich vorsehen. Leider haben wir nicht die Kapazitäten, Ihnen Personenschutz zu stellen. Vielleicht möchten Sie für einige Tage ins Hotel gehen oder bei Freunden unterkommen, damit …«

»Nein.« Sie reckte das Kinn. »Ich lasse mich nicht aus meinem Haus vertreiben. Vierzig Jahre lang habe ich mich im Schuldienst mit Unruhestiftern und Klassenclowns herumgeschlagen. Da schüchtern mich ein paar aufgebrachte Nachbarn doch nicht ein.«

»Wie Sie meinen.« Sein Atem hinterließ in der eisigen Winterluft kleine Wölkchen. Besser, er fasste sich kurz. Sonst würde Frau Waldeck sich in ihrem Poncho erkälten. »Ich bin noch aus einem anderen Grund hier.«

»Ich hoffe doch, es ist wegen der Schäden, die Sie und Ihre Kollegen in meinem Haus angerichtet haben.« Ihr Tonfall klang streng. »Ich habe eine Liste erstellt und

Fotos gemacht, damit Sie den Fall Ihrer Berufshaftpflichtversicherung melden können. Ich hol die Liste eben.«

»Warten Sie! Vorher möchte ich noch was anderes loswerden.« Tief atmete er durch und bemühte sich, das Ziehen in seiner Magengegend zu ignorieren. Beinahe fühlte er sich wie beim Überbringen einer Todesnachricht. Nur dass ihm heute Pastorin Tomma Dohle bedauerlicherweise nicht zur Seite stand. »Im Rahmen unserer Ermittlungen sind wir auf ein Beweisstück in einem anderen Fall gestoßen.«

Fragend sah sie ihn an.

Udo räusperte sich. »Ihre Hündin Luna ... Sie ist ... Also ... Es war tatsächlich Frau Ebsen, die den Giftköder auf Ihr Grundstück geworfen hat.«

Eine Weile wirkte Frauke Waldeck wie erstarrt. »Gut«, sagte sie schließlich.

»Wie bitte?«

»Gut, dass sie tot ist. Andernfalls hätte ich sie jetzt umgebracht.« Sie ließ Udo einfach stehen und marschierte durch den Garten auf einen größeren Stein zu, der mitten auf dem Rasen lag. Vor dem Stein befand sich ein Streifen Erde, der vom Schnee befreit und mit Lavendel bepflanzt worden war.

»Hast du gehört, Luna?« Frauke Waldeck bückte sich und fegte eine dünne Schneeschicht mit der Hand vom Stein. »Du kannst endlich in Frieden ruhen.«

Sie richtete sich wieder auf und musterte Udo streng. »Hätten Sie eher Ihren Job gemacht, hätte diese Frau für Ihr Verbrechen noch zur Rechenschaft gezogen werden können. Wieso haben Sie zehn Jahre gebraucht, um herauszufinden, dass es genau die Person gewesen ist, die ich Ihnen von Anfang an genannt habe?«

»Es tut mir sehr leid.« Ein bitterer Geschmack breitete sich in Udos Mund aus. Er hatte Frauke Waldeck Trost spenden wollen. Doch stattdessen schien er sie verärgert zu haben. »Damals gab es nicht genügend Anhaltspunkte, um eine Hausdurchsuchung zu rechtfertigen.«

Der Blick, mit dem sie ihn musterte, wirkte kälter als der Schnee ringsum. »Ist es nicht eher so, dass Sie diesen Aufwand für einen Hund nicht betreiben wollten? Schließlich geht es um das Geld der Steuerzahler und Hunde gelten juristisch nur als Sachen. Sachen.« Ihre Stimme zitterte. »Mein Mann und ich hatten keine Kinder. Aber Luna war für uns wie ein Kind.«

Udo wollte nur noch weg von hier. Gleichzeitig fühlte es sich so an, als wären seine Füße am Boden festgefroren. Er konnte sich einfach nicht rühren. »Unsere Gesetze sind nicht perfekt. Aber wir müssen uns trotzdem danach richten.«

»Luna hat niemandem was getan. Im Gegenteil. Sie hat uns jeden Tag Freude geschenkt.« Frauke Waldecks Augen schimmerten feucht. »Die Ebsen hingegen«, sie spuckte die Worte regelrecht raus, »war eine Hundemörderin. Trotzdem tun Sie alles, was in Ihrer Macht steht, um den Mord an Ihr aufzuklären. Halten Sie das etwa für gerecht?«

»Jeder, der Opfer einer Straftat wird, hat Anspruch darauf, dass die Polizei ihr Bestes gibt. Und das völlig unabhängig davon, ob diese Person ein guter oder ein schlechter Mensch ist. Selbst, wenn Frau Ebsen ein

Dutzend Leichen in ihrem Garten vergraben hätte, würden wir uns bemühen, den Mord an ihr aufzuklären.«

Frauke Waldeck zupfte an ihrem Poncho. »Die Ebsen hat nicht nur Luna getötet. Sie hat auch versucht, einer anderen Frau den Mann auszuspannen. Jahrelang ist der bei ihr ein und ausgegangen. Ich konnte das alles von meiner Terrasse aus beobachten.«

Auch wenn Udo ahnte, auf welchen Mann sie anspielte, gab er sich unwissend. »Haben Sie einen Namen für mich?«

Ihr Mund und die Augen wurden schmal. »Nein.«

»Sie haben wirklich nie erfahren, wer der Mann war?«, hakte er nach.

»Sie können mir wohl kaum das Gegenteil beweisen.« Angriffslustig reckte Frauke Waldeck das Kinn.

Ihre Antwort verschlug Udo im ersten Augenblick die Sprache. »Moment mal! Bedeutet das etwa, dass Sie es wissen, mir aber nicht helfen wollen?«

»Falls das so wäre, würde ich es wohl kaum zugeben«, erwiderte sie. »Versetzen Sie sich doch mal in meine Lage. Nehmen wir an – rein hypothetisch –, dass ich den Mann kenne. Warum sollte ich ihn ans Messer liefern? Ich bin ihm schließlich dankbar, dass er mich von dieser Horrornachbarin erlöst hat.«

»Mit anderen Worten: Sie glauben, dass Frau Ebsen von ihrem Geliebten getötet wurde?«

Sie nickte. »Wenn ich es nicht war, muss er es wohl gewesen sein. Außerdem war er nicht mehr ihr Geliebter, sondern ihr Ex. Und man liest doch alle nasenlang in der

Zeitung, dass mal wieder ein Ex-Mann oder Ex-Freund seine Verflossene umgebracht hat.«

Udo schüttelte missbilligend den Kopf. »Nun spekulieren Sie schon genauso wild wie dieser Journalist, der den Artikel über Sie geschrieben hat. Bitte tun Sie das nicht!«

»Keine Sorge! Ich hör schon auf.« Sie nickte in Richtung ihres Hauses. »Wenn nichts mehr ist, würde ich gern reingehen. Hier draußen wird es mir allmählich zu kalt.«

»Gehen Sie nur. Wir sind hier fertig.« Udo zwang sich zu einem Lächeln. »Und sollte jemand Sie wegen des Artikels belästigen oder Sie bedrohen, melden Sie sich gern jederzeit. Wir machen dann eine Gefährderansprache.«

»Danke! Aber nein, danke! Ich komm auch gut allein zurecht. Und sollte es mir tatsächlich zu viel werden, kann ich jederzeit meine Koffer packen und verreisen.« Sie ließ ihn einfach stehen und kehrte zum Haus zurück.

Nachdenklich sah Udo ihr hinterher. Je länger sein Gespräch mit Frauke Waldeck gedauert hatte, desto schwerer war es ihm gefallen, sie einzuschätzen.

Während er dastand und grübelte, flatterte etwas an ihm vorbei. Die Blaumeise war zurückgekehrt, um sich mehr Futter zu holen. Vorsichtig kramte Udo sein Smartphone aus der Jackentasche. Dieses Mal würde ihm die Aufnahme gelingen.

Kapitel 18

GRETA

Nach mehr als zwanzig Jahren als Polizistin kam es kaum noch vor, dass Hauptkommissarin Greta Jensen von etwas überrascht wurde. Doch das hier war eine dieser seltenen Gelegenheiten. Fassungslos starrte sie von ihrem Platz am Schreibtisch aus Swantje Breckwoldt an, die ihr gegenüber auf dem Besucherstuhl saß. »Sagen Sie das noch mal!«

»Ich war es. Ich bin es gewesen.« Tränen rannen Frau Breckwoldt die Wangen hinab. Geräuschvoll zog sie die Nase hoch. »Es ist meine Schuld, dass Frau Ebsen tot ist.«

Greta öffnete die oberste Schublade ihres Rollcontainers, holte eine Packung Taschentücher heraus und legte diese vor ihrer Besucherin auf dem Schreibtisch ab.

»Danke!« Swantje Breckwoldt betupfte ihre Augen

und putzte sich die Nase. »Es hat gutgetan, Ihnen endlich alles zu gestehen. Das hätte ich schon viel früher tun sollen.«

»Ja, das hätten Sie.« Greta war sich unschlüssig, ob sie eher verärgert sein sollte oder Mitleid mit der Frau empfand, die mit hängenden Schultern vor sich hin weinte. Letztlich spielten Gretas persönlichen Gefühle ohnehin keine Rolle, solange sie sich im Dienst befand. »Warum haben Sie damals eigentlich Fahrerflucht begangen? Wenn Sie den Unfall gemeldet hätten, wäre es nicht einmal eine Straftat gewesen.«

»Ich stand unter Schock. Es war eine Kurzschlusshandlung.« Ihre Unterlippe bebte. »Eigentlich hatte ich nichts falsch gemacht. Kein Alkohol am Steuer. Keine überhöhte Geschwindigkeit. Es war einfach nur Pech, dass mir die Katze direkt vors Auto gelaufen ist.«

Greta beugte sich über den Schreibtisch. »Wussten Sie damals, wem die Katze gehörte?«

»Ja.« Die Stimme von Swantje Breckwoldt klang gepresst. »Es gab bei uns in der Nachbarschaft nur eine Katze mit rötlichem Fell.« Sie schnäuzte sich. »Ich bin ausgestiegen und hab nachgesehen, aber die Katze war sofort tot – ich schwöre. Hätte sie noch gelebt, dann hätte ich sie auf der Stelle zum Tierarzt gebracht. Aber ich konnte nichts mehr für sie tun.«

»Und es ist Ihnen nicht in den Sinn gekommen, dass Frau Ebsen nach ihrer Katze suchen würde? Dass diese Ungewissheit sie womöglich mehr belasten würde als der Tod ihrer Katze?«

»Doch. Natürlich! Sobald ich die Katze in einer Nacht-und-Nebel-Aktion auf einem Feld begraben hatte, hab ich es auch schon bereut. Tagelang hab ich mit mir gerungen, ob ich zu Frau Ebsen gehen und ihr alles gestehen soll oder nicht.«

»Was hat Sie davon abgehalten?«, fragte Greta.

»Die Angst. Sobald ich mir vorgestellt habe, wie Frau Ebsen wohl auf meine Nachricht reagiert, war ich wie gelähmt vor lauter Angst. Ich konnte es einfach nicht tun.«

Greta verkniff sich ein Augenrollen. Auf der einen Seite gab Swantje Breckwoldt sich als reuige Sünderin. Auf der anderen Seite suchte sie immer noch nach Ausreden für ihr Verhalten. Das passte doch nicht zusammen!

»Wie war das, als Sie mitbekommen haben, dass Frau Ebsen den Hund ihrer Nachbarin für den Schuldigen gehalten hat?«

»Furchtbar! Einfach grauenvoll!« Swantje Breckwoldt rang die Hände. »Ich hab mich so schuldig gefühlt. Gleichzeitig ist mir klar geworden, dass ich Dietje Ebsen unmöglich die Wahrheit sagen kann.«

»Warum nicht?«

»Ich habe doch miterlebt, wie sie der armen Frau Waldeck von da an das Leben zur Hölle gemacht hat. Hätte ich alles gestanden, wäre ich an Frau Waldecks Stelle tyrannisiert worden.«

Greta lag eine scharfe Erwiderung auf der Zunge. Doch sie behielt ihre Meinung für sich. »Verstehe.«

»Das Ganze ist mehr als zehn Jahre her.« Swantje Breckwoldt knetete ihre Hände im Schoß. »Ich hab das gegoogelt. Es stimmt doch, dass meine Fahrerflucht inzwischen verjährt ist?«

»Schon seit fünf Jahren.«

»Puh! Da fällt mir ein Stein vom Herzen. Wissen Sie …« Sie senkte die Stimme und beugte sich vertraulich vor. »Es ist ja nicht so, als hätte ich für das, was passiert ist, keine Verantwortung übernommen.«

Skeptisch zog Greta die Augenbrauen hoch. »Hab ich was verpasst?«

»Ich konnte keinen reinen Tisch machen. Aber ich habe mich all die Jahre bemüht, es wiedergutzumachen, indem ich mich so viel wie möglich sozial engagiert und in die Dorfgemeinschaft eingebracht habe.«

»Bedeutet das etwa, Sie organisieren den Adventsbasar, weil Sie vor zehn Jahren Frau Ebsens Katze überfahren haben?«

»Ja«, erwiderte Swantje Breckwoldt. »Das mag sich merkwürdig anhören. Aber mir hilft es, meine Schuldgefühle zu besänftigen. Im Grunde sammle ich gutes Karma.«

»Sie tilgen also eine schlechte Tat mit vielen guten Taten.« Nachdenklich tippte Greta sich ans Kinn. »Jetzt verstehe ich auch, warum Sie sich so für Jasper Wögens eingesetzt und ihm die Betreuung des Keksstandes anvertraut haben. Sie wollten ihm eine zweite Chance geben, weil Sie sich selbst eine erhoffen.«

»Sie haben mich durchschaut.« Ein winziges Lächeln huschte über ihr Gesicht. Gleich darauf wurde sie wieder ernst. »Als ich gestern die Zeitung aufgeschlagen habe, kam alles wieder hoch. Wenn Frauke Waldeck Dietje Ebsen tatsächlich getötet hat, ist das eine direkte Folge der Ereignisse von damals – und damit meine Schuld.«

»Nein.« Greta räusperte sich. »Sie sind nur für das

verantwortlich, was Sie selbst getan oder eben nicht getan haben. Aber nicht für die Taten anderer.«

»Es ist nett von Ihnen, dass Sie das sagen. Aber für mich fühlt es sich so an, als hätte ich Frau Ebsen auf dem Gewissen.«

»Was haben Sie nun vor?«

»Ich werde mich an den Redakteur der Zeitung wenden und ihn bitten, eine Richtigstellung zu veröffentlichen.«

»Warum?«, fragte Greta erstaunt. »Danach werden diejenigen, die Frauke Waldeck für die Täterin halten, ihre Meinung nicht ändern. Aber Sie könnten Scherereien bekommen.«

»Das nehme ich in Kauf«, entgegnete Swantje Breckwoldt. »Falls Frau Waldeck eine Mörderin ist, muss sie dafür zur Rechenschaft gezogen werden. Aber selbst dann wäre es falsch, ihr die Schuld für diese tote Katze zuzuschieben.«

Greta malte mit dem Zeigefinger unsichtbare Kringel auf die Tischplatte. »Würde das denn überhaupt einen Unterschied machen?«

Ernst erwiderte Swantje Breckwoldt Gretas Blick. »Für die Leute vielleicht nicht – aber für mich schon.«

»Es ist Ihre Entscheidung. Tun Sie das, was Sie für richtig halten. Warum sind Sie heute überhaupt hergekommen? Wie Sie richtig bemerkt haben, ist der Fall strafrechtlich längst verjährt.«

»Ich schätze, ich wollte mir alles von der Seele reden – wie eine Art Beichte. Oder wie eine Generalprobe, bevor ich zur Zeitung gehe und es ernst wird.« Sie räusperte sich. »Aber der wichtigste Grund ist ein anderer. Ich wollte verhindern, dass Sie sich meinetwegen ein falsches Bild von Frauke Waldeck machen. Dass sie wegen der Katzengeschichte schlecht über sie denken und ihr deshalb einen Mord zutrauen.«

Greta schlug die Beine übereinander. »Es ehrt Sie, dass Sie sich diese Gedanken machen, aber ich kann Sie beruhigen. Persönliche Sympathien und Antipathien spielen bei unseren Ermittlungen keine Rolle. Wenn Sie also …«

Das Festnetztelefon auf Gretas Schreibtisch klingelte. Es handelte sich um einen externen Anruf mit der Wyker Vorwahl 04681. Die Nummer kam ihr vage bekannt vor. »Tut mir leid, aber da muss ich rangehen. Sie finden allein hinaus – oder?«

»Ja.« Swantje Breckwoldt erhob sich. »Und danke fürs Zuhören.«

»Keine Ursache.« Greta lächelte ihr zum Abschied höflich zu, atmete aber erleichtert auf, als Frau Breckwoldt ihr Büro verlassen und die Tür hinter sich zugezogen hatte.

Greta nahm den Hörer ab. »Polizeistation Wyk. Jensen am Apparat. Moin!«

»Moin, Frau Jensen! Hier spricht Dr. Nils Frödden von der Hausarztpraxis in der Gmelinstraße.«

Sie lehnte sich in ihrem Schreibtischstuhl zurück. »Wie kann ich Ihnen helfen?«

»Eigentlich rufe ich an, um *Ihnen* zu helfen. Ich habe gerade einen Totenschein mit ungeklärter Todesart ausgestellt und möchte Sie darüber informieren.«

»Herzlichen Dank!« Greta griff nach einem Kugelschreiber und ihrem Schreibblock, um sich Notizen zu machen. »Erzählen Sie mehr! Wer ist der Tote? Und wie kommen Sie zu Ihrer Einschätzung in Bezug auf die Todesart?«

»Der Tote ist eine Sie. Viebeke Wögens. Wohnhaft in Oldsum. Dreiundachtzig Jahre alt.«

»Frau Wögens ist tot?«, fragte Greta betroffen. »Ein Kollege hat sie an Heiligabend noch besucht. Da schien es ihr – den Umständen entsprechend – gut zu gehen.«

»Ich bezweifle ja auch, dass sie eines natürlichen Todes gestorben ist. In ihrem Gesicht sind deutlich Petechien zu erkennen – genau wie bei Frau Ebsen, für die ich kurz vor Weihnachten den Totenschein ausgestellt habe. Im Augenblick deutet einiges auf Tod durch Ersticken hin.«

Scharf sog Greta den Atem ein. Eben noch hatte sie sich bemüht, Swantje Breckwoldt ihre Schuldgefühle auszureden. Und nun hatte sie selbst mit welchen zu kämpfen. »Wir hätten sie unter Polizeischutz stellen sollen, dann wäre das nicht passiert. Wie konnte das überhaupt geschehen? Die Wiśniewskis waren doch die ganze Zeit bei Frau Wögens und haben auf sie aufgepasst.«

»Diese Fragen zu beantworten, ist *Ihre* Aufgabe. Ich bin nur für den Totenschein zuständig«, erwiderte Dr. Frödden.

»Das weiß ich doch. Vielen Dank für Ihren Anruf! Ich werde gleich ein Team für die Spurensicherung zum Haus von Frau Wögens schicken.« Sie klickte die Mine ihres Kugelschreibers auf und zu. »Haben Sie den Leichnam für die Untersuchung bewegt oder sonst etwas an der Auffindesituation verändert?«

»Nein. Nachdem ich die Einblutungen gesehen habe,

war mir klar, dass obduziert werden muss. Deshalb habe ich nichts mehr angefasst und darauf verzichtet, die Tote zu entkleiden.«

»Eine gute Entscheidung!«, lobte Greta. »Das erleichtert uns die Arbeit. Bitte schauen Sie später bei uns auf der Station vorbei. Wir müssen Ihre Zeugenaussage aufnehmen.«

»Ja, natürlich! Dann bis später!« Er legte auf.

Greta seufzte tief und rief Staatsanwalt Broder Jacobsen an. »Ich habe schlechte Neuigkeiten. Es gibt ein weiteres Opfer. Besorgen Sie uns so schnell wie möglich einen Durchsuchungsbeschluss.«

Kapitel 19

BRODER

Staatsanwalt Broder Jacobsen saß mit Natalia Wiśniewski in deren Wohnzimmer in der Einliegerwohnung und betrachtete den festlich geschmückten Weihnachtsbaum, um nicht versehentlich Natalias verweintes Gesicht anzustarren. Eine halbe Stunde lang hatte sie sich die Seele aus dem Leib geschluchzt und den Boden zu ihren Füßen mit benutzten Taschentüchern überhäuft. Nun waren ihre Augen verquollen und die Nase rot, aber wenigstens flossen keine Tränen mehr.

»Es tut mir sehr leid, was Sie gerade durchmachen«, bemerkte er. »Mein herzliches Beileid!«

»Danke!« Natalia schob die Taschentuchbox von sich weg. »Jakub und ich stehen immer noch unter

Schock. Wie konnte das nur passieren? Die arme Frau Wögens!« Ihre Stimme bebte.

Broder, der einen erneuten Tränenausbruch befürchtete, versuchte, Natalia von ihrem Kummer abzulenken. Sein Blick fiel auf den mit bunten Glasfiguren, Christbaumkugeln und Bienenwachskerzen geschmückten Weihnachtsbaum. »Sie haben einen wirklich schönen Baum. Stammt der Schmuck aus Ihrer Heimat?«

»Ja. Das meiste haben wir aus Danzig mitgebracht. Wenn ich diesen Baumschmuck ansehe, bekomme ich immer ein wenig Heimweh.«

»Was haben Sie beide eigentlich vor, nachdem nun auch noch Frau Wögens gestorben ist? Kehren Sie nach Polen zurück?«

»Das wissen wir noch nicht. Es kommt darauf an, ob wir hier neue Arbeit finden. In der Pflege ist das eigentlich kein Problem, aber für Jakub wird es schwieriger. Viele Föhrer Landwirte beschäftigen nur Familienmitglieder und Saisonkräfte. Aber er braucht eine Vollzeitstelle.«

Sie zupfte ein sauberes Taschentuch aus der Spenderbox und betupfte sich damit die Augen. »Wir fühlen uns auf Föhr sehr wohl. Aber uns fehlen Familie und Freunde. Und gerade auf dem Dorf bleiben wir für immer die Zugezogenen.«

»Das ist bestimmt keine einfache Entscheidung.« Broder räusperte sich. »Geht es Ihnen wieder besser?«

Natalia Wiśniewski brachte ein trauriges Lächeln zustande. »Nützt es etwas, wenn ich Nein sage?«

»Ich fürchte nein. Es tut mir leid. Sie müssen fix und fertig sein. Aber wenn wir uns nicht irren, ist das nun schon das dritte Tötungsdelikt eines Serientäters. Und das innerhalb einer Woche! Wir können uns keinen Aufschub leisten.«

»Das verstehe ich.« Sie bückte sich und sammelte die Taschentücher ein. »Ich hole mir was zu trinken. Darf ich Ihnen auch etwas anbieten?«

»Ja, bitte.« Broder kramte sein Smartphone hervor und las seine neuen Nachrichten, während Natalia Wiśniewski in Richtung Küche verschwand.

Kurz darauf kehrte sie mit zwei dampfenden Kaffeetassen zurück und stellte eine davon vor Broder auf dem Tisch ab.

Er trank einen großen Schluck und hätte diesen beinahe wieder ausgespuckt. Hitze brannte in seiner Kehle nach und wärmte ihm den Magen. »Ist da etwa Alkohol drin?«, fragte er entgeistert. »Ich bin im Dienst.«

»Nur ein winziger Schuss. Das zählt nicht.« Natalia Wiśniewski zwinkerte ihm zu. »Immerhin ist noch beinahe Weihnachten.«

»Selbst wenn Ostern und Weihnachten auf denselben Tag fallen, darf ich im Dienst nicht trinken.« Er schob die Tasse von sich weg. »Und Sie sollten damit besser auch bis nach der Vernehmung warten.«

»Ich hatte einen wirklich schlimmen Vormittag. Bitte seien Sie nicht so streng mit mir.«

Broder startete die Aufnahmeapp seines Smartphones und legte das Handy auf der Mitte des Tisches ab. »Sie waren es, die Frau Wögens gefunden hat – richtig?«

»Ja.« Ihre Stimme zitterte. »Frau Wögens steht manchmal nachts auf und wandert durchs Haus. Ich meine, sie hat das getan, bis sie ...« Frische Tränen traten ihr in die Augen. »Es war normal, dass sie Tag und Nacht durcheinanderbrachte. Anfangs habe ich noch versucht, sie dann wieder zurück ins Bett zu bringen. Aber auf Dauer hat mich das zu sehr geschlaucht. Ich musste ja tagsüber fit sein, um mich um Frau Wögens zu kümmern. Also habe ich sie umherwandern lassen.«

»Frau Wögens ist also vergangene Nacht durchs Haus gelaufen. Wissen Sie, wie spät es da war?«

»Leider nicht.« Natalia schniefte. »Ich bin nur ganz kurz aufgewacht, weil ich ein Geräusch gehört habe, und dann gleich wieder eingeschlafen.«

Broder strich mit den Fingerspitzen über den weichen Couchbezug. »Was für ein Geräusch war das?«

»Ich glaube, es waren Schritte auf der Treppe. Einige Stufen knarzen recht laut.«

»Aber als Sie Frau Wögens heute Morgen gefunden haben, lag sie wieder in ihrem Bett?«

»Ja.« Sie putzte sich die Nase. »Deshalb bin ich davon ausgegangen, dass sie friedlich entschlafen ist. Das wäre traurig genug gewesen. Aber so ... Als Dr. Frödden uns gesagt hat, dass obduziert werden muss, weil die Todesart nicht feststeht, da ... Ich dachte, ich bin in einem Albtraum gefangen. Erst die Sache mit Herrn Wögens und nun auch noch das! Es ist alles so schrecklich!«

»Herr Harksen hat ja mit Ihnen darüber gesprochen, dass der Mörder von Herrn Wögens es höchstwahrscheinlich auf Frau Wögens abgesehen hatte und deshalb zurückkehren könnte. Haben Sie seine Sicherheitshinweise berücksichtigt?«

»Natürlich! Jakub und ich haben Frau Wögens kein

einziges Mal alleingelassen. Es gab keine Besucher und die Haustür war immer abgeschlossen – sogar nachts.«

»Haben Sie und Frau Wögens gestern Abend das Gleiche gegessen?«, fragte Broder.

»O ja. Und Jakub auch. Es gab Kartoffelsalat und Würstchen, weil Frau Wögens sich das gewünscht hat. Uns beiden geht es gut. Im Essen kann also nichts gewesen sein.«

»Nimmt Frau Wögens Medikamente?«

»Ja, aber nur mit mir zusammen. Ich habe die Arzneien extra weggeschlossen, damit Frau Wögens nicht allein daran kommt und versehentlich etwas doppelt einnimmt.«

»Benutzen Sie eine Tablettenbox?«, fragte er.

»Nein. Die Tabletten befinden sich alle in der Originalverpackung. Da kann nichts ausgetauscht worden sein«, versicherte sie. Natalia Wiśniewski wirkte aufrichtig betroffen. Doch möglicherweise war sie auch nur eine begabte Schauspielerin.

»Wenn das alles so stimmt, dann frage ich mich, wie Frau Wögens sich überhaupt vergiften konnte. Haben Sie eine Idee?«

Natalia schüttelte den Kopf. »Es ist mir unbegreiflich. Jakub und ich haben so gut auf sie aufgepasst.«

»Und Sie haben wirklich kein einziges Mal das Haus verlassen – nicht mal kurz?«, hakte Broder nach.

»Doch. Am Samstagmorgen war ich einkaufen. Aber ohne Jakub. Der ist hiergeblieben und hat Frau Wögens Gesellschaft geleistet.«

»Verstehe.« Broder atmete einmal tief durch. »Wir brauchen die Medikamente und Proben von sämtlichen

Lebensmitteln für das Labor. Wissen Sie, welche Räume Frau Wögens heute Nacht betreten hat?«

Natalia runzelte die Stirn. »Ich glaube, dass sie im Wohnzimmer gewesen ist. Die Fernbedienung liegt nämlich nicht mehr dort, wo sie hingehört.«

»Befinden sich Speisen oder Getränke im Wohnzimmer?«

»Nein. Die sind alle in der Küche.« Natalia verzog das Gesicht und massierte ihre Schläfen. »Ich hätte nicht so viel weinen sollen. Jetzt tut mir der Kopf weh.«

Bevor Broder darauf etwas erwidern konnte, klopfte es gegen die Zimmertür. »Wir sind gerade in einer Vernehmung«, rief er.

»Nur ganz kurz! Es ist wichtig.« Die Stimme gehörte Kommissar Udo Harksen.

»Dann kommen Sie rein!«

Schwungvoll stieß Harksen die Tür auf und betrat das Wohnzimmer von Natalia und Jakub Wiśniewski. In der Hand hielt er eine Beweismitteltasche. Und darin befand sich ...

»Ein Zimtstern?«, fragte Broder verblüfft. »Wo hast du den denn her?«

»Aus dem Wohnzimmer«, entgegnete Udo. »Hinter den Büchern im Regal war eine Keksdose versteckt.« Er wandte sich an Natalia. »Können Sie sich die Dose bitte mal anschauen?«

»Ja, natürlich.« Fragend sah sie Broder an. »Wenn das für Sie in Ordnung ist.«

Broder griff nach seinem Handy und stoppte die Aufnahme. »Ich bin auch neugierig auf diese Dose.«

Zu dritt verließen sie die Einliegerwohnung und

wechselten in den Wohnbereich von Viebeke und Jasper Wögens. Dort waren die Mitarbeiter von Polizeichefin Greta Jensen damit beschäftigt, die Räume zu durchsuchen.

Als Broder, Natalia und Harksen das Wohnzimmer betraten, kam Hauptkommissar Thies Hansen ihnen entgegen. Er trug Einweghandschuhe und hielt Natalia Wiśniewski eine runde rote Keksdose mit weißen Sternen, die in einer Beweismitteltasche steckte, unter die Nase. »Kommt Ihnen die bekannt vor?«

»Nein«, erwiderte Natalia. »Die sehe ich heute zum ersten Mal.«

»Ihr Mann sagt ebenfalls, dass er die Dose nicht kennt«, bemerkte Hansen. »Ich zeige Ihnen die Stelle, an der wir sie gefunden haben.« Er führte Natalia zum Bücherregal und deutete auf das unterste Regalbrett. »Hier. Hinter den Groschenromanen.«

Natalia errötete. »Die lese ich nicht. Die gehören ... gehörten alle Frau Wögens.«

Trotz der ernsten Lage schmunzelte Broder. »Keine Sorge! Niemand hier verdächtigt Sie, dass Sie Bücher wie *Das Herz des einsamen Earls* und *Dem Lord verfallen* lesen.«

Er wandte sich an Hansen. »Könnten wir die Keksdose beim letzten Mal übersehen haben?«

»Nein. Ich hab selbst im Wohnzimmer mitgeholfen und erinnere mich genau, dass wir dieses Regal gründlich durchsucht haben. Die Dose war damals nicht da.«

»Das muss nichts bedeuten«, bemerkte Natalia Wiśniewski. »Frau Wögens hat häufig Sachen verlegt – und auch versteckt, wenn sie Angst hatte, jemand könnte sie ihr wegnehmen. Einmal haben wir tagelang im ganzen Haus nach ihrem Sparbuch gesucht und es am Ende in einem von Jakubs Gummistiefeln gefunden.«

Broder kratzte sich am Kinn. »Dann wäre es also denkbar, dass Frau Wögens letzte Nacht Hunger bekam, sich an die Kekse erinnerte und sie aus ihrem Versteck geholt hat, um sie danach woanders zu verstecken?«

»Genau! Jetzt, wo ich so darüber nachdenke, fällt mir ein, dass Herr Wögens seiner Mutter häufiger die Süßigkeiten weggenascht hat, ohne ihr etwas abzugeben. Zum Beispiel die Pralinen, die sie von einer Freundin zum Geburtstag bekommen hat. Sie war ganz aufgebracht deswegen. Zum Glück hat sie den Vorfall schnell vergessen.«

Hansen legte die Beweismitteltasche mit der Keksdose in einen großen Karton, der auf dem Fußboden stand und bereits einige eingesammelte Gegenstände enthielt.

Broder schritt langsam durchs Wohnzimmer und sah sich um. Durch den Einsatz seines Teams, das überall aus- und umgeräumt hatte, hatte der Raum seine Behaglichkeit eingebüßt und wirkte nicht länger wie ein Zuhause. Daran änderten auch die ins Fenster geklebten Papiersterne und der Friesenbogen auf der Fensterbank nichts. Stattdessen erweckte das Zimmer den Eindruck, als würde seine Bewohnerin ausziehen. In gewisser Weise traf das ja auch zu. Der Gedanke daran, wie schnell die Spuren verwischten, die ein Mensch am Ende seines Lebens hinterließ, stimmte ihn traurig.

»Wo steckt eigentlich Ihr Mann?«, fragte er Natalia.

»Der hilft einem Nachbarn, dem der Keller vollgelaufen ist«, antworte sie. »Er kommt bestimmt bald zurück. Soll ich ihn anrufen?«

Broder winkte ab. »Nein danke! So eilig ist es auch wieder nicht. Wir müssen noch mal mit ihm sprechen und seine Aussage aufnehmen. Richten Sie ihm bitte aus, dass er nachher auf unserer Station vorbeischauen soll.«

»Das mache ich.« Sie runzelte die Stirn. »Jetzt sind Sie alle schon so lange hier und ich habe Ihnen noch gar nichts angeboten. Haben Sie Hunger oder Durst?«

»Nicht nötig!«, erwiderte Hansen. »Wir versorgen uns schon selbst. Davon abgesehen rate ich Ihnen dringend, die Speisen und Getränke in diesem Haus vorsichtshalber nicht mehr anzurühren. Wenigstens nicht, bis die Laborergebnisse zu den Proben da sind.«

Natalia erblasste. »Darüber habe ich noch gar nicht nachgedacht. Ich sollte wohl besser neue Lebensmittel kaufen und die alten wegwerfen.« Sie sah auf ihre Armbanduhr. »Allerdings machen die Supermärkte sonntags schon um sechzehn Uhr zu und es ist bereits halb fünf. Was mach ich jetzt nur?« Sie schlug sich die Hand vor den Mund.

Broder trat auf sie zu. »Kein Grund, in Panik zu verfallen! Falls Sie noch Reste von gestern haben, können Sie die bedenkenlos essen. Verschlossene Dosen und Einmachgläser sind ebenfalls sicher. Oder Sie holen sich etwas aus dem Restaurant.«

»Jakub und ich haben nebenan in unserer Wohnung einen eigenen Kühlschrank. Die Küche dort nutzen wir kaum, weil ich immer hier für uns alle gekocht habe. Denken Sie, unsere Lebensmittel sind sicher?«

Er nickte. »Wenn wir befürchten würden, dass sich in

Ihrer Wohnung ebenfalls Gift befinden könnte, hätte ich für die Räume einen Durchsuchungsbeschluss beim Richter beantragt. Aber es deutet nichts darauf hin.«

Natalia legte sich die Hand aufs Herz. »Danke, dass Sie das sagen! Das beruhigt mich sehr.«

Die Tür zum Flur wurde schwungvoll aufgestoßen und Polizeichefin Greta Jensen trat ein. Sie machte ein ernstes Gesicht. »Herr Jacobsen, können Sie bitte mit mir kommen? Ich möchte Ihnen etwas zeigen.«

»Ja. Natürlich.« Er folgte ihr auf den Flur und zog die Tür hinter sich zu. »Wohin wollen wir?«

»Egal. Hauptsache außer Hörweite von …« Sie nickte vielsagend in Richtung Wohnzimmer.

»Dann vielleicht nach draußen?«, schlug er vor. »Hier drinnen stehen wir nur im Weg und ich könnte etwas frische Luft vertragen.«

»Von mir aus gern.« Die Polizeichefin ging voraus und öffnete die Haustür. Der Schwall kühler Winterluft, der durch den Flur zog, duftete nach Schnee.

Broder, der seine Jacke in der Einliegerwohnung der Wiśniewskis zurückgelassen hatte, nahm eine Steppjacke vom Garderobenhaken und schlüpfte hinein.

Draußen war es bereits dunkel. Die Wolken, die den Schnee gebracht hatten, hatten sich verzogen und am klaren Nachthimmel funkelten Tausende Sterne. Der Schnee ringsum dämpfte das Geräusch ihrer Schritte.

Greta Jensen vergrub die Fäuste in den Taschen ihrer Uniformjacke und stellte sich in eine Ecke, die von der Haustür weit entfernt war.

Broders Blick schweifte über die am Straßenrand parkenden Streifenwagen. Mittlerweile wusste vermutlich jeder im Ort über ihren Einsatz Bescheid und die Gerüchteküche brodelte.

Ein eisiger Ostwind blies ihnen ins Gesicht. Broder klappte den Kragen der Steppjacke hoch und setzte die Kapuze auf. »Was möchten Sie mir zeigen?«

»Das hier.« Sie kramte ihr Smartphone hervor und tippte auf dem Display herum. »Ich hab Fotos gemacht, um das Original nicht mit Fremd-DNA und Fingerabdrücken zu kontaminieren.« Sie reichte ihm das Handy.

»Danke!« Die Aufnahme zeigte ein handbeschriebenes Blatt Papier. Broder zoomte ins Bild, um den Text besser lesen zu können. Das Schreiben war auf den 3. Dezember von vor vier Jahren datiert und von Viebeke Wögens unterzeichnet. »Ist das etwa …?«

»… ein Testament? Ja, allerdings.« Die Polizeichefin senkte die Stimme. »Sehen Sie es sich genau an und sagen Sie mir, was Ihnen daran auffällt.«

Konzentriert kniff er die Augen zusammen. »Die Formalien wurden alle eingehalten. Das Testament ist vollständig handschriftlich verfasst, hat eine Orts- und Datumsangabe und wurde mit vollem Namen unterzeichnet. Auch die Schrift ist gut lesbar.«

»So weit so gut. Aber das alles meine ich nicht.« Greta klang ungeduldig. »Finden Sie gar nichts daran merkwürdig?«

»Nein«, erwiderte Broder. »Ich halte es für eine erstklassige Fälschung.«

»Na, bitte! Dann sind wir uns ja einig.«

»Das Testament ist rückdatiert auf einen Zeitpunkt, zu dem Frau Wögens bereits beginnende Demenz hatte, sich aber vermutlich noch so weit im Besitz ihrer geistigen

Kräfte befand, dass es nicht angefochten werden kann. Es ist schon erstaunlich, dass Frau Wögens ihren Sohn darin enterbt, obwohl die beiden bis zu ihrem Lebensende unter einem Dach gewohnt haben.«

Greta schmunzelte. »Und es ist ungewöhnlich großzügig von Frau Wögens, stattdessen das Ehepaar Wiśniewski als Erben für Haus und Hof einzusetzen. Insbesondere, da Natalia Wiśniewski zu diesem Zeitpunkt noch in Danzig gewohnt hat und Viebeke Wögens sie nicht einmal persönlich kannte.«

»Das nenne ich einen großen Vertrauensvorschuss!«, stimmte Broder zu.

»Was meinen Sie? Wie wollen wir am besten vorgehen? Sollten wir ein forensisches Gutachten erstellen lassen?«

»Nein. Die Altersbestimmung von Papier und Tinte lässt sich nicht genau genug eingrenzen, um zu widerlegen, dass dieses Schriftstück in Wahrheit erst vier Jahre später verfasst wurde. Aber ein grafologisches Gutachten könnte uns helfen. Es gibt doch bestimmt Vergleichsschriftproben von Frau Wögens.«

»Und bei dieser Gelegenheit sollten wir das Testament auch mit Schriftproben von Jakub und Natalia Wiśniewski abgleichen«, ergänzte Greta Jensen. »Ich lasse mir was einfallen, damit wir an ihre Handschriften kommen, ohne dass die beiden Verdacht schöpfen.«

»Gut!« Broder lief im schneebedeckten Vorgarten auf und ab. »Das gefälschte Testament ist ein starkes Tatmotiv. Mord aus Habgier. Und plötzlich wirkt der Tod von Jasper Wögens auch nicht mehr wie ein Unfall. Er musste ebenfalls sterben, um als Erbe auszufallen.«

Die Polizeichefin nickte. »Diese beiden wollten sich sogar noch seinen Pflichtteil unter den Nagel reißen.«

»Ein Hof wird nicht unter mehreren Erben aufgeteilt«, erklärte Broder, »sondern geht laut Höfeordnung an den ältesten männlichen Erben. Andernfalls würden die Höfe irgendwann zu klein werden, um noch bewirtschaftet zu werden.«

»Was glauben Sie?«, fragte Jensen. »Wer von den beiden hat die Taten begangen? Oder waren Sie es gemeinsam?«

Broder legte den Kopf in den Nacken und betrachtete die Sterne am schwarzblauen Nachthimmel. »Ich tippe auf Jakub Wiśniewski, weil Dietje Ebsen ebenfalls vergiftet wurde. Er wollte sie loswerden, damit seine Frau nichts von der Affäre erfährt.«

»Oder sie hat das Ganze rausgefunden und ihre Rivalin beseitigt«, erwiderte Jensen. »Das klingt doch plausibel.«

»Ich weiß nicht«, entgegnete Broder. »Hätte Frau Wiśniewski unter diesen Umständen nicht auch Kekse für ihren untreuen Mann gebacken?«

Die Polizeichefin schmunzelte. »Ein guter Einwand!« Gleich darauf klingelte ihr Handy und sie wurde wieder ernst. »Das ist einer der beiden Männer, die ich gebeten habe, Herrn Wiśniewski unauffällig zu folgen.«

»Ist der nicht bei seinem Nachbarn?«, fragte Broder erstaunt.

Statt zu antworten, nahm Greta Jensen den Anruf entgegen. »Moin! Was hast du rausgefunden? ... Ach nee! ... Also genau, wie wir vermutet haben ... Hm ...«

Neugierig rückte Broder näher. Doch er verstand trotzdem nicht, was der Polizist am anderen Ende der Verbindung sagte.

»Nein. Wartet nicht auf Verstärkung. Das schafft ihr auch allein ... Genau! Bis später!« Sie beendete das Telefonat.

»Und?«, fragte Broder ungeduldig.

»Die beiden nehmen Jakub Wiśniewski fest.«

»Wegen der Tötungsdelikte?«

»Nein«, entgegnete Greta Jensen. »Wegen Einbruchs. Er ist gerade in Dietje Ebsens Haus eingestiegen.«

Kapitel 20

THIES

So schnell sieht man sich wieder.« Hauptkommissar Thies Hansen saß Jakub Wiśniewski und dessen Anwalt Tiark Lorenzen im Vernehmungsraum gegenüber. Natalias Mann hatte die Nacht in der Arrestzelle verbracht und wirkte mitgenommen. Unter seinen Augen lagen dunkle Schatten, die Lippen waren rissig und auf seinen bleichen Wangen sprossen Bartstoppeln. Selbst seine normalerweise gepflegte Glatze benötigte dringend eine Rasur.

Lorenzen hingegen wirkte lässig entspannt. Statt Krawatte und Anzug trug er Bluejeans und ein gelbes Hemd, dessen oberste Knöpfe offenstanden. Er lehnte sich auf seinem Stuhl zurück und musterte Thies mit einem leicht spöttischen Gesichtsausdruck.

Sollte er ruhig! Davon würde Thies sich nicht aus

dem Konzept bringen lassen. Er startete die Tonaufnahme für die Vernehmung. »Nachdem Sie bereits in den Genuss unserer Gastfreundschaft gekommen sind, hoffe ich, dass Sie sich heute kooperativer zeigen als beim letzten Mal.«

Wiśniewski starrte ihn finster an.

»Herr Hansen, kann es sein, dass Sie mit dem falschen Fuß aufgestanden sind?«, fragte Lorenzen.

»Meine Laune ist bestens«, konterte der Hauptkommissar. »Wird Ihr Mandant, den wir hiermit offiziell als Beschuldigten führen, sich zu den Tatvorwürfen äußern?«

Thies rechnete fest mit einer Absage. Doch dann würden sie Jakub Wiśniewski eben über Indizien, Beweismittel und Zeugenaussagen festnageln.

»Ja«, erwiderte Lorenzen zu Thies' Überraschung. »Da mein Mandant unschuldig ist, möchte er diese Vorwürfe keinesfalls so stehenlassen.«

»Unschuldig?« Skeptisch zog Thies die Augenbrauen hoch. »Herr Wiśniewski, dann verraten Sie mir doch bitte, warum Sie gestern in das Haus von Frau Ebsen eingedrungen sind und dort alles durchsucht haben.«

Fragend blickte Wiśniewski zu seinem Anwalt. Auf dessen Nicken hin räusperte er sich. »Nach unserem Gespräch vorgestern ist mir klar geworden, dass Dietje noch viele Bilder und Mails aus unserer gemeinsamen Zeit aufbewahrt hat. Ich wollte verhindern, dass diese in die falschen Hände geraten.«

»Und mit *falschen Händen* meinen Sie wohl Ihre Frau.«

»Richtig. Ich wollte wirklich nichts stehlen – nur meine Ehe schützen. Es war auch kein richtiger Einbruch. Ich wusste ja, wo Dietje ihren Reserveschlüssel aufbewahrt.«

Thies beugte sich über den Tisch. »Sie haben einen versiegelten Tatort betreten. Dies wird nach Paragraf 136 des Strafgesetzbuches als sogenannter *Siegelbruch* mit einer Geldstrafe oder mit bis zu einem Jahr Freiheitsstrafe geahndet.«

Sein ohnehin bleiches Gegenüber verlor auch noch den letzten Rest Farbe aus dem Gesicht. »Das kann doch wohl nicht Ihr Ernst sein! Ich hab damit doch niemandem geschadet.«

»Selbstverständlich haben Sie das«, sagte Thies streng. »Und zwar Dietje Ebsen. Die Versiegelung des Tatortes dient der Spurensicherung, die zur Ergreifung Ihres Mörders führen soll. Sie aber haben den Tatort kontaminiert.«

Lorenzen schüttelte den Kopf. »Nun lassen Sie mal die Kirche im Dorf, Herr Hansen! Die Spurensicherung war zu diesem Zeitpunkt mit Ihrer Arbeit durch. Sie hätten die Versiegelung längst wieder aufheben können. Es war wohl eher ein Versäumnis Ihrerseits, dass Sie sich damit so viel Zeit gelassen haben.«

Thies behielt Jakub Wiśniewski genau im Blick, weil er dessen Reaktion auf seine nächsten Worte nicht verpassen wollte: »Sie haben sich gestern nicht zum ersten Mal Zugang zu Frau Ebsens Haus verschafft. Samstag waren Sie auch schon dort – gleich nach unserem Gespräch.«

Wiśniewskis Augen weiteten sich. »Woher wissen Sie das?«

Lorenzen runzelte die Stirn und raunte seinem Mandanten ins Ohr: »Bitte keine spontanen Äußerungen, die nicht mit mir abgesprochen sind!«

»Sie haben Panik gekriegt, dass Ihre Frau alles erfährt, und sind direkt von hier aus zum Haus Ihrer Ex-Geliebten gefahren«, bemerkte Thies. »Aber Sie hatten zu wenig Zeit, um alles abzusuchen. Genau genommen hatten Sie überhaupt keine Zeit. Schon für die Vernehmung haben Sie sich weggestohlen, während Ihre Frau einkaufen war.«

»Sie müssen darauf nicht antworten«, sagte Lorenzen.

»Ihre Frau ist davon ausgegangen, dass Sie sich während ihrer Abwesenheit um Frau Wögens kümmern. Um eine alte, demenzkranke Frau, auf die schon ein missglückter Giftanschlag verübt worden war und die dringend geschützt werden musste. Aber Ihnen war es offensichtlich wichtiger, Ihre frühere Affäre geheimzuhalten, als einen Mordversuch auf Ihre Arbeitgeberin abzuwehren.«

»Das sind doch pure Mutmaßungen!« Der Anwalt klang ungehalten. »Wenn Sie nichts Handfestes haben, dann …«

»Es ist das einzige Zeitfenster, das infrage kommt«, entgegnete Thies. »Die einzige Gelegenheit, die der Täter oder die Täterin hatte, um sich unbemerkt Frau Wögens zu nähern und ihr die vergifteten Kekse zu geben.«

»Das ist nicht wahr!« Wiśniewskis Stimme klang gepresst. »Natalia hat selbst gesagt, dass Frau Wögens ihre

Süßigkeiten vor ihrem Sohn versteckt hat. Die Kekse waren längst im Haus.«

»Nein, waren sie nicht.« Fest erwiderte Thies seinen Blick. »Eben ist der toxikologische Bericht reingekommen. Die Kekse aus der Dose hinter dem Bücherregal sind frisch gebacken. Sie konnten unmöglich schon seit einer Woche dort gelegen haben. Es war jemand beim Haus, während Sie sich heimlich weggeschlichen haben. Allein Ihnen ist es zu verdanken, dass Frau Wögens vergiftet wurde.«

»Nun reicht es aber!«, ging Lorenzen dazwischen. »Ist das hier eine Vernehmung oder eine Schuldzuweisung?«

»Ich möchte Herrn Wiśniewski nur bewusst machen, welche fatalen Folgen sein Verhalten hatte. Und ich appelliere an Ihr Gewissen«, Thies sah Jakub Wiśniewski in die Augen, »dass Sie mit uns kooperieren und wenigstens ab jetzt das Richtige tun.«

»Wie Sie versuchen, meinem Mandanten Schuldgefühle einzuimpfen, ist schon ein starkes Stück! Verantwortlich für den Tod von Frau Wögens ist allein die Person, die sie vergiftet hat.«

Thies streckte unter dem Tisch die Beine aus. »Und damit kommen wir zum nächsten Punkt. Das Testament, das meine Kollegin in Viebeke Wögens' Schlafzimmer gefunden hat. Wussten Sie davon?«

Lorenzen berührte seinen Mandanten am Arm. »Sie brauchen nicht darauf zu antworten.«

»Warum nicht? Ich hab nichts zu verbergen.« Jakub Wiśniewski reckte das Kinn. »Ich kenne nicht den genauen Inhalt. Aber ich wusste schon seit Längerem, dass Frau Wögens Natalia und mich darin bedacht hat.«

»Hat Frau Wögens Ihnen das erzählt?« Thies blätterte durch die Akte auf dem Tisch, bis er die entsprechende Seite fand.

»Nein. Natalia. Sie hat mir gesagt, dass Frau Wögens so dankbar für ihre Hilfe ist, dass sie uns alles vermachen will.« Er kratzte sich an der Nase. »Aber ich sollte mit niemandem darüber reden.«

»Und warum nicht?« Thies griff nach einem Stift, um sich in der Akte Notizen zu machen.

»Frau Wögens wollte nicht, dass ihr Sohn davon erfährt. Das hätte sonst Scherereien gegeben.«

»Was in gewisser Weise auch verständlich ist«, bemerkte Thies. »Immerhin wurde er in dem Testament enterbt. Ich frage mich, warum. Eigentlich hatte ich den Eindruck, dass Herr und Frau Wögens doch ganz gut miteinander ausgekommen sind.«

»Die beiden?« Wiśniewski schnaubte. »Die haben sich gehasst.«

»Aber sie haben mehr als sechzig Jahre zusammengelebt. Wenn Jasper Wögens kein gutes Verhältnis zu seiner Mutter hatte – warum ist er dann nicht ausgezogen?«

Jakub Wiśniewski zögerte und wandte sich schließlich an seinen Anwalt. »Kann ich das beantworten?«

»Solange Sie sich mit Ihrer Aussage nicht selbst belasten, sehe ich kein Problem«, entgegnete Lorenzen.

»Also gut!« Wiśniewski holte tief Luft. »Die beiden waren durch einen Vorfall aneinandergebunden, der dreißig Jahre zurückliegt.«

»Das Feuer im Reitstall«, schoss es aus Thies heraus.

Obwohl es keine Frage gewesen war, nickte Wiśniewski. »Das alles ist lange vor meiner Ankunft hier passiert. Aber Jasper Wögens hat mir während der Feldarbeit davon erzählt. Er hat sehr isoliert gelebt und war immer dankbar, wenn ich ihm zugehört habe.«

»Dann legen Sie mal los!«

»Herr Wögens wollte eigentlich kein Landwirt werden. Aber als einziges Kind seiner Eltern stand fest, dass er den Hof eines Tages übernehmen würde. Sein Vater, den ich nicht mehr kennengelernt habe, war wohl recht dominant und hat im Betrieb den Ton angegeben. Auch Frau Wögens konnte herrisch sein. Jasper Wögens hat sich deshalb nur selten zu Hause aufgehalten und sich stattdessen in eine Liebesbeziehung geflüchtet.«

»Davon habe ich schon gehört«, erwiderte Thies. »Sie sprechen von einer jungen Frau namens Silke, die später den Betreiber der Eisdiele geheiratet hat – nicht wahr?«

»Die gab es auch«, stimmte Wiśniewski zu. »Aber seine große Liebe war eine andere.«

»Die Reitstallbesitzerin?«

»Genau die.«

Thies tippte sich mit dem Stift gegen das Kinn. »Der Sohn dieser Frau hat aber etwas anderes ausgesagt. Er hat von Stalking gesprochen und davon, dass seine Mutter in Ruhe gelassen werden wollte.«

Wiśniewski zuckte mit den Schultern. »Die einzigen Personen, die die Wahrheit gekannt haben, leben beide nicht mehr. Deshalb werden wir vermutlich nie herausfinden, wie es tatsächlich gewesen ist. Aber für das, was ich Ihnen erzählen will, spielt dieser Punkt auch keine

Rolle. Ob nun heimliche Liebe oder eine einseitige Schwärmerei – Herrn Wögens' Gefühle für eine verheiratete Frau mit zwei Kindern waren seiner Mutter ein Dorn im Auge.«

»Womöglich wollte sie ihren Sohn vor sich selbst schützen«, bemerkte Thies. »Nach einer solchen Geschichte wäre er im ganzen Dorf untendurch gewesen.«

»Ihre Absichten mögen gut gewesen sein, aber ihre Methoden waren es nicht. Vieles von dem, was später Jasper Wögens und seinem angeblichen Stalking zugeschrieben wurde, war in Wahrheit ihr Werk. Sie hat Frau Ebsen beobachtet, ist ihr gefolgt und soll sogar Briefe abgefangen haben.«

»Das klingt allerdings bedenklich.« Thies machte sich eine Notiz in der Akte.

»Doch mit ihren Versuchen, Jasper von der Frau zu trennen, in die er verliebt war, hat seine Mutter genau das Gegenteil erreicht.« Wiśniewski schlug die Beine übereinander. »Ihr Sohn fixierte sich nur noch stärker auf seine Geliebte. Am Ende sah Viebeke Wögens bloß einen Ausweg. Der Reitstall und seine Besitzer mussten verschwinden – und zwar um jeden Preis.«

Thies ließ den Stift senken. »Wollen Sie mir etwa erzählen, dass Frau Wögens das Feuer im Stall gelegt hat?«

»So hat Herr Wögens es mir anvertraut. Er hatte damals wohl eine Vorahnung und ist seiner Mutter in einigem Abstand zum Hof gefolgt. Dadurch wurde er auch von einem Zeugen gesehen.« Wiśniewski räusperte sich. »Aber er kam zu spät, um Schlimmeres zu verhindern. Der Stall brannte bereits lichterloh. Weil er nicht selbst in Verdacht geraten wollte, das Feuer gelegt zu haben, ist er geflüchtet.«

»Warum hat er damals nicht die Wahrheit gesagt und seine Mutter angezeigt?«

»Weil sie ihm für die Tatzeit ein Alibi verschafft hat«, entgegnete Jakub Wiśniewski. »Er wusste selbst nur zu genau, dass er im Dorf keinen guten Ruf genoss. Das öffentlich ausgetragene Eifersuchtsdrama zwischen ihm und diesem Eisdielenbesitzer hatte seinem Ansehen geschadet. Und dank seiner Mutter hielten ihn nun auch noch viele für den Stalker von Frau Ebsen. Wenn er sich gegen sie gestellt hätte, hätte Aussage gegen Aussage gestanden.«

»Also hat er aus Feigheit die Straftat seiner Mutter gedeckt.« Ein bitterer Geschmack breitete sich auf Thies' Zunge aus. »Eine Straftat, bei der eine Frau entstellt wurde, zwei Dutzend Pferde qualvoll verendet sind und eine Familie ihr Zuhause verloren hat.«

»Ein besserer Mann hätte anders gehandelt. Aber Jasper Wögens hat seiner Mutter nie verziehen und sie das auch für den Rest ihres Lebens spüren lassen. Er hat mit mir an einem einzigen Tag mehr geredet als mit ihr in einem ganzen Monat. Kein Wunder, dass sie ihn schließlich enterbt hat!«

»Freuen Sie sich nicht zu früh!«, warnte Thies. »Ein Testament kann immer noch angefochten werden.«

»Von wem denn? Herr Wögens ist doch tot.«

»Es gibt eine gesetzliche Erbfolge erster, zweiter und dritter Ordnung«, schaltete Lorenzen sich ein. »Aber das führt hier alles zu weit. Mein Mandant ist schließlich hier, um sich zu den Tatvorwürfen zu äußern.«

»Richtig! Aber bevor wir dazu kommen, habe ich noch eine Bitte.« Thies nahm ein Blatt Papier aus der Akte, drehte es um und schob es Jakub Wiśniewski über den Tisch zu. »Schreiben Sie für mich auf, wo überall in Frau Ebsens Haus Sie gewesen sind, was Sie angefasst und was Sie verändert haben.«

»Auf keinen Fall wird mein Mandant sich selbst belasten!« Lorenzen klang regelrecht empört.

Für Thies wurde es Zeit, das Ass in seinem Ärmel auszuspielen. »Der Staatsanwalt ist nicht wirklich an Ihrem Einbruchsversuch interessiert. Ihm geht es darum, schnellstmöglich die drei Tötungsdelikte aufzuklären. Wenn Sie alles wahrheitsgemäß niederschreiben, wird er keine Untersuchungshaft für Sie beantragen und auch keine Anklage gegen Sie erheben. Also, was meinen Sie?«

Jakub Wiśniewski streckte den Arm aus. »Her mit dem Stift!«

Kapitel 21

GRETA

Genervt starrte Hauptkommissarin Greta Jensen, die am Empfang der Wyker Polizeistation hinter dem Tresen saß, ihren Besucher an. Enno Arfsten war Ende dreißig, trug eine randlose Brille und war in Begleitung seines zwölfjährigen Sohnes Hayo erschienen. Dieser spielte an seinem Smartphone und hatte bislang noch kein einziges Mal aufgesehen.

»Ist das wirklich Ihr Ernst, Herr Arfsten?«, fragte Greta. »Wir haben hier gerade deutlich ernstere Probleme, um die wir uns kümmern müssen.«

Der Angesprochene hob drohend den Zeigefinger. »Sie sind gesetzlich verpflichtet, meine Strafanzeige aufzunehmen. Ich habe dasselbe Recht auf den Schutz der Polizei wie jeder andere.«

»Sie brauchen also unseren Schutz?« Abwehrend

verschränkte sie die Arme vor der Brust. »Eben haben Sie noch gesagt, dass es um Ihren Sohn geht. Wer von Ihnen beiden ist denn nun das Stalkingopfer?«

»Hayo.« Er nickte in Richtung des blonden Jungen, dem sein langer Pony bis über die Augen hing. »Er ist total traumatisiert und hat kein einziges Wort mehr gesprochen, seitdem diese Frau ...«

»Sie meinen seine Oma?«

»... seitdem diese Frau ihm aufgelauert hat.« Arfstens Stimme zitterte vor Empörung. »Nicht mal auf seinem eigenen Grundstück kann man sich noch sicher fühlen.«

»Stimmt das, Hayo?«, fragte Greta den Jungen, der aber nicht reagierte. »Hat deine Oma dir in eurem Garten aufgelauert?«

»Bitte sagen Sie nicht das O-Wort!«, bat Enno Arfsten. »Wir versuchen gerade, es Hayo abzugewöhnen.«

Greta verkniff sich ein Augenrollen. Es gab durchaus Momente, in denen sie sich ein eigenes Kind wünschte. Aber dieser war keiner davon. »Hayooo!« Sie hob die Stimme.

Immer noch keine Reaktion.

»Hayo, was genau hat deine Großmutter in eurem Garten gemacht?«

Arfsten beugte sich über den Tresen. »Das G-Wort verwenden wir auch nicht. Sagen Sie bitte Frau Knudsen.«

Allmählich wurde es Greta zu bunt. Sie zog die Augenbrauen hoch, während ihr linker Mundwinkel sich spöttisch nach oben bog. »Siezt Ihr Sohn seine Oma etwa?«

»Noch nicht. Aber wir – also Hayos Mutter und ich

– wollen ihm das mit der Oma abgewöhnen. Die Frau gehört nicht mehr zu unserer Familie.«

Nun reichte es Greta endgültig. »Hayooo!« Dieses Mal war sie laut genug, um im gesamten Gebäude gehört zu werden.

Endlich sah Hayo von seinem Smartphone auf. »Was ist?«

»Bist du schwer traumatisiert?«

»Nö.« Er beugte sich schon wieder über sein Handy und tippte mit den Daumen auf dem Display herum.

»Was hat deine Oma heute bei euch im Garten gemacht?«

»Sie hat an der Tür geklingelt«, erwiderte er.

»Sie hat dir nicht aufgelauert?«, hakte Greta nach.

»Doch!«, behauptete Arfsten. »Hayo traut sich nur nicht, das zu sagen. Die Umgebung hier schüchtert ihn ein.«

Greta atmete einmal tief durch. »Was wollte deine Oma denn?«

»Frau Knudsen«, korrigierte Hayos Vater sie mit einem Stirnrunzeln. »Ich habe Ihnen doch erklärt, dass wir das O-Wort nicht benutzen.«

»Sie wollte mir ein Weihnachtsgeschenk geben«, antwortete Hayo, während er weiterhin auf das Smartphone starrte. »Aber Papa hat es verboten.«

»Du meinst Herrn Arfsten – nicht wahr?« Sie wandte sich an Hayos Vater. »Ich wollte nur das P-Wort vermeiden.«

An Enno Arfstens Hals zeigten sich rote Flecken. »Sie halten sich wohl für lustig – was?«

»Ohne Humor kann man das hier wirklich nicht

ertragen«, murmelte Greta. Lauter sprach sie weiter: »Herr Arfsten, wenn Sie Ihre und meine Zeit verschwenden möchten, kann ich Ihre Anzeige aufnehmen. Ich sage Ihnen aber jetzt schon, dass das Verfahren – nach allem, was Sie und Ihr Sohn hier ausgesagt haben – gleich wieder eingestellt wird. Der Straftatbestand des Stalkings ist nicht einmal ansatzweise gegeben.«

»Das überlassen Sie doch wohl besser dem Richter.«

»Der wird sich gar nicht erst damit befassen, wenn der Staatsanwalt schon abwinkt. Aber wie Sie meinen.« Sie trat vom Empfangstresen zurück und setzte sich an den Schreibtisch dahinter, auf dem ein Computer stand. »Dann diktieren Sie mir bitte Ihre Daten für die Anzeige.«

Eine halbe Stunde später verließen Hayo und Enno Arfsten endlich die Polizeistation. Vor Erleichterung seufzte Greta auf. Hoffentlich sah sie diesen Mann nie wieder!

Sie funkte Udo an, der mit einer Kollegin Streife fuhr. »Tut mir leid, dass ich störe. Habt ihr gerade viel zu tun?«

»Nein, keine Sorge! Wir haben vorhin einer Gruppe Halbstarker ihre Feuerwerksraketen abgenommen, aber sonst war nichts los.«

»Dann tu mir bitte einen Gefallen und schau bei Tabea Knudsen vorbei. Ihr Ex-Schwiegersohn war vorhin hier und hat sie wegen Stalkings anzeigt. Dabei wollte sie nur ihrem Enkel ein verspätetes Weihnachtsgeschenk geben.«

»Wie bitte?«

»Der Mann ist nicht ganz dicht!«, bemerkte Greta. »Ich hab noch versucht, ihm die Anzeige auszureden, aber keine Chance!«

»Und was erwartest du jetzt von mir?«, fragte Udo. »Soll ich ernsthaft Frau Knudsen besuchen, um ihr zu sagen, dass sie ihrem Enkelkind nichts zu Weihnachten schenken darf?«

»Natürlich nicht! Wir lassen uns von einem Typen wie Arfsten doch nicht instrumentalisieren.« Sie wanderte hinter dem Empfangstresen auf und ab. »Ich mache mir Sorgen um die arme Frau. Ihre Tochter hat sich vor einigen Monaten das Leben genommen, weil der Ex-Mann ihr den gemeinsamen Sohn entfremdet hat. Seitdem ist auch der Kontakt zwischen Frau Knudsen und ihrem Enkel abgebrochen. Frau Knudsen ist verwitwet und lebt allein. Ich habe gehört, dass sie unter Depressionen leidet. Besser, wir bereiten sie darauf vor, dass sie bald Post von der Staatsanwaltschaft bekommt. Fahr bitte zu ihr und tröste sie ein bisschen. Du bist schließlich unser Sonnenschein im Team. Und nach den Todesnachrichten und Tötungsdelikten hast du es dir mehr als verdient, endlich mal wieder das zu tun, was du an unserem Job am meisten liebst.«

»Danke!« Deutlich hörte sie das Lächeln aus seiner Stimme heraus.

»Gern geschehen«, erwiderte Greta. »Ich hab übrigens gerade die Schriftproben zum Abgleich für das grafologische Gutachten rausgeschickt. Eigentlich könnten wir uns den Aufwand sparen. Man sieht auch so, dass die Handschrift von Natalia Wiśniewski mit der aus dem Testament identisch ist.«

Udo pfiff durch die Zähne. »Dann hat sie also tatsächlich eine Urkundenfälschung begangen. Das gibt bis zu fünf Jahre Freiheitsstrafe, wenn ich mich richtig erinnere.«

»Im schlimmsten Fall ja. Und sollte ein echtes Testament auftauchen, in dem Frau Wiśniewski bedacht wurde, könnte sie für erbunwürdig erklärt werden. Aber das hat sie sich selbst zuzuschreiben.«

»Glaubst du, dass sie tatsächlich drei Morde begangen hat, um das Erbe zu kassieren?«

»Keine Ahnung! Es geht auf jeden Fall um eine Menge Geld. Allein das Haus samt Grundstück dürfte mindestens eine Million Euro wert sein. Hinzu kommen noch die Felder und die landwirtschaftlichen Maschinen. Gut möglich, dass die Aussicht auf schnellen Reichtum Natalia Wiśniewski in Versuchung geführt hat.«

»Oder sie hat nach dem Tod ihrer Arbeitgeber nur eine günstige Gelegenheit erkannt, sich zu Reichtum zu verhelfen, und hat mit den Morden selbst gar nichts zu tun«, bemerkte Udo.

»Sobald wir Frau Wiśniewski mit dem Gutachten eine Urkundenfälschung nachweisen und sie erkennungsdienstlich behandeln können, kommt hoffentlich Bewegung in die Ermittlungen«, sagte Greta.

»Das hoffe ich auch«, entgegnete Udo. »Ich mache mich dann mal auf den Weg zu Frau Knudsen. Bis später!«

»Bis später! Und danke, dass dir die Menschen so am Herzen liegen! Du bist genau aus den richtigen Gründen

Polizist geworden und ich bin froh, dich in meinem Team zu haben.«

UDO

Udo ließ sich von seiner Kollegin mit dem Streifenwagen in Oldsum vor dem Haus von Tabea Knudsen absetzen. Der Vorgarten und das Satteldach des kleinen Nachkriegshauses wurden von einer dicken Schneeschicht bedeckt. Trotzdem erkannte Udo auf Anhieb, dass Haus und Garten schon eine ganze Weile vernachlässigt wurden. Ungemähte Grashalme ragten aus dem Schnee hervor und die Fensterscheiben waren so verschmutzt, dass sie kaum noch einen Blick ins Innere des Hauses ermöglichten.

Vorsichtig stapfte Udo auf dem ungeräumten Gehweg zur Haustür und klingelte. Lange rührte sich nichts. Womöglich war Tabea Knudsen gar nicht zu Hause. Probehalber drückte er ein zweites Mal auf den Klingelknopf.

Als er schon aufgeben wollte, wurde ihm doch noch geöffnet. Die Frau, die vor ihm stand, erinnerte ihn an das Phantom der Oper aus dem gleichnamigen Musical. Dicke Brandnarben entstellten die linke Hälfte ihres Gesichts und setzten sich bis zum Rundhalsausschnitt ihres Strickpullovers fort. Die mit grauen Strähnen durchzogenen Haare waren lange nicht geschnitten worden und unter ihren glanzlosen Augen lagen dunkle Schatten.

»Moin!« Udo zückte seinen Dienstausweis und hielt ihn ihr unter die Nase. »Ich bin Kommissar Udo Harksen von der Polizeistation in Wyk. Ich würde gern mit Ihnen sprechen. Darf ich kurz reinkommen?«

Tabea Knudsen musterte ihn eindringlich. »Ist jemand gestorben? Wollen Sie mir eine Todesnachricht überbringen?«

»Nein, keine Sorge! So schlimm ist es nicht.«

»Bei meiner Tochter ist damals Ihre Kollegin, Frau Jensen, vorbeigekommen. Sie hatte sogar noch eine Pastorin dabei. Aber ich habe meinen Glauben schon vor einer Weile verloren. Es gibt einfach zu viel Schlechtes auf der Welt.«

»Es ist niemand gestorben. Ich möchte nur mit Ihnen reden.« Nervös verlagerte Udo sein Gewicht von einem Fuß auf den anderen. Es gefiel ihm gar nicht, draußen auf der Schwelle zu stehen. Wenn Frau Knudsen ihn loswerden wollte, brauchte sie nur die Haustür vor seiner Nase zuzuschlagen. »Können wir uns drinnen in Ruhe unterhalten?«, bat er.

Nach kurzem Zögern machte sie Platz und ging voraus in Richtung Wohnzimmer. Udo nahm seine Mütze ab und folgte ihr. Neugierig sah er sich um. Der Raum war lange nicht geputzt worden. Auf allen Möbelstücken lag eine Staubschicht. Nur einige gerahmte Fotos und der Fernseher schienen erst vor Kurzem abgewischt worden zu sein.

»Nehmen Sie Platz!« Einladend deutete Tabea Knudsen auf ihre fleckige Couch.

»Danke!« Udo setzte sich neben Frau Knudsen und behielt die Mütze im Schoß. Er bemühte sich, nicht auf das benutzte Geschirr zu starren, das sich auf dem Couchtisch stapelte. Es war offensichtlich, dass Tabea Knudsen sich in keiner guten Verfassung befand. Udo musste beim Überbringen seiner Nachricht äußerst behutsam vorgehen, um ihren Zustand nicht noch weiter zu verschlimmern.

Nervös knetete er die Uniformmütze zwischen seinen Fingern. »Sie fragen sich bestimmt, worüber ich mit Ihnen sprechen möchte. Es geht um Ihren Enkel Hayo Arfsten.«

»Wirklich?« Ihre Stimme zitterte. »Kann ich ihn endlich sehen? Ich habe ja schon lange gesagt, dass die Polizei da was unternehmen muss. Aber die Mitarbeiterin vom Jugendamt hat mich immer abgewiesen und gesagt, sie will Hayo zu nichts zwingen. Nicht mal zur Beerdigung seiner Mutter ist er gekommen.«

Ein dicker Kloß steckte Udo im Hals. Das hier war schlimm – beinahe so schlimm, wie eine Todesnachricht zu überbringen. Wie hatte er nur glauben können, dass sein Besuch Tabea Knudsen aufheitern würde?

Er räusperte sich. »Es tut mir sehr leid, aber ich habe keine gute Nachricht für Sie. Tatsächlich ist es so, dass …« Sein Handy klingelte im denkbar ungünstigsten Moment.

»Augenblick bitte.« Er zog es aus der Hosentasche und sah auf das Display. Der Anruf kam von Staatsanwalt Broder Jacobsen. Den konnte er nicht ignorieren. Er wusste nicht, ob er erleichtert oder enttäuscht über den erzwungenen Aufschub sein sollte. »Da muss ich rangehen. Sekunde.«

Er stand auf und brachte etwas Abstand zwischen sich und Tabea Knudsen, die ihn nicht aus den Augen ließ. »Moin! Udo Harksen hier«, grüßte er. »Was gibts?«

»Sind Sie schon bei Frau Knudsen?«, fragte Jacobsen mit gesenkter Stimme. »Antworten Sie nur mit Ja oder Nein!«

»Ja.«

»Und befindet Frau Knudsen sich mit bei Ihnen im Raum? Nur Ja oder Nein!«

Udos Nackenhaare stellten sich auf. Hier stimmte etwas nicht.

»Ja oder nein?« Der Tonfall des Staatsanwalts klang drängend.

»Ja.« Udos Mund fühlte sich plötzlich trocken an.

»Hören Sie mir jetzt ganz genau zu und lassen Sie sich bloß nichts anmerken!«, warnte Jacobsen. »Ich besorge so schnell wie möglich einen Durchsuchungsbeschluss für Frau Knudsens Haus und schicke ein Team zu Ihnen. Halten Sie sie solange hin. Haben Sie ihr schon von der Strafanzeige erzählt?«

»Nein«, presste Udo hervor. Er bildete sich ein, Tabea Knudsens prüfenden Blick in seinem Rücken zu spüren.

»Dann sagen Sie ihr auch nichts. Regen Sie sie auf keinen Fall auf. Notfalls denken Sie sich eine Geschichte aus, um die Zeit zu überbrücken. Wenn wir losfahren, schicke ich Ihnen eine SMS. Hat Frau Knudsen Ihnen etwas zu essen oder zu trinken angeboten?«

»Nein.« Bittere Galle stieg seinen Hals empor.

»Sehr gut!« Jacobsen hörte sich erleichtert an. »Rühren Sie keine Lebensmittel in diesem Haushalt an – unter keinen Umständen! Und sorgen Sie dafür, dass

Frau Knudsen ihr Haus nicht verlässt. Halten Sie durch! Wir kommen so schnell wie möglich.« Im nächsten Moment hatte er auch schon aufgelegt.

Udo wischte seine schweißfeuchten Finger an der Hose ab und zwang sich zu einem Lächeln, bevor er sich wieder zu Tabea Knudsen umdrehte.

»Alles in Ordnung?«, fragte sie.

»Alles bestens!«, log er. »Wollen wir weitermachen?«

Kapitel 22

BRODER – eine Stunde zuvor

Staatsanwalt Broder Jacobsen stand am Getränkeautomaten des Fitnesscenters und probierte einen isotonischen Drink, der nach Orangensaft schmeckte. Vorhin hatte der Betreiber des Centers auf der Polizeistation angerufen und gesagt, dass eine Teilnehmerin des Power-Pilates-Kurses, der gestern wieder stattgefunden hatte, eine Zeugenaussage machen wollte.

Broder hatte nicht selbst mit dem Mann gesprochen. Deshalb überflog er nun die Telefonnotiz, die er mit dem Handy abfotografiert hatte. Die Zeugin hieß Deda Nissen, war fünfundzwanzig Jahre alt, wohnhaft in Wyk und von Beruf Steuerfachangestellte.

Eine Frau in schwarzen Leggins, mit blonder Lockenmähne und im Solarium gebräunter Haut kam auf ihn zu. »Sind Sie Herr Jacobsen?«

»Der bin ich. Moin, Frau Nissen!« Er schüttelte ihr die Hand. »Vielen Dank, dass Sie sich bei uns gemeldet haben!«

»Das ist doch selbstverständlich«, erwiderte sie. »Wir stehen hier alle unter Schock. Ich schließe meine Sachen jetzt immer im Spind ein. Die anderen machen das auch. Niemand traut sich mehr, irgendwo eine Tasche abzustellen. Das schlägt echt auf die Stimmung. Hoffentlich fassen Sie den Verantwortlichen bald!«

»Das hoffe ich auch.« Broder musterte sie. »Ist es für Sie in Ordnung, wenn wir uns hier unterhalten?«

»Ja, natürlich. Heute ist ohnehin nicht viel los. Ab übermorgen ändert sich das erst mal. Im Januar haben wir die Bude immer voll, weil alle ihre Neujahrsvorsätze einhalten wollen – wenigstens so bis Anfang Februar.«

Ihr Kommentar entlockte ihm ein Schmunzeln. Doch gleich darauf wurde er wieder ernst. »Sie haben Ihrer Pilates-Trainerin erzählt, dass Sie letzte Woche während des Kurses jemand Verdächtiges beobachtet haben.«

Sie nickte. »Ich hab mich nach zehn Minuten aus dem Kursraum geschlichen, weil ich dringend einen Damenhygieneartikel brauchte. Als ich meine Tasche aus der Gruppenumkleide holen wollte, war da diese komische Frau. Sie hat sich an einem Rucksack zu schaffen gemacht. Ich dachte, das wäre ihrer, und hab das Ganze gleich wieder vergessen. Bis unsere Trainerin gestern der Gruppe Ihren Zeugenaufruf vorgelesen hat. Da ist es mir wieder eingefallen.«

»Konnten Sie erkennen, was genau die Frau aus dem Rucksack herausgenommen hat?«, fragte Broder.

»Leider nicht«, erwiderte Deda Nissen. »Aber ich hab den Rucksack auf dem Foto mit Ihrem Aufruf sofort wiedererkannt. Diese Frau war eindeutig an den Sachen von Dietje Ebsen. Ich hätte gleich stutzig werden sollen, als sie bei meinem Eintreten zusammengezuckt ist.«

Broder nippte an seinem Getränk. »Können Sie die Frau beschreiben? Was genau meinen Sie damit, wenn Sie sie als *komisch* bezeichnen?«

»Nun ja.« Frau Nissen zeichnete mit dem Finger unsichtbare Linien auf den Getränkeautomaten. »Sie hatte sich massenhaft Make-up ins Gesicht geklatscht. Aber die Haut darunter sah trotzdem furchtbar aus – ganz uneben und wulstig. Ihre graubraunen Haare waren stumpf und sie wirkte abgemagert. Die Frau sah ernsthaft krank aus. Ich habe mich gewundert, was sie in ihrem Zustand überhaupt hier wollte.«

»Haben Sie diese Frau vorher schon mal hier gesehen?«, fragte er. »Kennen Sie vielleicht ihren Namen? Auch ein Vorname würde mir schon weiterhelfen.«

»Nein, tut mir leid. Ich bin selbst erst seit zwei Monaten Mitglied und kenne hier noch nicht so viele Gesichter. Aber diese ungepflegte Frau wäre mir bestimmt aufgefallen. Im Power-Pilates-Kurs war sie jedenfalls noch nie. Und ich habe sie weder vor unserem Kurs noch danach im Kraftraum oder an den Warm-up-Geräten gesehen. Deshalb glaube ich, dass sie gar nicht trainiert hat. Wozu ist sie dann überhaupt hergekommen? Ist doch komisch – oder?«

»Das finde ich auch.« Broder stellte sein Getränk ab

und rief auf dem Smartphone einen Bilderordner auf, den er extra vorbereitet hatte. Darin waren Fotos aller Personen enthalten, die Mitglieder im Fitnesscenter waren und in den Ermittlungen zu den drei Tötungsdelikten eine Rolle gespielt hatten.

Er reichte ihr das Handy. »Bitte schauen Sie sich diese Fotos sorgfältig an und sagen Sie mir, ob Sie die Frau aus der Umkleide auf einem davon wiedererkennen.«

Sie klickte sich in der Galerieansicht zügig durch den Bilderordner. Bei einer Aufnahme hielt sie inne und runzelte konzentriert die Stirn. »Das Gesicht sieht ohne Make-up noch schlimmer aus. Deshalb musste ich zweimal hinsehen.«

Als Deda Nissen Broder sein Smartphone zurückgab, hatte sie ein Foto von Tabea Knudsen aufgerufen.

Broders Magen verkrampfte sich. Diese Frau war eine enge Freundin seiner Mutter. Die beiden hatten sich in der Trauergruppe ihr Innerstes offenbart. Sogar Weihnachten hatte Tabea Knudsen im Kreis von Broders Familie gefeiert.

Er schluckte schwer. »Wie sicher sind Sie sich?«

Frau Nissen erwiderte seinen Blick. »Zu neunundneunzig Prozent. Das ist sie.«

UDO

Tabea Knudsen musterte Udo von der Couch im Wohnzimmer aus mit einem Gesichtsausdruck, den er nicht zu deuten vermochte. »Was ist nun mit Hayo?«, fragte sie. »Sie sagten, dass Sie keine guten Nachrichten für mich haben. Was genau meinen Sie damit?«

Er drehte die Mütze zwischen seinen Fingern, damit sie das Zittern seiner Hände nicht bemerkte. Kalter Schweiß trat ihm auf die Stirn. Wenn er Broder Jacobsen nicht völlig missverstanden hatte, sah er sich einer Dreifachmörderin gegenüber. Auch wenn er deutlich größer, stärker und jünger war als Tabea Knudsen, gruselte ihn allein bei der Vorstellung.

»Sie wirken abwesend. Möchten Sie einen Kaffee, um Ihren Kreislauf wieder in Schwung zu bringen?« Frau Knudsen erhob sich schwerfällig. »Ich koche uns welchen.«

»Nicht nötig. Danke!« Udo merkte selbst, dass seine Stimme gepresst klang. Obwohl er lieber stehen geblieben wäre, setzte er sich wieder zu ihr auf die Couch. »Hayos Vater war vorhin bei uns. Er hat erzählt, dass Sie Ihrem Enkel ein Weihnachtsgeschenk vorbeigebracht haben.«

»Ich habe es versucht«, stellte sie klar. »Aber Enno, mein Ex-Schwiegersohn, hat das nicht zugelassen. Am Ende musste ich es wieder mitnehmen.«

»Das tut mir leid. Das alles muss sehr schwer für Sie sein.« Der Satz kam Udo erstaunlich leicht über die Lippen. Ganz gleich, was Tabea Knudsen auch für schreckliche Dinge getan haben mochte, ihr Schicksal war trotzdem bemitleidenswert.

Sie berührte die Narben an ihrem Hals mit den Fingerspitzen. »Er hat mich als hässliches Monster beschimpft. Die Ironie daran ist, dass in Wahrheit *er* das Monster ist. Das erkennt nur leider niemand.« Ihre

Augen schimmerten feucht. »Enno kann sich vor Gericht gut verkaufen. Und die Frau vom Jugendamt ist total begeistert, was für ein toller, engagierter Vater er ist. Von wegen! Das ist alles nur Show.«

»Manche Menschen haben eben zwei Gesichter«, bemerkte Udo leise. Ganz besonders traf dies auf Tabea Knudsen selbst zu.

»Wissen Sie, was er gesagt hat, nachdem meine Tochter sich das Leben genommen hat? Dass es für Hayo besser sei, keine Mutter zu haben als eine psychisch kranke. Und dass seine Frau Stine jetzt Hayos neue Mutter wird. Nicht mal sein Beileid hat er mir ausgesprochen – nicht, dass ich zu diesem Zeitpunkt noch Wert darauf gelegt hätte.«

Udo war dankbar dafür, dass er saß, denn seine Beine fühlten sich zittrig an. Er schwitzte und sein Puls pochte laut im linken Ohr.

»Ich wünschte, die anderen würden Enno Arfsten einmal so erleben, wie er wirklich ist«, fuhr Tabea Knudsen fort. »Aber wer gibt sich schon die Mühe, hinter die Fassade zu blicken? Nein, dieser Mann ist bisher mit allem davongekommen. Er soll endlich für seine Taten bezahlen!«

»Sie meinen so wie Viebeke und Jasper Wögens?«, fragte Udo.

Ihre Augen weiteten sich. »Was wollen Sie damit sagen?«

»Na, jemand hat doch wohl das Gesetz in die eigene Hand genommen und die beiden für das Feuer auf dem Reiterhof bestraft. Als Polizist kann ich das auf keinen Fall gutheißen.«

»Natürlich nicht!«

Udo betrachtete die Flecken im Polster der Couch. Wie lange es wohl her war, dass Tabea Knudsen aufgegeben hatte? Den Versuch, Ordnung und Sauberkeit aufrechtzuerhalten. Gesund zu bleiben und sich selbst zu pflegen. Oder auch nur von besseren Zeiten zu träumen.

»Das Schlimmste daran ist, dass diese Rache auch Unschuldige getroffen hat«, bemerkte er. »Zum Beispiel die Besucher des Adventsmarktes.«

»Ja, das war ein schreckliches Unglück!«, stimmte sie zu. »Gott sei Dank ist keiner von ihnen gestorben!«

»Jasper Wögens ist tot.« Udo musterte Tabea Knudsen von der Seite.

»Wieso sollte er unschuldig sein? Er hat doch den Stall angezündet. Seinetwegen sind so viele wunderbare Pferde verbannt. Seinetwegen …« Sie berührte die Narbenwülste auf ihrer linken Wange.

Udo schüttelte den Kopf. »Das Feuer hat seine Mutter gelegt. Jasper Wögens ist ihr nur gefolgt, um sie aufzuhalten.«

»Was?« Sie krallte die Finger ins fleckige Polster. »Nein! Sie müssen sich irren!«

»Er wollte frei sein von seiner toxischen Mutter. Vermutlich ganz ähnlich wie Ihre Tochter damals von ihrem Mann. Aber Viebeke Wögens hat Jasper nicht gehen lassen. Hat ihn mit einem falschen Alibi vor der Haft bewahrt, aber gleichzeitig ihr eigenes Gefängnis für ihn errichtet.«

»Nein! Das kann ich nicht glauben.« Frau Knudsens Stimme bebte.

»Gerechtigkeit auszuüben, ist gar nicht so einfach.

Deshalb sollte man diese Aufgabe auch der Polizei und den Richtern überlassen«, sagte Udo leise. Die irrationale Angst, die Tabea Knudsen eben noch bei ihm ausgelöst hatte, verflüchtigte sich. Stattdessen empfand er beinahe so etwas wie Mitleid.

Schon vorhin hatte Tabea Knudsen elend ausgesehen. Nun wirkte sie um Jahre gealtert. »Ermittler machen auch Fehler«, sagte sie. »Und viele Gesetze sind ungerecht. Zum Beispiel werden Tiere im Strafrecht wie Sachen behandelt, obwohl sie fühlende Lebewesen sind.«

»Sie denken an Ihre Stute? Und an Luna, die Hündin von Frau Waldeck.«

»Ja, das tue ich. Nach allem, was Dietje Ebsen ihr angetan hat, war Frauke trotzdem gezwungen, Tür an Tür mit ihr zu wohnen. Die Ermittlungen damals waren ein Witz. Wäre stattdessen ein Mensch vergiftet worden, hätte die Polizei ihre Arbeit gemacht.« Frau Knudsens Tonfall klang bitter. »Sieht man ja an Ihren aktuellen Fällen.«

»Noch haben wir deswegen niemanden festgenommen.« Udo musterte sie von der Seite. »Aber es ist wohl nur noch eine Frage der Zeit.«

»Kann ich mir vorstellen.«

Er räusperte sich. »Denken Sie, dass die Person, die dafür verantwortlich ist, ihre Taten bereut?«

Sie zuckte mit den Schultern. »Schwer zu sagen. Wer innerlich schon gestorben ist, der kann nichts mehr empfinden – auch keine Reue.«

»Was ist mit Ihnen?«, fragte Udo. »Was fühlen Sie jetzt gerade?«

»Leere.« Tabea Knudsen wandte sich zu ihm um.

»Die meiste Zeit komme ich mir vor wie ein schwarzes Loch, das alle Fröhlichkeit aufsaugt, bis nichts mehr übrig ist.«

Er schlug die Beine übereinander. »Ist da wirklich nichts anderes? Kein einziger Wunsch oder Traum?«

Sie zögerte. Ein Schatten huschte über ihr Gesicht – dann der Anflug eines Lächelns. »Einen Wunsch habe ich noch, bevor ich sterbe. Ich möchte Hayo ein letztes Mal sehen. Ich will ihn umarmen, ihn noch einmal an mich drücken.« Tränen liefen ihre Wangen herab und tropften ihr vom Kinn. »Wenigstens sein Weihnachtsgeschenk und die Karte möchte ich ihm noch geben, damit er seine Oma nicht ganz vergisst.«

Udo blinzelte eine Träne weg, die sich in sein Auge verirrt hatte. Einer Mörderin durfte er nicht helfen – aber einer Großmutter, die sich nach ihrem Enkelkind sehnte, schon. Genau dafür war er Polizist geworden.

Er räusperte sich. »Das Wichtigste habe ich vorhin vergessen zu erwähnen. Ich habe einen ganz guten Draht zu den Mitarbeiterinnen des hiesigen Jugendamtes. Zwar kann ich noch nicht versprechen, wann und wie, aber ich werde dafür sorgen, dass Hayo sein Geschenk von Ihnen bekommt.«

»Das würden Sie für mich tun?« Ihr Tonfall klang ungläubig.

Udo nickte. »Und für Hayo. Aber wir sollten uns ein wenig beeilen. Können Sie es jetzt holen?«

Tabea Knudsen schniefte und erhob sich von der Couch. »Natürlich!« Sie musterte ihn aus feuchten Augen, deren sehnsuchtsvoller Ausdruck ihn beinahe die

Narben in ihrem Gesicht vergessen ließ. »Danke! Sie sind ein guter Mensch.«

Während sie das Wohnzimmer verließ und die Treppe zum ersten Stock hinaufstieg, vibrierte Udos Smartphone. Eine Benachrichtigung poppte auf. Udo tippte auf die Textnachricht, die von Broder Jacobsen stammte: *Wir sind in fünf Minuten bei Ihnen. Gleich haben Sie es überstanden.*

Kapitel 23

BRODER

Das alte Jahr würde in wenigen Stunden enden – und mit ihm hoffentlich auch die Mordserie, die Föhr zwischen dem vierten Advent und Silvester erschüttert hatte. Broder schlenderte mit Lina durch die Wyker Innenstadt und erfreute sich noch einmal an der Weihnachtsdekoration, bevor diese entfernt wurde.In der Fußgängerzone standen mit roten Schleifen und Kugeln geschmückte Tannenbäume und über die schmaleren Seitengassen waren Lichterketten gespannt worden.

Broder hielt eine Tüte mit Pfeffernüssen, die sein Vater ihm vorhin in die Hand gedrückt hatte, als Broder und Lina im Friesenstübchen vorbeigeschaut hatten. Im Gehen griff Lina in die Tüte und schob sich eine Pfeffernuss in den Mund. »Niemand backt so gut wie dein Vater.«

Auch Broder kaute auf einer Pfeffernuss herum, deren saftiger Teig nach Lebkuchen und Ingwer schmeckte. »In diesem Jahr war mir der Appetit auf Weihnachtsplätzchen eigentlich gründlich vergangen. Aber nun, da Tabea Knudsen festgenommen wurde, kann ich sie wieder genießen.«

»Wer hat denn nun eigentlich eure Wette gewonnen?«, fragte Lina.

»Keiner. Es hat niemand auf die richtige Täterin getippt. Das bedeutet, heute Abend zahlt jeder seine Getränke selbst. Aber wir wollen trotzdem auf den gelösten Fall anstoßen.«

»Dann wünsche ich euch viel Spaß!«

»Danke.«

Sie kamen am Filmtheater vorbei, für das Lina Broder zu Weihnachten einen Gutschein geschenkt hatte. »Wenn ich Ostern wieder zu Besuch komme, sehen wir uns dann einen Film an?«, fragte er.

Lina lächelte. »Darauf kannst du dich verlassen. Ich schwänze übrigens heute die Feier mit meinen Kollegen vom Tourismusbüro und treffe mich stattdessen mit der Trauergruppe.«

»Ihr feiert gemeinsam Silvester?«, fragte Broder überrascht.

»Ursprünglich hatten wir das gar nicht vor. Aber nach dieser schrecklichen Geschichte mit Tabea ist niemandem von uns nach Party zumute. Wir setzen uns einfach ein bisschen zusammen, essen Raclette und

Berliner und gucken uns *Dinner for One* im Fernsehen an.«

»Klingt nach einem guten Plan. Kommt meine Mutter auch?«

»Ich glaube nicht. Soweit ich weiß, möchte sie deinen Vater nicht alleinlassen. Für ihn sind diese Feiern ohne Arne schließlich auch nicht einfach.«

»Ich weiß.« Wieder einmal zwickte Broder sein Gewissen, weil er sich nach seinem Umzug aufs Festland viel zu selten Gedanken darüber gemacht hatte, wie es seinen Eltern erging.

Lina blieb vor einem Optiker stehen, in dessen Schaufenster eine Modelleisenbahn Brillen und weihnachtliche Etuis umkurvte. »Ich könnte fürs neue Jahr etwas Glück gebrauchen. Was ist mit dir?«

Broder sah ihr tief in die Augen und spürte, wie sich sein Herzschlag beschleunigte. »Ich hatte dieses Jahr schon großes Glück. Mehr kann ich mir eigentlich nicht wünschen.«

Sie lächelte. »Lass uns trotzdem die Schornsteinfeger suchen!«

»In Ordnung.« Mit der freien Hand kramte er sein Smartphone hervor und rief eine Föhrgruppe auf Facebook auf. Wie erhofft hatten dort mehrere Nutzer Fotos von sich und den Schornsteinfegern geteilt, die an Silvester über die Insel liefen, um den Einwohnern Glück zu bringen. »Sieht aus, als wären sie gerade in der Mittelstraße unterwegs«, bemerkte Broder. Diese ging auf Höhe des Gezeitenbrunnes vom Sandwall ab.

Gemeinsam schlenderten Lina und Broder durch die

Fußgängerzone in Richtung des Fähranlegers. »Wann kehrst du eigentlich nach Flensburg zurück?«, fragte Lina. »Gleich nach Neujahr?«

»Vermutlich ja.« Der Gedanke, sich schon so bald von ihr zu verabschieden, versetzte Broder einen Stich. »Ich bin ohnehin viel länger geblieben als geplant.«

»Und war es so schlimm, wie du befürchtet hast?«

»Was meinst du?«

»Weihnachten auf Föhr zu verbringen – zum ersten Mal ohne Arne.«

Er ließ sich mit seiner Antwort Zeit. »Es war anders. Ungewohnt. Und es gab Momente, die schmerzhaft waren. Aber alles in allem habe ich meinen Aufenthalt hier genossen.«

Sie kamen an einem Modeladen vorbei, dessen Schaufenster mit einem Holzschlitten und Kunstschnee dekoriert worden war. Lina verlangsamte ihre Schritte. »Gerade wünschte ich mir, dass ich die Zeit anhalten könnte. Wenigstens für eine Weile.«

Das wünsche ich mir auch. Der Satz lag Broder auf der Zunge, kam ihm aber nicht über die Lippen. Stattdessen sagte er: »Was mich wurmt, ist, dass wir das Atropin noch nicht gefunden haben. Unsere Leute haben das ganze Haus von Tabea Knudsen auf den Kopf gestellt. Aber Fehlanzeige!«

»Und sie verrät euch das Versteck nicht?«, fragte Lina.

»Leider nicht. Frau Knudsens Anwalt hat ihr geraten, von ihrem Schweigerecht Gebrauch zu machen. Und daran hält sie sich.« Broder hielt Lina die Tüte mit den Pfeffernüssen hin.

»Danke!« Sie griff hinein. »Ich verstehe, dass du beruhigter wärst, wenn ihr das Gift als Beweismittel hättet. Aber Tabea befindet sich in Untersuchungshaft. Sie kann so oder so nichts mehr anrichten.«

Er vergrub die freie Hand in seiner Jackentasche. Es war immer noch kühl, aber nicht mehr so eisig kalt wie in den vergangenen Tagen. Der gefallene Schnee begann bereits zu schmelzen. »Du kennst Frau Knudsen durch die Trauergruppe ja schon eine Weile. Hättest du ihr diese Giftmorde zugetraut?«

Lina zögerte. »Spontan hätte ich Nein gesagt, aber je länger ich darüber nachdenke …«

Sie erreichten die Mittelstraße und bogen nach links ab.

»Nach Fennas Beerdigung hat sich der harte Kern unserer Trauergruppe bei Tabea getroffen«, erzählte Lina. »Wir haben mehr Manhattans getrunken, als gut für uns war. Deine Mutter hat sich irgendwann verabschiedet. Die anderen auch. Am Schluss waren nur noch Tabea, Frauke und ich übrig. Tabea fing davon an, wie satt sie es hätte, immer nur zu trauern und sich alles gefallen zu lassen.«

Lina wandte sich im Gehen zu Broder um. »Sie sagte, wenn Fenna sich mehr gewehrt hätte, wäre sie noch am Leben. Und dass sie es leid sei, ihr zerstörtes Gesicht jeden Morgen im Spiegel zu betrachten, während Jasper Wögens ungeschoren davongekommen ist. Tabea wollte nicht länger ein Opfer sein. Es sollte sich endlich was ändern.«

»Das klingt in der Tat beunruhigend.«

»Frauke und ich haben es auf ihre Trauer und auf

den Alkohol geschoben. Um auf Nummer sicher zu gehen, wollte Frauke noch mal mit Tabea in Ruhe darüber reden, sobald diese wieder nüchtern war.«

»Hat sie das getan?«, fragte Broder.

Lina zuckte mit den Schultern. »Ich bin mir nicht sicher. Ich hab vergessen, sie danach zu fragen.« Sie verzog das Gesicht. »Hätte ich das bloß gemacht! Dann wäre vielleicht nichts von alldem hier passiert.«

»So solltest du nicht denken! Nichts davon ist deine Schuld. Selbst wenn deine Freundin mit Tabea Knudsen geredet hätte – und womöglich hat sie das ja sogar getan – hätte das nicht zwangsläufig etwas ändern müssen. Keiner von uns kann Gedanken lesen. Was wirklich in anderen Menschen vorgeht, können wir nur erahnen.«

Linas Mundwinkel bogen sich minimal nach oben. »Heute klingst du fast wie ein Philosoph.«

»Muss wohl daran liegen, dass es der letzte Tag des alten Jahres ist.« Suchend sah Broder sich um und entdeckte tatsächlich zwei Schornsteinfeger in schwarzen Kehranzügen und mit Zylindern auf den Köpfen. »Komm mit!«

Ohne darüber nachzudenken, streckte er die Hand nach Lina aus und ergriff ihre Finger. Erst als er das Kribbeln ihrer Berührung spürte, fiel ihm auf, was er getan hatte. Doch nun war es zu spät für einen Rückzieher. Händchen haltend traten sie vor die Schornsteinfeger und berührten deren glücksbringende goldene Knöpfe.

»Guten Rutsch!«, wünschten die Männer.

»Danke! Ihnen auch!« Broder steckte einen Geldschein in die Spendenbox, mit der die Schornsteinfeger für ein Hospiz sammelten.

Gern hätte er noch mehr Zeit mit Lina verbracht. Doch er hatte Udo Harksen, Thies Hansen und Greta Jensen versprochen, mit ihnen etwas trinken zu gehen. »Es wird Zeit für mich«, verkündete er mit leisem Bedauern.

Lina sah auf ihre Armbanduhr. »Für mich auch. Komm gut ins neue Jahr!« Sie mopste eine Pfeffernuss aus seiner Tüte. »Meine Wegzehrung«, erklärte sie lächelnd. Und dann ging sie davon, ohne sich noch einmal nach Broder umzudrehen.

THIES

Thies stand mit Udo, Broder Jacobsen und Greta Jensen auf dem Sandwall und hielt einen dampfenden Kaffeebecher in der Hand. Die Sonne war bereits untergegangen und die Wyker Fußgängerzone pulsierte vor Leben. Nur Udo wirkte missmutig. »Ärgerlich genug, dass es kein Feuerwerk mehr am Strand gibt! Aber warum müssen wir auch auf den Alkohol verzichten? Wir sind doch nicht im Dienst. So ist es gar kein richtiges Silvester.«

Die Polizeichefin, die eine Limonade trank, knuffte ihn unsanft in die Seite. »Und was, wenn die Kollegen heute Nacht Verstärkung brauchen? Hätten wir wegen dieser Giftmorde nicht so viele Überstunden angehäuft, hätte ich keinem von uns freigegeben.«

»Ich rechne auch damit, dass wir heute noch mal ausrücken müssen«, stimmte Thies zu. »Schon allein wegen der Alkoholleichen.« Sein Blick folgte einer Gruppe maskierter Männer und Frauen, die torkelnd an ihnen vorbeizogen. »Warum sind die alle verkleidet?«

»Diesen Brauch nennt man Kenknern«, erklärte Jacobsen. »Dabei ziehen vor allem Kinder und Jugendliche in der Silvesternacht von Haus zu Haus und tragen selbstgetextete Lieder vor. Als Belohnung bekommen sie Geld oder Süßigkeiten.«

Thies kniff die Augen zusammen. »Wenn ich mir die so ansehe, gabs wohl eher was Hochprozentiges.«

»Weil das schon etwas ältere Semester sind«, entgegnete Udo. »Die nehmen lieber einen Schnaps oder Punsch.«

»Wir haben noch gar nicht auf unsere gelösten Fälle angestoßen.« Thies hob seinen Kaffeebecher in die Höhe. »Auf das Ende der vergifteten Kekse!«

»Und auf das ganze Team!« Greta Jensen prostete ihm zu. »Schön, dass wir vor dem Jahreswechsel noch den Abschluss hinbekommen haben.«

Jacobsen umklammerte seinen Teebecher. »Für mich ist das Ganze erst abgeschlossen, wenn wir das Atropin-Versteck finden.«

Thies blickte in den sternenübersäten Nachthimmel, der am Horizont mit der tiefschwarzen Nordsee verschmolz. »Das ist hoffnungslos. Wenn wir das Gift bis jetzt nicht entdeckt haben, weiß ich nicht, wo wir noch danach suchen sollen. Vielleicht auf dem Meeresgrund?«

Das Handy von Polizeichefin Greta Jensen klingelte. »Jensen. Moin! Was hast du für mich?« Selbst im Halbdunkel erkannte Thies, wie sich ihre Miene verfinsterte, während sie dem Anrufer eine ganze Weile zuhörte. »Das ist doch zum ...! Wie sicher bist du dir?« Sie stieß einen Fluch aus. »Okay. Danke für die Warnung! Ich kümmere mich darum.« Sie beendete das Gespräch und steckte ihr Smartphone wieder ein. »Wir haben wohl zu früh gefeiert. Der Fall ist noch nicht gelöst.«

»Was?« Thies musste sich verhört haben.

»Wir konnten mittlerweile aus einem öffentlichen Abfallbehälter die Einweghandschuhe bergen, die bei der Vergiftung von Dietje Ebsen zum Einsatz gekommen sind«, berichte die Polizeichefin. »An dem Gummi befanden sich Faserreste, die zu Frau Ebsens Rucksack gehören. Im Inneren der Handschuhe haben wir Frau Knudsens DNA sichergestellt. Zusammen mit der Zeugenaussage von Frau Nissen dürfte das wohl genügen, um Tabea Knudsen die Tat nachzuweisen.«

Thies zog die Augenbrauen hoch. »Ich höre da ein Aber.«

»Was die Fälle Jasper und Viebeke Wögens angeht, sieht die Sache anders aus«, erwiderte Greta Jensen. »Auf der Keksdose wurde ein Fingerteilabdruck sichergestellt, der weder zum Opfer noch zu unserer mutmaßlichen Täterin passt. Auch ein Abgleich mit dem Ehepaar Wiśniewski ist negativ.«

Udo kratzte sich am Kinn. »Das muss nichts bedeuten. Vielleicht stammt der Fingerabdruck von der Verkäuferin im Geschäft oder ...«

Greta Jensen seufzte tief. »Das ist leider noch nicht alles. Unseren fleißigen Kollegen ist es beim Klinkenputzen endlich gelungen, einen Zeugen aufzutreiben, der in der fraglichen Zeit eine Frau mit Keksen in der Nähe von Frau Wögens Haus gesehen hat.«

»Und?«, fragte Thies angespannt.

»Wir haben ihm ein Foto von Tabea Knudsen gezeigt. Sie war es definitiv nicht. Der Zeuge sagt aus, dass die Frau keine Verbrennungen im Gesicht hatte und – und jetzt wird es spannend – merkwürdig angezogen war.«

Nachdenklich zog er die Stirn kraus. »Das passt zu der Aussage von Frau Wögens, dass ihr die Kekse von einer komischen Frau geschenkt wurden.«

»Der Zeuge beschreibt die Kleidung der Frau als einen rechteckigen Umhang mit buntem Teppichmuster«, fügte Greta Jensen hinzu. »Was immer das auch bedeuten soll.«

»Ich weiß es!« Udo klang ganz aufgeregt. »Das ist ein Poncho.«

»Wie kommst du nur darauf?«

»Weil ich ihn neulich erst gesehen habe. Frauke Waldeck hat so einen getragen, als ich wegen ihres vergifteten Hundes bei ihr war.«

»Frauke Waldeck?« Broder Jacobsens Stimme klang gepresst. »Dann haben die beiden wohl einen Mordpakt geschlossen.«

Die Polizeichefin starrte ihn an. »Wie meinen Sie das?«

In knappen Sätzen gab der Staatsanwalt den Inhalt seiner Unterhaltung mit Lina Matthiesen wieder. »Anstatt Tabea Knudsen ihre Rachefantasien auszureden und sie wieder zur Vernunft zu bringen, muss Frauke Waldeck sich ihr angeschlossen haben.«

Thies kratzte sich am Kopf. »Wenn das alles so stimmt, wieso hätte Frauke Waldeck dann Viebeke und

Jasper Wögens töten sollen? Die beiden hatten ihr schließlich nichts getan.«

»Eben drum!«, erwiderte Jacobsen. »Genauso wie wohl niemand auf die Idee gekommen wäre, dass Tabea Knudsen Dietje Ebsen vergiften würde. Die Freundinnen haben ihre Morde getauscht, damit keine für die eigenen Taten ein Motiv hat.«

Udo nickte. »So was habe ich mal in einem Krimi gelesen. Die beiden vielleicht auch. Die Idee an sich ist gar nicht mal schlecht.«

Jacobsen zückte sein Handy. »Die Trauergruppe hat heute ein informelles Silvestertreffen. Lina wollte da auch hin.« Er tippte hektisch auf dem Display herum.

So ganz konnte Thies seine Panik nicht nachvollziehen. Den Frauen der Trauergruppe, die mit Frauke Waldeck befreundet waren, drohte wohl kaum Gefahr.

»Lina, hör mir zu!« Broder sprach so laut, dass er – trotz des regen Treibens auf dem Sandwall – weithin zu verstehen war. »Ist Frauke Waldeck bei euch? ... Und wieso nicht? ... Was? ... Ach du Sch...! Pass auf! Wir müssen sie ganz dringend erreichen. Kannst du sie bitte anrufen und fragen, wo sie steckt? ... Ja ... Nein ... Ja, bitte. Schick mir eine Nachricht. Bis später!«

Jacobsen beendete das Telefonat. »Ich habe eine schlechte und eine sehr schlechte Nachricht. Die schlechte ist, dass Frauke Waldeck nicht beim Treffen der Trauergruppe aufgetaucht ist, weil sie – und das ist die sehr schlechte Nachricht – stattdessen kenknern wollte.«

Thies unterdrückte einen Fluch. »Nie im Leben zieht die heute um die Häuser und feiert Silvester! Die Waldeck hat doch mitbekommen, dass ihre Komplizin festgenommen wurde. Da kann sie sich an zehn Fingern ausrechnen, was ihr selbst blüht.«

»Das denke ich auch«, erwiderte Greta Jensen. »Wenn sie heute Nacht unterwegs ist, dann, um ihre Rache zu beenden, bevor wir sie festnehmen. Und das bedeutet, dass noch ein Opfer auf ihrer Liste steht.«

Kapitel 24

UDO

Udo leuchtete mit seiner Taschenlampe über den winterlich-gelben Rasen in Frauke Waldecks Garten. Neben ihm stapfte Thies durch das Halbdunkel und stieß gefühlt einmal pro Minute plattdeutsche Flüche aus, die Udo nicht verstand. Die Winterluft war empfindlich kalt. Deshalb hätte Udo lieber im Inneren des Hauses nach dem Atropin-Versteck gesucht.

Er richtete den Strahl seiner Taschenlampe auf Thies' Brust. »Wie sicher bist du dir, dass die Waldeck ihr Gift hier draußen versteckt hat?«

»Sicher bin ich mir nicht«, brummte Thies. »Es ist eher die Hoffnung eines Verzweifelten. Im Haus hat unser Team doch schon vor ein paar Tagen alles genau abgesucht und nichts gefunden. Wie stehen also unsere

Chancen, dass wir bei einer Nacht-und-Nebel-Aktion mehr Erfolg haben werden als die große Mannschaft?«

Udo verdrehte die Augen. »Deine kleine Ansprache ist echt motivierend!«

»Ich bin nur ehrlich.« Thies leuchtete den Gartenzaun von oben nach unten systematisch ab. »Das beste Versteck wäre vermutlich auf dem Dach – vielleicht sogar im Schornstein. Was meinst du? Sollen wir da rauf steigen?«

»Nachts und im Dunkeln? Auf keinen Fall! Außerdem ist Frau Waldeck Anfang siebzig. In dem Alter wird sie hoffentlich nicht mehr auf Dächern herumkraxeln.«

»Da wäre ich mir an deiner Stelle nicht so sicher. Die ist topfit. Hast du dir mal ihre Reisefotos auf Social Media angesehen? Die Frau steigt noch auf Berge.«

Thies' Handy klingelte. »Das ist Jacobsen«, sagte er. »Ich stell auf laut, damit du mithören kannst.« Er tippte auf das Display. »Moin! Wo stecken Sie?«

»Frau Jensen und ich sind in Oldsum und suchen dort nach Kenkner-Gruppen mit Erwachsenen, die um die Häuser ziehen. Wir warnen jeden, den wir treffen, vor Frau Waldeck. Aber wegen der Kostüme erkennt man ja niemanden.«

Udo beugte sich über das Smartphone. »Konnte Lina sie inzwischen erreichen?«

»Nein. Frauke Waldeck hat die ganze Zeit ihr Handy ausgeschaltet. Wahrscheinlich ahnt sie längst, dass wir nach ihr suchen.«

»Wir suchen hier auch ziemlich verzweifelt«,

bemerkte Thies. »Das Gift könnte überall und nirgends sein. Vielleicht trägt sie ja auch alles bei sich.«

»Gibt es auf dem Grundstück wirklich keine geschützte Stelle, die Sie übersehen haben?«, fragte Jacobsen. »Alle Stellen, auf denen Schnee liegt, können wir ausschließen.«

»Warum?«, fragte Udo. »Das Versteck könnte doch zugeschneit worden sein.«

»Das halte ich für unwahrscheinlich. Die beiden Frauen mussten damit rechnen, dass ihre Häuser durchsucht werden. Sie haben sicher nicht alles Gift auf einmal aus dem Versteck geholt, sondern nur nach Bedarf für den jeweiligen Mord. Das bedeutet, sie mussten schnell und unauffällig an das Versteck kommen, ohne dabei sichtbare Spuren zu hinterlassen.«

Nachdenklich presste Udo die Lippen zusammen. Es gab eine Sache, die ihn schon länger beschäftigte: »Würde man um diese Zeit etwas pflanzen?«

»Auf keinen Fall!«, entgegnete Thies. »Der Boden ist seit Tagen gefroren. Da gehen die Pflanzen ein.«

»Frau Waldeck hat gerade erst Lavendel angepflanzt – und zwar auf dem Grab ihrer Hündin.« Suchend schwenkte Udo die Taschenlampe durch die Dunkelheit. »Hier ist es!« Er leuchtete einen Feldstein an, der als Grabstein diente.

Thies richtete sein Licht ebenfalls auf das Grab. Er bückte sich und befühlte die Erde zwischen den Pflanzen. »Der Boden ist gefroren. So frisch umgegraben ist die Erde also nicht.«

Udo verkniff sich einen Fluch. »Ich war mir so sicher.«

»Moment noch! So schnell geben wir nicht auf.« Thies legte seine Taschenlampe zwischen den welken Lavendelpflanzen ab und ergriff mit beiden Händen den Grabstein. Vorsichtig hob er ihn hoch. »Das ist doch …!«

Udo leuchtete auf die Stelle, die der Stein eben noch bedeckt hatte. Tatsächlich! Dort befand sich ein kleines Erdloch, in dem eine Dose lag.

Thies zog sich Einweghandschuhe an und holte die Dose aus ihrem Versteck. Vorsichtig öffnete er den Deckel. »Treffer!«

Vom anderen Ende der Leitung war ein lautes Seufzen zu vernehmen. »Gott sei Dank!«, sagte Jacobsen. »Wenn wir jetzt noch Frau Waldeck finden, wäre mir bedeutend wohler. Aber sie ist wie vom Erdboden verschluckt. Frau Jensen hat schon eine Suchmannschaft aus Freiwilligen zusammengestellt, die in Oldsum Haus für Haus abklappern. Leider könnte sie überall sein.«

»Das glaube ich nicht.« Udo ergriff den Grabstein und legte ihn sorgfältig zurück an seinen Platz. Die arme Luna konnte schließlich nichts dafür, dass ihre letzte Ruhestätte als Versteck für ein Mordmittel missbraucht worden war. »Als ich gestern mit Frau Knudsen gesprochen habe, gab es nur eine Person, die sie für den Tod ihrer Tochter verantwortlich gemacht hat.«

»Enno Arfsten«, bemerkte Jacobsen. »Ihren Ex-Schwiegersohn. Aber der lebt gar nicht in Oldsum – oder?«

»Nein«, sagte Thies. »Ich war bei ihm zu Hause. Er wohnt in Wyk. Wenn Frau Waldeck sich für ihre Freundin an ihm rächen will, wird sie dort um die Häuser ziehen und nicht in ihrem Dorf.«

Jacobsen fluchte. »Warum hab ich nicht früher daran gedacht? Ich mache mich sofort auf den Weg.«

BRODER

Während Polizeichefin Greta Jensen und zwei weitere Polizisten die Wyker Straßen nach Frauke Waldeck durchkämmten, klingelte Broder an der Tür von Familie Arfsten, um Hayos Vater vor dem auf ihn geplanten Giftanschlag zu warnen. Nach einer gefühlten Ewigkeit wurde ihm schließlich geöffnet.

Im Türrahmen stand Enno Arfsten, der ihn durch die Gläser seiner Brille vorwurfsvoll musterte. »Wissen Sie eigentlich, wie spät es ist?«

Broder sah auf seine Armbanduhr. »Gleich halb eins.«

»Und da klingeln Sie einfach so an meiner Tür? Sie haben echt Nerven! Wenn heute nicht Silvester wäre, würde ich Sie wegen Ruhestörung anzeigen!«

»Nur zu!« Broder musterte ihn kalt. »Mein Name ist übrigens Broder Jacobsen. Ich bin von der Flensburger Staatsanwaltschaft.«

»Na endlich! Warum haben Sie das nicht gleich gesagt? Kommen Sie rein!« Arfsten trat beiseite und winkte ihn zu sich durch. »Ich hab schon gedacht, Sie kommen gar nicht mehr. Aber besser spät als nie!«

»Sie haben auf mich gewartet?«, fragte Broder erstaunt. Es wunderte ihn, dass Hauptkommissarin Greta

Jensen bei dem heutigen Chaos überhaupt die Zeit gefunden hatte, seinen Besuch telefonisch anzukündigen.

»Ja, natürlich! Man fühlt sich ja seines Lebens nicht mehr sicher, wenn diese Irre frei herumläuft!«

Enno Arfsten führte Broder ins Wohnzimmer. Dort saß eine sportliche Frau von Mitte dreißig vor dem Fernseher und sah sich eine Musiksendung mit einer Feuerwerksshow an.

Neben ihr hockte ein etwa zwölfjähriger blonder Junge im Schneidersitz auf der Couch und zockte auf seinem Smartphone. Sein zierliches Gesicht wurde größtenteils von einem langen Pony verborgen, der ihm vor den Augen hing.

Arfsten trat zu seiner Frau und berührte sie an der Schulter. »Schatz, das ist Herr Jacobsen von der Staatsanwaltschaft. Er ist wegen der Knudsen hier.«

»Deshalb hätten Sie aber doch nicht in der Silvesternacht vorbeikommen müssen«, bemerkte die Frau, bei der es sich um Stine Arfsten handeln musste. »Sie haben momentan doch mehr als genug zu tun. Was machen eigentlich Ihre Ermittlungen im Fall der armen Dietje?«

»Wir arbeiten dran«, erwiderte Broder. »Allerdings handelt es sich um ein laufendes Verfahren und dazu darf ich keine Auskunft erteilen.«

Arfsten, der neben der Couch stehen geblieben war, winkte ab. »Das ist jetzt auch unwichtig. Hauptsache, diese Person«, sein Blick streifte Hayo, der bislang kein einziges Mal aufgesehen hatte, »lässt unseren Sohn in Ruhe.«

»Wir sollten besser woanders reden, wo wir ungestört sind«, bemerkte Broder. Der Junge, der erst vor Kurzem auf so tragische Weise seine Mutter verloren hatte, tat ihm leid. »Je weniger Ihr Sohn von der ganzen Sache mitbekommt, desto besser.«

»Machen Sie sich um Hayo keine Sorgen! Er weiß schon, was für eine Person diese Frau ist, und will mit ihr auch nichts zu tun haben.«

»Sie haben es ihm erzählt?« Broder war fassungslos. »Etwa alles?«

»Natürlich! Wie geht es nun weiter? Was ist Ihre Strategie im Umgang mit der Knudsen?« Aus Enno Arfstens Mund hörte sich der Nachname seiner Schwiegermutter an wie ausgespuckt.

Broder erschauderte angesichts solcher Kaltschnäuzigkeit. »Aktuell ermitteln wir noch und tragen alle Zeugenaussagen und Beweise zusammen. Der Richter hat bereits Untersuchungshaft angeordnet. Aber eigentlich bin ich heute hier, um Sie vor Frau Knudsens Freundin Frauke Waldeck zu warnen. Sie ist vermutlich auf dem Weg zu Ihnen und will …«

»Soll sie ruhig kommen! Ich lasse mich bestimmt nicht von jemandem wie ihr einschüchtern.« Arfstens Tonfall klang arrogant.

Hayo hob schüchtern den Kopf und sah Broder mit traurigen Augen an. »Muss Oma wirklich ins Gefängnis?«

»Du sollst das O-Wort doch nicht benutzen! Diese Frau gehört nicht mehr zu unserer Familie. Und sie kann dir auch nichts mehr tun. Dank der Polizei bist du jetzt sicher vor ihr.«

Arfsten wandte sich Broder zu. »Dass diese Frau einfach mit einem Weihnachtsgeschenk vor unserer Tür stand, hat den armen Jungen echt traumatisiert. Gut, dass Sie nun entschieden dagegen vorgehen! Als ich bei Frau Jensen Anzeige erstattet habe, hatte ich den Eindruck, dass Sie mich nicht ernst nimmt.« Gönnerhaft klopfte er Broder auf die Schulter. »Aber Sie sind ein Mann nach meinem Geschmack.«

Broder hielt inne und starrte ihn an. Es dauerte eine Weile, bis der Sinn seiner Worte bei ihm ankam. »Sie denken, ich bin wegen der Stalkinganzeige hier?«

»Warum denn sonst?«

Ja, warum sonst? Ein bitterer Geschmack breitete sich auf Broders Zunge aus. Beinahe kam es ihm so vor, als habe er selbst das Gift geschluckt.

Sein Blick streifte Hayo, der in sich zusammengesunken am Smartphone spielte und dem trotzdem keine einzige toxische Bemerkung seines Vaters entging. Um seinetwillen beschloss Broder, es bei dem Missverständnis zu belassen.

»Frau Waldeck ist heute mit einer Kenkner-Gruppe unterwegs. Öffnen Sie einfach nicht, wenn es klingelt. Dann sollten Sie sicher sein.«

»Danke!« Stine Arfsten lächelte ihn an. »Auch für Ihren Besuch. Wir werden das berücksichtigen. Ein frohes neues Jahr wünsche ich Ihnen.«

»Danke! Ihnen auch.« Broder wandte sich zum Gehen.

»Warten Sie!«, sagte Arfsten. »Ich bringe Sie noch zur Tür.« Broder hätte gern auf die Begleitung des Mannes verzichtet, schwieg aber. Als er ins Freie treten wollte, hielt Arfsten ihn am Arm fest. »Eine Sache noch. Jetzt, wo die Knudsen im Gefängnis ist, wird sie Hayo doch hoffentlich keine Geschenke mit der Post schicken, oder? Wir müssen als Familie ja auch endlich mal zur Ruhe kommen.«

Broder sparte sich eine Antwort und schlug schwungvoll die Tür vor Arfstens Nase zu. Dann zog er sein Smartphone aus der Jackentasche und wählte die Nummer seiner Mutter.

»Frohes neues Jahr, Broder!«, grüßte Maren fröhlich. »Ich hoffe, du bist gut reingekommen.«

»Ich hab dich lieb, Mama.« Er schluckte an dem Kloß in seinem Hals. »Das wollte ich nur mal loswerden.«

»Das klingt so gar nicht nach dir. Ist wirklich alles in Ordnung?«

»Doch. Keine Sorge!« Er ging zügig los, um diesen trostlosen Ort möglichst rasch hinter sich zu lassen, und blickte dankbar in den sternenklaren Nachthimmel. »Mir ist nur gerade bewusst geworden, wie gut wir es haben.«

Im Stillen gab er sich das Versprechen, von nun an wieder jedes Jahr Weihnachten heimzukommen.

Epilog

GRETA

Hauptkommissarin Greta Jensen wanderte im Flur des Flensburger Landgerichts auf und ab. Sie hatte die Fähre um 6:10 Uhr von Wyk nach Dagebüll genommen, um pünktlich für die Gerichtsverhandlung da zu sein, bei der sie als Zeugin aussagen musste. Nun machte sich allerdings der Schlafmangel bemerkbar. Sie gähnte und hielt sich die Hand vor den Mund.

Udo, der sie begleitet und den Einsatzwagen vom Fähranleger nach Flensburg gefahren hatte, blickte zum wiederholten Mal auf seine Armbanduhr. »Wieso dauert das bloß so lange?«

»Ist ganz normal. Immerhin geht es hier um eine Anklage wegen Doppelmords und Verabredung zu einem Verbrechen in zwei weiteren Fällen.« Greta musterte die

Tür zu Saal 2. »Das ist eine andere Hausnummer als die Straftaten, mit denen wir es normalerweise zu tun haben.«

»Das weiß ich doch.« Er seufzte leise. »Schließlich haben wir das ganze Prozedere mit Tabea Knudsen gerade erst hinter uns gebracht. Nun wiederholt sich das alles mit Frauke Waldeck. Und dann kommt noch der Prozess gegen Natalia Wiśniewski wegen Urkundenfälschung. Dabei haben wir im Moment wirklich Wichtigeres zu tun, als uns von einem Richter befragen zu lassen.«

»Ach ja?« Skeptisch zog Greta die Augenbrauen hoch. »Was denn? Etwa Ostereier bemalen?«

Udo winkte ab. »Das erledigt Leoni bei uns.« Ein Lächeln huschte über sein Gesicht. »Sie hat schließlich das Talent zum Malen. Aber ich wollte vor den Osterferien mit den Grundschülern die Verkehrserziehung für den Fahrradführerschein machen. Und nun müssen wir das verschieben.«

Greta schmunzelte. »Du bist wirklich mit Leib und Seele Schutzpolizist. Das liegt dir auch besser als die Verbrechensbekämpfung.«

»Wärst du denn lieber zur Kriminalpolizei gegangen?«

Sie zögerte. »Wenn es auf Föhr eine geben würde, dann vermutlich. Aber meine Heimat verlassen hätte ich nicht. Dafür liebe ich unsere kleine Insel viel zu sehr.«

»Ich auch.« Udo zupfte am Hemdsärmel seiner Polizeiuniform. »Mir tun Thies und Herr Jacobsen immer ein wenig leid, wenn ich sie hier auf dem Festland antreffe. Wenigstens der Staatsanwalt sollte doch eigentlich wissen, was er verpasst. Schließlich ist er selbst auf Föhr aufgewachsen.«

»Bei seiner Vorgeschichte fühlt er sich woanders womöglich wohler.« In Gedanken ging Greta noch einmal die Sätze durch, die sie sich für ihre Aussage vor Gericht zurechtgelegt hatte. »Wie läuft es eigentlich mit Leoni?«, fragte sie. »Ihr beide seid inzwischen doch auch schon ein knappes Jahr zusammen.«

Udos Mundwinkel bogen sich nach oben. »Könnte nicht besser sein. Wir überlegen, zusammenzuziehen.«

»So bald schon?«, fragte Greta überrascht.

Bevor Udo Gelegenheit bekam, etwas zu erwidern, erklang über Lautsprecher eine Frauenstimme: »Frau Jensen bitte in Saal 2. Frau Jensen bitte.«

»Das ist mein Stichwort.« Greta klopfte Udo auf die Schulter. »Alles Gute für deine Aussage! Wir sehen uns gleich da drinnen.«

»Danke! Das wünsche ich dir auch.«

Schwungvoll öffnete sie die doppelte Tür und trat in einen mit Holz vertäfelten Saal, in dem es nach Bienenwachs duftete. Am Richterpult saß Agnes Breede, eine Frau mit grauem Pagenkopf und strengen Gesichtszügen, die Greta schon von der Verhandlung im Verfahren gegen Tabea Knudsen kannte.

»Bitte nehmen Sie Platz!« Einladend deutete Richterin Breede auf den Zeugenstuhl in der Mitte des Saales.

Greta spürte die Blicke in ihrem Rücken aus dem Zuschauerraum. Der Doppelmord hatte nicht nur Reporter angelockt, sondern auch zahlreiche Schaulustige. Maren Jacobsen und Lina Matthiesen aus Frauke

Waldecks Trauergruppe befanden sich ebenfalls unter den Zuschauern.

Während Greta Platz nahm, schweifte ihr Blick zu der Angeklagten und ihrem Verteidiger, die an einem Tisch dem Richterpult gegenüber saßen. Zum ersten Mal trug Frauke Waldeck keine exotische Kleidung, sondern eine dunkle Stoffhose und eine weiße Bluse. Ihre sonst sonnengebräunte Haut wirkte bleich und eingefallen und unter die kurzen Haarsträhnen mischte sich deutlich mehr Grau als noch an Weihnachten. Die Zeit in der Untersuchungshaft hatte sie sichtbar altern lassen.

Die Richterin blickte Greta ins Gesicht. »Kommen wir zu Ihren Personalien. Ihr Name ist Greta Jensen. Sie sind sechsundvierzig Jahre alt, wohnhaft in Wyk auf Föhr und von Beruf Hauptkommissarin. Stimmt das?«

Greta drückte das Kreuz durch. »Ja, das ist richtig.«

»Ich muss Sie belehren, dass Sie als Zeugin verpflichtet sind, hier vor Gericht die Wahrheit zu sagen. Eine falsche oder unvollständige Aussage kann strafrechtliche Konsequenzen nach sich ziehen.« Agnes Breede blätterte in einer Akte, die vor ihr auf dem Richterpult lag. »Bitte schildern Sie uns in Ihren eigenen Worten, wie die Festnahme von Frau Waldeck am ersten Januar diesen Jahres abgelaufen ist.«

»Herr Jacobsen und ich«, kurz sah Greta in Richtung des Staatsanwalts, der heute in seinem dunklen Anzug sehr formell wirkte, »haben mit einigen Kolleginnen und Kollegen in Wyk nach Kenknern Ausschau gehalten, die um die Häuser ziehen. Wir hatten die Vermutung, dass Frau Waldeck sich in Verkleidung Zutritt zum Haus der Familie Arfsten verschaffen wollte, um Enno Arfsten zu vergiften. Das Motiv für die Tat war ein Mordpakt mit Frau Waldecks Freundin Tabea Knudsen, die vor diesem Gericht bereits zu einer lebenslangen Haftstrafe verurteilt wurde.«

Richterin Agnes Breede nickte ihr aufmunternd zu.

»Herr Jacobsen ist zu Herrn Arfsten gegangen und hat ihn gewarnt, damit er keinen Kenknern die Tür öffnet«, fuhr Greta fort. »Ich habe in der Nachbarschaft nach einer kurzhaarigen Frau von Anfang siebzig gefragt, die vermutlich ein exotisches Kostüm von einer ihrer vielen Reisen trägt. Ein Nachbar hatte tatsächlich eine Frau im Bunad gesehen – das ist die norwegische Nationaltracht. Besagte Frau hatte sich einer Gruppe jüngerer Erwachsener angeschlossen, zu denen auch die Nichte des Befragten gehörte. Der Zeuge hat seine Nichte für uns angerufen und sich übermitteln lassen, in welchem Haus die Gruppe gerade Halt machte. So konnte dann kurz nach eins der Zugriff erfolgen.«

»Waren Sie selbst bei der Festnahme dabei?«, fragte die Richterin.

»Ja.« Greta musterte Frauke Waldeck aus dem Augenwinkel. Stocksteif saß diese auf ihrem Stuhl und starrte die gegenüberliegende Wand an. Beinahe erweckte sie den Eindruck, als ginge sie der ganze Prozess überhaupt nichts an. »Die Angeklagte hat sich widerstandslos festnehmen lassen, sich aber bis heute nicht zum Tatvorwurf geäußert. Dafür hat Frau Knudsen umfassend gestanden und mir gegenüber in einer Vernehmung auch zu den zwei Tötungsdelikten Angaben gemacht, die Frau Waldeck begangen hat.«

»Begangen haben soll«, warf der Verteidiger ein.

»Meine Mandantin hat sich schließlich nicht schuldig bekannt.«

»Das wissen wir«, entgegnete Richterin Breede. Sie wandte sich wieder an Greta. »Hatte die Angeklagte bei ihrer Festnahme Atropin bei sich?«

»Nein«, erwiderte Greta. »Aber wir haben Spuren des Pulvers im Spülbecken in der Küche jenes Hauses gefunden, in dem der Zugriff erfolgte. Jemand – vermutlich die Angeklagte – hat dort bei unserem Eintreffen das Atropin entsorgt.«

»Das sind reine Mutmaßungen!«, sagte der Verteidiger.

Die Richterin musterte ihn mit einem leichten Stirnrunzeln. »Sie bekommen gleich noch Gelegenheit, die Zeugin zu befragen. Doch zunächst ist die Staatsanwaltschaft an der Reihe.«

Broder Jacobsen wandte sich an Greta. »Frau Jensen, was genau hat Frau Knudsen über das Tötungsdelikt zum Nachteil von Viebeke Wögens ausgesagt?«

Greta holte tief Luft. »Am Samstag, dem 27. Dezember, hat Frau Waldeck sich in der Nachbarschaft des Hauses von Viebeke Wögens aufgehalten und darauf gewartet, die demenzkranke Eigentümerin allein anzutreffen. Dies hätte eigentlich gar nicht passieren dürfen, da Frau Wögens mit ihrer Pflegerin und deren Ehemann zusammenwohnte – dem Ehepaar Wiśniewski. Mein Kollege, Herr Harksen, den Sie hier gleich noch als Zeugen hören werden, hatte Natalia Wiśniewski explizit davor gewarnt, das spätere Opfer alleinzulassen. Zu diesem Zeitpunkt gingen wir davon aus, dass der Giftanschlag auf Jasper Wögens eigentlich dessen Mutter gegolten hatte.«

»Wie kam es dann trotzdem dazu?«

»Natalia Wiśniewski hat eingekauft und sich darauf verlassen, dass ihr Mann Jakub in der Zwischenzeit bei Frau Wögens bleibt. Doch der hat die Gelegenheit genutzt, das Haus von Dietje Ebsen zu durchsuchen. Frau Ebsen – das Mordopfer aus dem bereits abgeschlossenen Verfahren gegen Tabea Knudsen – war Herrn Wiśniewskis ehemalige Geliebte. Nach ihrem Tod fürchtete Jakub Wiśniewski, dass die polizeilichen Ermittlungen die heimliche Beziehung ans Tageslicht bringen könnten, und wollte alle Hinweise darauf vernichten.«

Jacobsen zupfte an seiner dunkelgrauen Krawatte, deren Knoten eng um seinen Hals lag. »Nachdem die Angeklagte freie Bahn hatte – wie ging es da weiter?«

»Sie hat bei Viebeke Wögens an der Tür geklingelt und ihr wurde auch geöffnet.« Greta lehnte sich über den Tisch. »Frau Waldeck hatte eine Dose mit Zimtsternen dabei, die mit Atropin versetzt waren. Frau Wögens gegenüber hat sie sich als neue Nachbarin ausgegeben, die zum Einstand für alle gebacken hatte. Um zu vermeiden, dass der Tod von Frau Wögens zeitlich mit ihrem Besuch zusammenfällt und jemandem auffallen könnte, hat Frau Waldeck ihrem Opfer geraten, die Kekse erst mal vor ihrem Sohn zu verstecken. Dabei lebte der zu diesem Zeitpunkt längst nicht mehr.«

Der Verteidiger räusperte sich. »Ich möchte noch einmal darauf aufmerksam machen, dass dies keine erwiesenen Tatsachen sind, sondern lediglich die Behauptungen einer Frau, die kürzlich wegen Mordes an Dietje Ebsen zu einer lebenslangen Haftstrafe verurteilt wurde.«

»Das ist uns bewusst«, bemerkte die Richterin trocken.

»Meine Mandantin hat nicht mal ein Motiv für die Taten, die ihr vorgeworfen werden.«

Auf Jacobsens Stirn erschien eine steile Falte. »Auch das ist bekannt. Aber dafür hat Ihre Mandantin ein Motiv für den Mord an Frau Ebsen, den Frau Knudsen für Sie begangen hat. Wir sprechen ja nicht grundlos von einem Mordpakt, den die beiden Frauen geschlossen haben.«

Der Verteidiger winkte ab. »Pure Spekulationen!«

Jacobsen musterte ihn finster. »Das sehen auch nur Sie so. Ich bin durch. Die Zeugin gehört Ihnen.«

Vier Stunden später endete der Prozess mit einer Verurteilung von Frauke Waldeck wegen Doppelmordes zu lebenslanger Haft. Greta, die sich den restlichen Prozess vom Zuschauerbereich aus angesehen hatte, trat ins Freie und betrachtete das historische Gerichtsgebäude. Es handelte sich um einen vierstöckigen Rotklinkerbau mit Uhrenturm und weißen Sprossenfenstern, der sehr hübsch aussah. Trotzdem sehnte sie sich schon wieder nach dem Anblick reetgedeckter Friesenhäuser.

Staatsanwalt Broder Jacobsen stellte sich neben sie und blinzelte in die tief stehende Nachmittagssonne. »Ich weiß, ich sollte mit dem Urteil zufrieden sein. Aber etwas wurmt es mich doch, dass es überhaupt zu diesen Fällen von Selbstjustiz gekommen ist. Wäre Viebeke Wögens seinerzeit wegen Brandstiftung verurteilt worden, dann …«

»Dieses Was-wäre-wenn-Gedankenspiel führt doch zu nichts. Sie und ich waren damals nicht mal an den Ermittlungen beteiligt. Seien Sie lieber froh, dass wir diesen Fall gelöst und dabei sogar das Leben von Enno Arfsten gerettet haben.«

»Einem äußerst sympathischen Zeitgenossen«, bemerkte Jacobsen trocken.

Udo gesellte sich zu ihnen. »Das spielt keine Rolle. Außerdem wäre es schlimm gewesen, wenn der arme Junge nach seiner Mutter und der Oma auch noch den Vater verloren hätte.«

Ein Lächeln huschte über das Gesicht des Staatsanwalts. Irritiert folgte Greta seinem Blick – und entdeckte Lina Matthiesen, die in Begleitung von Thies Hansen das Gerichtsgebäude verließ.

Der Hauptkommissar, der ebenfalls als Zeuge ausgesagt hatte, wirkte äußerst zufrieden. »Wollen wir auf den gelungenen Ausgang anstoßen?«

»Beim nächsten Mal. Es kommt ja noch der Prozess gegen Natalia Wiśniewski wegen des gefälschten Testaments.« Obwohl Jacobsen mit Thies Hansen sprach, sah er bei seinen Worten dessen Begleiterin an. Lina Matthiesens Augen glänzten und ein Lächeln umspielte ihre Lippen.

Auch ohne ihr polizeiliches Gespür hätte Greta gemerkt, dass sie hier überflüssig war. Kameradschaftlich berührte sie Udo an der Schulter. »Komm, lass uns heimfahren! Die Insel ruft.«

Föhrer Morde – Band 1

Eine unbekannte Tote auf Föhr gibt der Polizei Rätsel auf.

Am Strand von Wyk feiern die Menschen um ein großes Osterfeuer – bis sie inmitten der Flammen eine Leiche entdecken. Wer die Tote ist, scheint niemand auf Föhr zu wissen. Für die Ermittlungen reisen Staatsanwalt Broder Jacobsen und Kriminalhauptkommissar Thies Hansen vom Festland an. Broder, der selbst von der Insel stammt, hat seiner Heimat nach dem Unfalltod seines Bruders den Rücken gekehrt. Bei den Ermittlungen stößt er auf Ungereimtheiten und begegnet seiner Jugendliebe Lina wieder. Ist diese wirklich nur eine Zeugin oder verbirgt sie etwas vor ihm?

Neuanfang an der Nordsee – Band 1 & 2

Hoffnung auf eine zweite Chance: Junge Witwe zieht mit ihrem Sohn auf die Insel Föhr, um die Heimat ihres verstorbenen Mannes kennenzulernen.

Nie hat Julia mit ihrem Mann Barne über dessen Familie gesprochen. Nach seinem plötzlichen Tod steht sie nicht nur vor den Scherben ihrer gesamten Existenz, sondern auch vor der quälenden Frage, wie gut sie Barne überhaupt gekannt hat.

Gemeinsam mit ihrem kleinen Sohn Liam wagt sie einen Neuanfang auf der Nordseeinsel Föhr – Barnes alter Heimat. Sie will endlich ihre Schwiegereltern kennenlernen, aber die beiden lehnen jeden Kontakt ab. Dafür bietet Julias Schwager Krischan ihr und Liam vorübergehend Unterschlupf. Seine Nähe löst bei Julia wildes Herzklopfen aus, das einfach nicht sein darf.

Neuanfang an der Nordsee – Band 3 & 4

Flucht nach Föhr – Band 1 & 2

Leoni will nur noch weg – weg von ihrem stalkenden Ex und hin zu einem sicheren Ort, an dem sie neu anfangen kann. Die Nordseeinsel Föhr wird dabei ihre Zuflucht.

Weil Leonis Exfreund ihr das Leben zur Hölle macht, verlässt die Fünfundzwanzigjährige ihre alte Heimat Hamburg und zieht nach Wyk auf Föhr. Auf der beschaulichen Insel nimmt sie eine Stelle als Bedienung im Café Friesenstübchen an. Einer der Stammgäste ist Udo, ein Polizist, der ihr die schönsten Stellen der Insel zeigt.

Leoni kann Männern nicht mehr vertrauen und sucht trotzdem Udos Nähe. Sie sieht in ihm einen Beschützer – für den Fall, dass ihr Ex sie eines Tages findet. Denn der hat geschworen, sie niemals gehen zu lassen.

Der neue Zweiteiler von Hanna Paulsen über eine willensstarke Frau, die ihre Vergangenheit abschütteln und in ihrer neuen Heimat glücklich werden möchte.